徐興慶編注

朱舜水集補遺

唐振楚敬題

臺灣學生書局印行

中村序

朱舜水は、周知のように明末の儒者で、明朝滅亡後、安南やさらに一六五九年日本（長崎）に渡航して、南明復興に盡すとともに、日本の儒學に新風を吹き込んだ。當時の日本には、貿易商人たけではなく、僧・學者・醫師などとして在留する明人が多く、また日本にも南明復興に共鳴する知識人は少なくなかった。

漢民族の明朝から滿州民族の清朝へという国家の變革の樣子を、幕府教學の頂點に立つ林大學頭が「華が夷に變ずるの態」と評したように、名分論的な考えかたや、復明運動への武器・兵員の援助要請（「乞師」）に對し、鎖國下の幕府要路の一部にさえ積極的に應じようとする動きがあった。親藩である水戸藩の藩主德川光圀もその一人と目される。舜水は柳川藩儒の安東省菴・水戸藩儒の小宅生順らと師弟の關係を結び、光圀の知遇を得て、水戸學の形成に大きな影響を與えた。しかし、舜水の死（一六八二）前後には、求めによって、後繼希望者の渡來は續いたが、清朝の政治的基礎が固まり、また鎖國の祖法化が進むに伴い、人的交流は急速に先細りの傾向にあったこともまた事實である。

舜水については、彼の死の直後から今日まで、日中兩國で七種の全集の刊行がなされ、研究は卷末の文獻目錄のように一四〇編余に及び、日中交流史上の關心の高さを示している。

本書の編者徐興慶氏は、本學大學院留學以來の數年間、舜水を中心とする日中關係史の實證的研究に專念している、まさに篤學の士である。本書は、從來の全集に全く收錄されていない舜水の書簡四三通、筆語六二、問答二三通をはじめ、舜水の手になる跋文や詩、それに部份的に抄錄されてきた書翰二〇・問答八通の全文を掲げ、それぞれの相手(二二人)別に、年代を可能な限り比定して年次順に配列し、かつ適切な解説が付されており、舜水の知られざる側面や、從來不明瞭であった點が解明される。さらに安東省菴・人見竹洞などの儒者や、當時長崎在住の黃檗僧、在留華僑である唐通事、舜水の後繼者たらんとして渡來した孫の毓仁などの儒者、長崎町人の代表(町年寄)らの關係書簡を收錄し、ひろく舜水の交友關係や學問的、社會的背景が明らかになる。また跋・祭文・賛などからは、その後の日本人の舜水觀が知られ、多角的な舜水研究の新素材を提供するものである。

本書收錄の新史料は、近年初めて公開された柳川古文書館安東家史料(省菴の末裔が寄贈)をはじめ、全國各地から收集したもので、編者の飽くところなき努力の結晶である。しかし同時に、閲覽・出版を許可された所藏各機關のご理解はもちろん、幾多の關係研究者の溫かい指導助言のたまものである。換言すれば、舜水がそうであったように、舜水研究をめぐる「生きた日中文化交流」の證の一つであるといえよう。

一九九二年一月三十日

九州大學文學部教授

中村質

自序

中日兩國，一衣帶水，唇齒相鄰，文化背景夙來相近。唐朝高僧鑑眞於開元中，受招渡日，弘法傳教於彼邦，爲中古時期日本文化之開拓者，更被喻爲日本國戒律之始祖。

近世明、清之際的政治思想家朱舜水（一六〇〇～一六八二）值漢滿鼎革及南明政權與清朝戰亂，以孤臣之心，奔走海外，在悲憤泣血之餘，闡揚其經世致用之實學理論，孕育「尊王攘夷」之思潮，而於日本水戶開花結果，在中日文化交流史上與鑑眞前後輝映。觀其偉蹟，中外史乘，誠屬罕見。

朱舜水的生平事蹟，在日本流傳很廣，對其研究更早在十八世紀之初。當時中國諱於清朝統治，較少有學者進行對他的探討。至一九一二年民國建立之後，有關朱舜水的研究論文即如雨後春筍，相繼脫稿，遂廣受重視。

筆者從一九八四年負笈日本九州大學以來，即以近世中日文化交流史爲研究對象，其中又以探討朱舜水與日本江戶時代之文化交流史最爲熱衷。綜觀目前日本及海峽兩岸學者研究朱舜水的相關論文已逾一百四十餘篇，渠在中日文化交流史上所占地位，可見一斑。而中外學者研究朱舜水，泰半以其全集所載者爲探討依據。今其全集之版本達七種之多，玆將諸版本略述如下：

(一) 一六八四年（清康熙廿三年、日本貞享元年）日本加賀藩儒臣五十川剛伯編纂之『明朱微君集』十卷。（此稿尚未付梓，通稱「加賀本」）。

(二) 一七一五年（清康熙五十四年、日本正德五年）由招聘朱舜水赴江戶（今東京）並謙執弟子禮之水戶藩主德川光國編輯、其子德川綱條校刻完成之『朱舜水先生文集』二十八卷。（當時水戶藩儒臣安積澹泊之手校本現藏於東京早稻田大學圖書館，通稱「水戶本」）。

(三) 一七二〇年（清康熙五十九年，日本享保五年）茨城多左衛門編纂之『舜水先生文集』二十八卷。（此版本附有德川綱條、朱舜水門生安東省菴之序文及安積澹泊之後序，通稱「享保本」）。

(四) 一九一二年（民國元年、日本明治四十五年）東京文會堂出版，稻葉君山博士編纂之『朱舜水全集』二十八卷。（此版乃水戶本與加賀本之合刊本，通稱「稻葉本」）。

(五) 一九一三年（民國二年、日本大正二年）馬浮依據「稻葉本」刪定之『舜水遺書』二十五卷、另有附錄三卷。（卷首有湯壽潛之序，通稱「馬浮本」）。

(六) 一九六二年臺北世界書局出版之『朱舜水全集』（據「馬浮本」排印）。

(七) 一九八一年、北京中華書局出版、朱謙之整理之『朱舜水集』。（此版分上下兩冊，係據「稻葉本」校勘，並參照各本加以增補改訂，為目前最新且廣受參閱之版本）。

除以上全集外，尚有一七〇八年（清康熙四十七年、日本寶永五年）、書林茨城多左衛門所刻『舜水朱氏談綺』（此係朱舜水門生人見野傳尋問簡牘素牋之式、深衣幅巾之制及喪祭等有關記錄，由朱舜水門生安積覺編輯而成。全書計上、中、下三卷，分裝元、亨、利、貞四冊，卷首有寶永四年（一七〇七年）丁亥仲冬水戶府下澹泊齋安積覺敍。中國華東師範大學上海文獻叢書已據此本於一九八八年影印出版）。

朱舜水於一六五九年（南明永曆十三年、清順治十六年、日本萬治二年）渡日初期，曾居留長崎六載，後以賓師受聘於德川光國，趨往江戶及水戶講學，前後長達二十年之久。其間與日本朝野各界人士交往之有關書牘及史料，泰半雖刊載於其全集，惟閱日人有關論著後，嘗思目前流傳於日本而未被公開的朱舜水資料爲數應在不少。在此疑問及衝動下，筆者即著手進行有關朱舜水未刊資料的蒐集與整理工作。一九八六年十二月，九州歷史資料館分館柳川古文書館「安東家史料目錄」公諸日本學界後，昔日朱舜水與安東家交往之大量書牘即倍受學者專家矚目，莫不視之爲今後研究中日文化交流之珍貴史料。安東家係指朱舜水門生安東省菴（一六二二～一七〇一）之家族而言，其所藏資料含省菴至其九代子孫安東魯菴歷三百餘年之各代書牘書籍、古文書等類，其中與朱舜水有關之書牘類即占總數近半。朱舜水客寓長崎期間，適值日本德川幕府實施「鎖國」外交政策，居留日本異常困難。幸得當時爲柳川藩（今九州福岡縣）儒臣安東省菴多方奔走，始獲幕府當局准其永住。朱舜水留長崎後，仍不忘明朝興亡，常以國讐未雪爲憾。曾曰：「所持者舊邦二、三之忠臣，所仰者明室累世之積德耳。」省菴體其欲保全忠義之決心，更欽其學殖德望崇高，終事舜水爲師。當時舜水處孤身飄然、流離顛沛困境，省菴知其生活偃蹇，分己祿俸之半，援渠不能自艾之舉，早爲中日學術交流引爲佳話。

上述安東家史料即含當時兩人交往之書牘及安東家與其他明末清初渡日人士往來之有關信箋，經筆者調查、整理並與北京中華書局出版之『朱舜水集』對照結果，發現其中未刊載者爲數頗多，除安東家史料外，筆者蒐得日本九州佐賀縣鹿島市祐德稻荷神社（中川文庫）、國立國會圖書館（人見文庫）、東京大學史料編纂所（『書舊得聞』）等資料，均爲朱舜水與有關人物之未刊抄稿，內容泛含其學術思想主張及忠臣意識之體現，極具探討價值。

爲拓展今後朱舜水研究，並期望中日學術文化交流更臻蓬勃發展，乃將上述朱舜水未刊書簡付梓，以補北京中華書局『朱舜水集』之不足。在此感謝日本九州歷史資料館分館柳川古文書館、佐賀縣鹿島市祐德稻荷神社、國立國會圖書館以及東京大學史料編纂所等資料原藏單位，允承筆者出版，冀此『朱舜水集補遺』能裨益中日學界。

筆者在日本蒐集、整理及注解上述資料期間，承蒙 九州大學中村質教授、町田三郎教授、福岡教育大學菰口治教授、福岡女子大學井上敏幸教授、柳川古文書館館長藤丸三雄先生、學藝員中野等先生、祐德稻荷神社宮司鍋島朝倫先生、東京大學史料編纂所小宮木代良先生及朋友劉序楓先生給予多方指導與協助。又本書在出版過程中，蒙 前考試院考選部唐部長振楚賜題封面，恩師中村質教授賜序，並得江崎信夫先生、藤澤博文先生、佐賀縣武雄市「如蘭塾」諸位先生、中央研究院朱德蘭女士之助，以及學生書局概允付梓，謹此一併致謝。惟才疏學淺，書簡文義扞格難窺，所言或未能盡善，容有遺漏。未當之處，尚祈各位讀者不吝教正。

一九九一年十二月序於日本國立九州大學

凡例

一、本書名『朱舜水集補遺』，係補一九八一年北京中華書局『朱舜水集』未刊載之朱舜水相關資料。同時校勘亦以該集（以下簡稱中華本）爲依據。

二、本書刊載以朱舜水（以下簡稱先生）書簡及當時中日人士致先生之未刊書牘爲主。又先生門生之間、日人與日人之間、或當時在日之中國明清人士與日人間往來信札等，凡與先生有關者，均在本書之列。

三、先生之未刊原文或抄稿分別藏於日本九州歷史資料館分館柳川古文書館、九州佐賀縣鹿島市祐德稻荷神社、國立國會圖書館及東京大學史料編纂所，其資料內容如後：

(1)、柳川古文書館所藏安東家史料：本書載先生寄安東省菴書三十四通、獨立（戴曼公）寄安東省菴書二通、張斐寄安東省菴書六通、朱天生（先生孫）寄安東省菴書三通、陳（穎川）入德寄安東省菴書六通、先生寄陳入德書一通、林道榮寄安東省菴書一通、大串元善寄安東省菴書一通、安東省菴寄先生書二通、安東省菴寄奧村庸禮書一通、鄭凱（商人）寄安東省菴書一通、獨立寄先生書二通、獨立寄安東彌三右衛門（省菴父）書三通、逸然性融（黃檗明僧）寄安東省菴書三通、張斐寄安東元簡（省菴子）

書三通、張斐寄武岡素軒書一通、服部其衷寄先生書一通、安東省菴寄張斐書二通、先生寄獨立書一通。先生寄安東省菴筆語四十六首、先生寄獨立筆語一首、先生寄江口伊右衛門筆語一首、獨立寄先生筆語一首。另載中華本部分收錄之先生寄安東省菴書十五通。

(2)、佐賀縣鹿島市祐德稻荷神社「中川文庫」所藏之『舜水問答』、『舜水墨談』：本書載先生寄高木作右衛門（長崎町年寄）書一通、先生寄諸通事書一通、先生寄化林（黃檗明僧）書一通、化林寄先生書一通、先生寄劉宣義（唐通事）書一通、先生寄林道榮（唐通事）書一通、先生寄何可俟（唐通事）書一通、先生寄何高材（毓楚）書一通。先生寄何仁右衛門（何可俟）筆語一首、先生寄逸然性融筆語一首、先生寄趙文伯筆語一首、先生寄下川三省筆語三首、先生寄小宅安之（生順）筆語一首、先生寄陳入德筆語一首、先生寄柳通事筆語一首、先生寄中村玄貞筆語三首、先生寄彭城太郎助筆語二首。另載日本江戶幕府儒官人見竹洞與先生問答廿三條。

(3)、日本國立國會圖書館「人見文庫」所藏『竹洞先生詩文集』卷二：本書載人見竹洞寄先生書十八通、祭文一首、贊一首、人見竹洞寄小宅生順筆語一首。

(4)、東京大學史料編纂所藏『耆舊得聞』抄稿（原本藏於日本茨城縣水戶市彰考館）：本書載先生寄安東省菴書一通、獨立寄先生筆語三首、藤井德昭頌先生七秩誕辰跋一首、心越悼先生詩及弔先生墓文各一首、祭先生陳設之式一首、柴邦彥贊先生畫像一首。

四、先生之未刊書簡以柳川古文書館所藏最多，爲便於讀者查對，屬該館所藏者均記有史料編號、尺寸（以公分計）及形式。資料分類包括書簡、筆語（以年代前後為序）、問答、跋・詩・題・祭文・贊，另補載中華本未完整刊載書簡、問答於後，每篇資料均有詳註。

五、原文被蟲蛀致無法辨解部份均以□符號標記。資料缺首者以（首欠），缺尾者以（尾欠）、缺漏過長者以［　　　　］記之。又原文未可見，筆者據文義補者或與中華本有出入者以「」註之。中華本未刊載部份以《》標註，並述於本文之後。

六、先生書簡泰半無明記年號（偶有月、日之記），由文義可推知者，均於註中詳加說明。

七、附錄一、朱舜水先生年譜，補記日本年號及有關重要大事及黃檗宗明、清僧之有關記事，俾便中日學者研究參考。

八、附錄二、朱舜水先生友人傳記資料係補中華本之未載者。中國人部份，如心越（明僧）、逸然性融（黃檗明僧）、澄一道亮（黃檗明僧）、何可遠（唐通事）、陳（穎川）入德・張斐（明人）、獨立（戴曼公）、劉宣義・林道榮（唐通事）、陳元贇（明人）、陳獨健（唐通事）、化林（黃檗明僧）等。日本人部份，如林春信、人見竹洞、佐佐宗淳、服部其衷、栗山潛鋒、田止邱、酒泉竹軒、藤咲僊潭等。皆昔日與先生有過交往之人士。

九、附錄三、朱舜水研究參考文獻，刊載截至目前日本、中國大陸、臺灣之朱舜水相關研究傳記資料、全集、詩文，專書（單行本）及期刊論文等目錄。

十、書簡之書式、尊稱擡頭空格均以原文爲依據。文中之句讀點係筆者加注。

十一、文中德川光國之「國」字，日本以「圀」書之，爲便於印刷，本書均作「國」字。

十二、本書爲便於讀者參閱，附有人名·地名索引於後。

十三、本書編排、校勘若有不當之處，敬祈各位讀者批評指教。

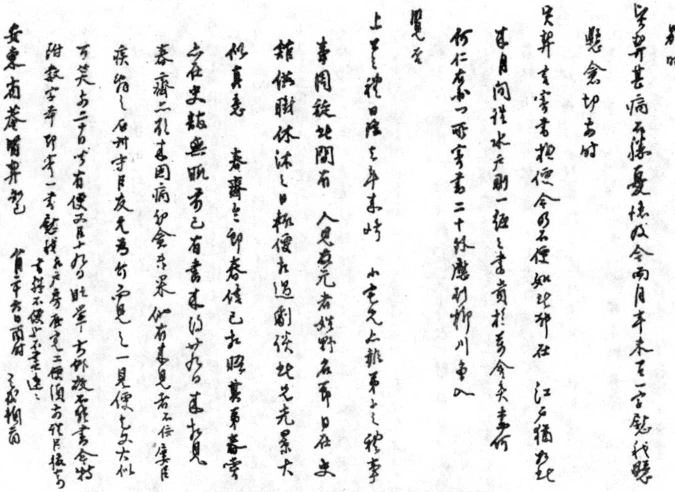

①日本九州歷史資料館分館柳川古文書館所藏
朱舜水寄安東省菴書（史料編號１２０３之６）

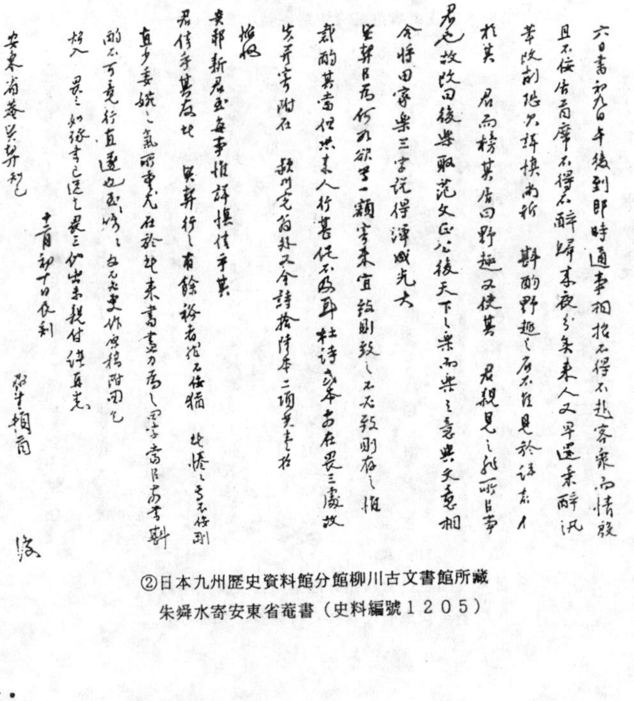

②日本九州歷史資料館分館柳川古文書館所藏
朱舜水寄安東省菴書（史料編號１２０５）

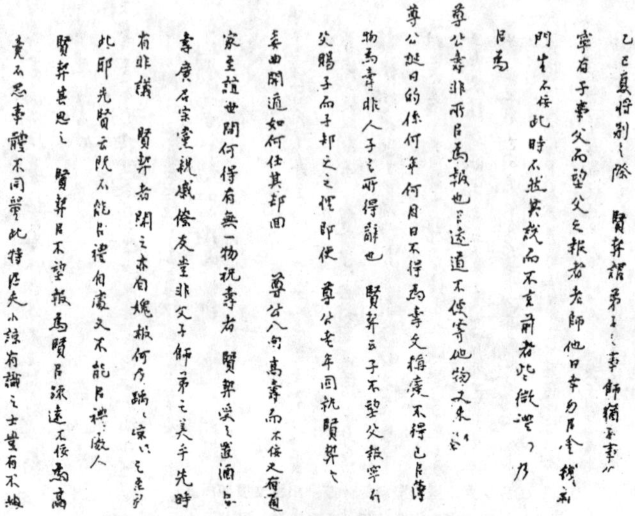

③日本九州歷史資料館分館柳川古文書館所藏
朱舜水寄安東省菴書（史料編號１２１０）一

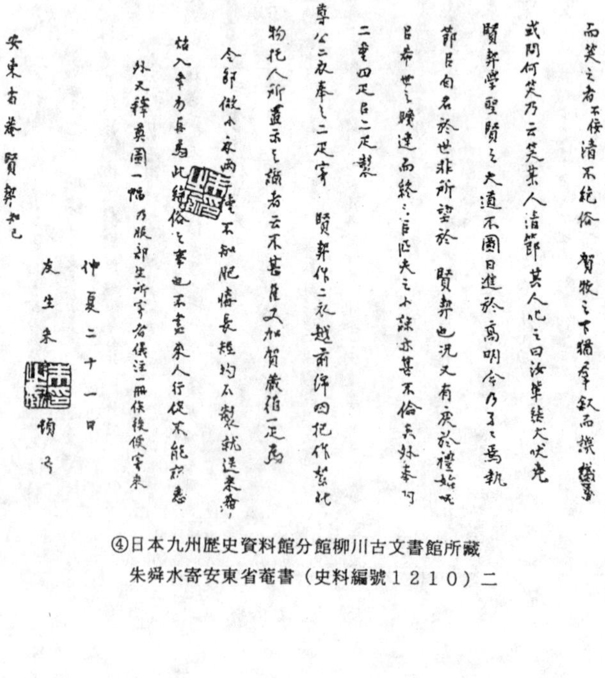

④日本九州歷史資料館分館柳川古文書館所藏
朱舜水寄安東省菴書（史料編號１２１０）二

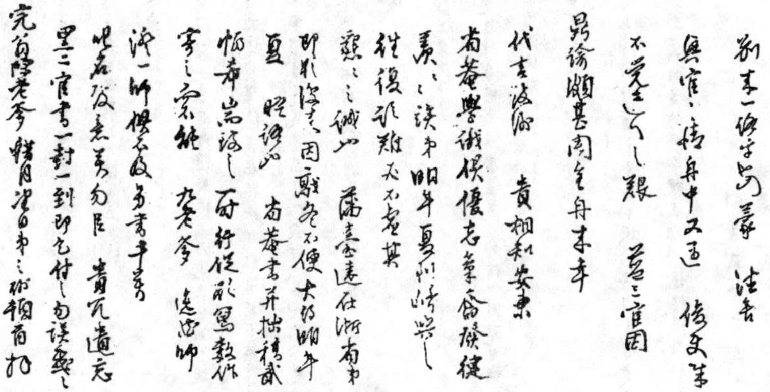

⑤日本九州歴史資料館分館柳川古文書館所藏
朱舜水寄陳（潁川）入德書（史料編號１２３５）

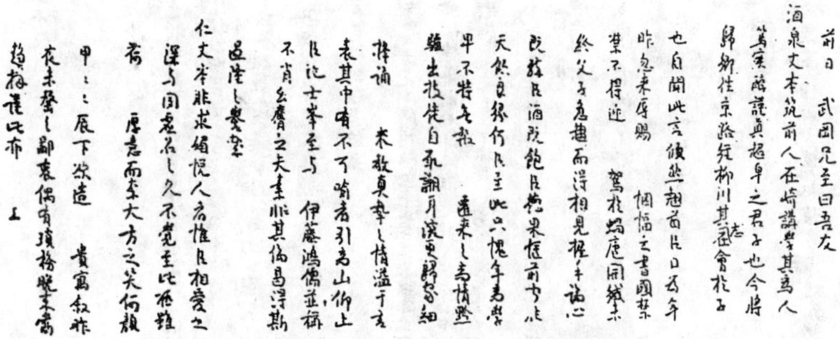

⑥日本九州歴史資料館分館柳川古文書館所藏
安東省菴寄朱舜水書（史料編號１３４０）

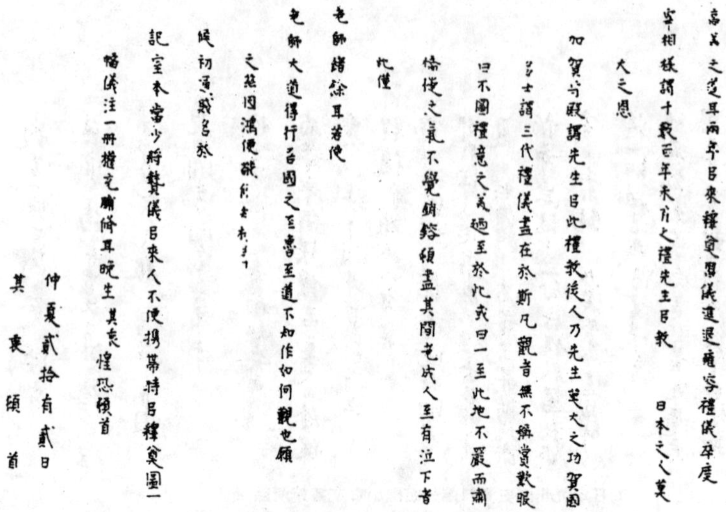
遐齡他日庶可幾及
高美之[illegible]耳兩年以來[illegible][illegible][illegible]儀進退雍容禮儀卒度
宰相猶謂十數百年未有之禮先生以教　日本之人莫
大之恩
加賀守殿謂先生以此禮教後人乃先生莫大之功賀國
多士謂三代禮儀盡在於斯凡觀者無不稱賞歎服
曰不圖禮意之美适至於此或曰一至此地不覺而肅
倫從之氣不覺銷鎔須盡其間老成人至有泣下者
此僅
老師讚餘耳若使
老師大道得行吾國之至善至道不知作如何觀也願
之[illegible]因鴻便[illegible]
陳初通賤名於
記室本當少將贊儀以來人不便攜帶特以釋奠圖一
幅儀注一冊撿之耳晚生其衷惶恐頓首
仲夏貳拾有貳日
其衷頓首

⑦日本九州歴史資料館分館柳川古文書館所藏
服部其衷寄朱舜水書（史料編號１３４６）

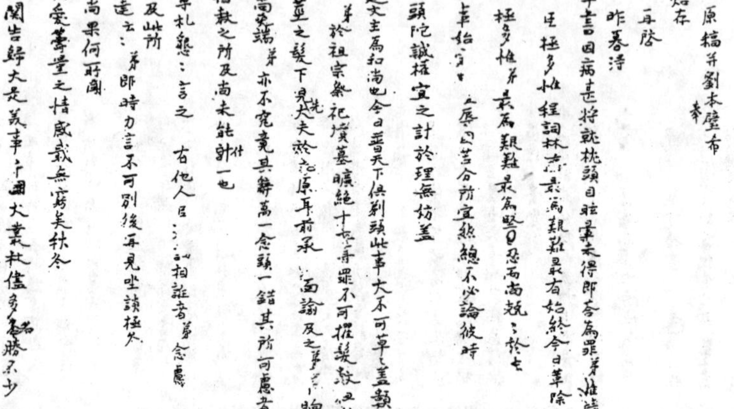
原稿并劉本璧布　奉
始存
再啓
昨蒙詩
手書因病甚將就枕頭目眩[illegible]未得即答爲罪弟[illegible]
正極多[illegible]程詞林[illegible]最爲艱難最有始終今日革除之際[illegible]
極多惟弟最爲艱難最爲堅固恐爲尚[illegible]之於世
革始[illegible]之[illegible]合所宜然總不必論彼時
頭陀誠權宜之計於理無妨蓋
建文主爲和尚也今日普天下俱剃頭此事大不可草草蓋額有相
弟於祖宗祭祀墳墓曠絕十[illegible]年罪不可擢髮數且欲留此
莖之髮下見先大夫於[illegible]原耳前承[illegible]面諭及之弟[illegible]不從命
和尚文端弟亦不究竟其壽高一念頭一錯其所可慮者
輪錄之所及尚未能計一也
華札懇懇言之　右他人以[illegible]相詆者弟念慮
及此所
面達[illegible]弟即時力言不可別後再見些誤極矣
和尚果何所圖
相愛審量之情感戴無窮矣秋冬
出關告歸大是美事千國大業杜僕多[illegible]勝不少

⑧日本九州歴史資料館分館柳川古文書館所藏
朱舜水寄獨立（戴曼公）書（史料編號９１）

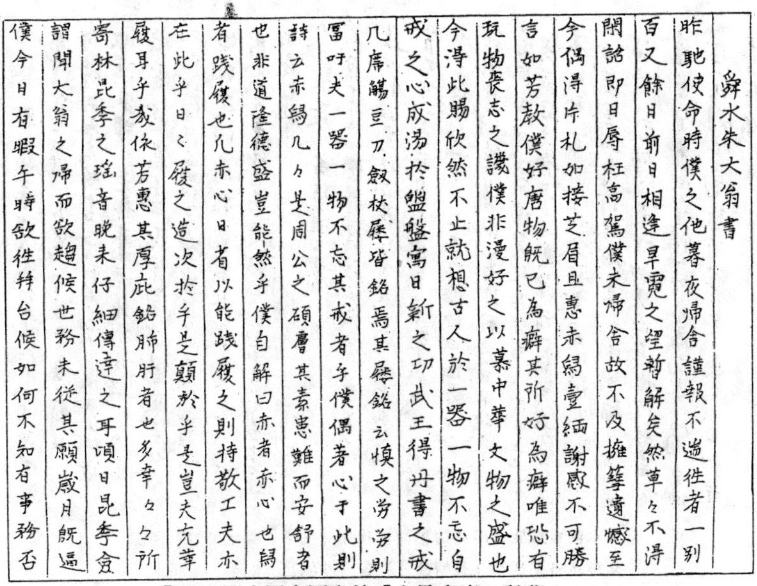
舜水朱大翁書
昨馳使命時僕之他暮夜帰舎謹報不遑往者一別
百又餘日前日相逢早霓之望頓解矣然草々不得
閑話即日辱枉高駕僕未帰舎故不及擁篲遺憾至
今偶得片札如接芝眉且恵赤舄壹緉謝感不可勝
言如芳教僕好唐物既已為癖其所好為癖唯恐有
玩物喪志之譏僕非漫好之以慕中華文物之盛也
今得此賜欣然不止就想古人於一器一物不忘自
戒之心成湯於盤盤寓日新之功武王得丹書之戒
几席觴豆刀劍杖屨皆銘焉其屨銘云慎之勞勞則
富吁夫一器一物不忘其戒者乎僕偶著心于此則
詩云赤舄几々是周公之碩膚其素患難而安節者
也非道隆德盛豈能然乎僕自解曰赤者赤心也舄
者践履也凡赤心日者以能践履之則持敬工夫亦
在此乎日々履之造次於乎是顛沛於乎是豈夫充華
履耳乎教依芳恵其厚庇銘肺肝者也多幸々々所
寄林昆季之瑶音晩来仔細傳達之耳頃日昆季僉
謂聞大翁之帰而欲趨候世務未從其願歳月既遁
僕今日有暇午時欲往拜台候如何不知有事務否

⑨日本國立國會圖書館「人見文庫」所藏

人見竹洞寄朱舜水書（抄稿）

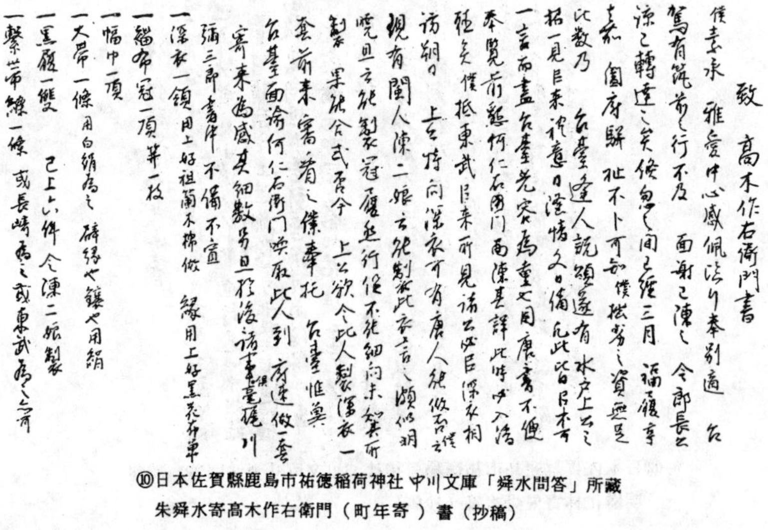
致 高木作右衛門書
僕去承 雅意中心感佩謹り奉别適 台
駕有氣前行不及 面謝之凍々 令郎長亡
凉之轉達之矣倏忽之间已經三月 福履享
嘉 閣府駢祉不卜可知 僕拙劣之資無足
比数乃 台臺逢人說項遂有水戶上公之
招一見目來視意日渥情文日備凡此皆目有
本覧前懸何仁右衛門而凍其詳此時少入諸
鈍矣僕抵東武目來所見諸公必目深衣相
詢猶か 上公特向深衣可有唐人能做否之
現有閩人凍二娘云能製此衣言之頗似明
晓且云能製冠履然行促不能細問未知其所
製果能合式否今 上公欲令此人製深衣一
套前來富者之僕奉托 台臺惟冀
台臺面諭何仁右衛門喚取此人到府速做一套
寄來為感其細数另具于後諸事費俱川
一深衣一領 用上好祖蘭木棉做 緣用上好黑花布單
領三尺 書件不備不宜
一緇布冠一頂 笄一枝
一幅巾一頂
一大帶一條 用白絹為之 緣紕以鑲也用絹
一黑履一雙 已上六件 令凍二娘製
一繫帶綫一條 或長崎為之或東武為之亦可

⑩日本佐賀縣鹿島市祐德稻荷神社 中川文庫「舜水問答」所藏

朱舜水寄高木作右衛門（町年寄）書（抄稿）

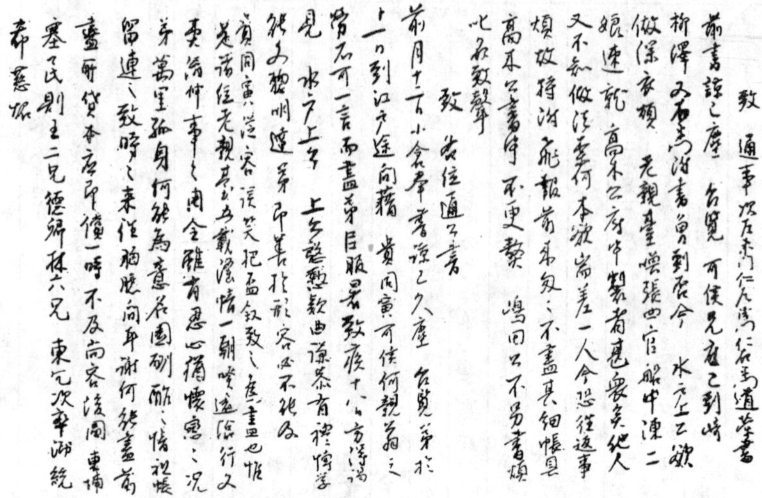

⑪日本佐賀縣鹿島市祐德稻荷神社中川文庫「舜水問答」所藏
朱舜水寄諸通事（長崎譯官）書（抄稿）

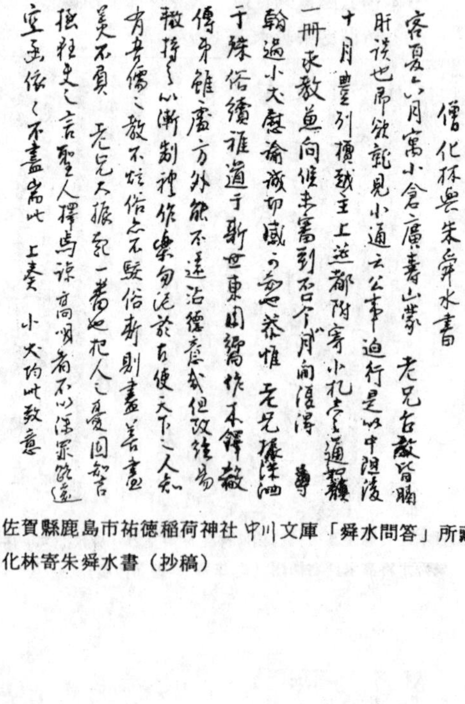

⑫日本佐賀縣鹿島市祐德稻荷神社中川文庫「舜水問答」所藏
明僧化林寄朱舜水書（抄稿）

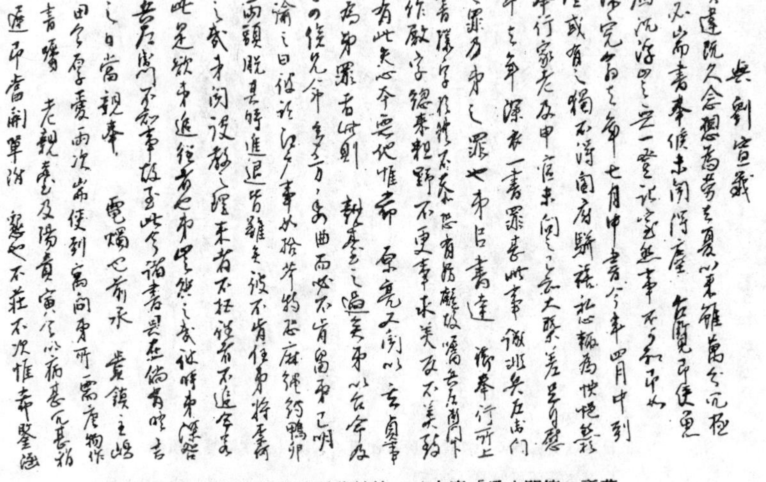

⑬日本佐賀縣鹿島市祐德稻荷神社中川文庫「舜水問答」所藏
朱舜水寄劉宣義書（抄稿）

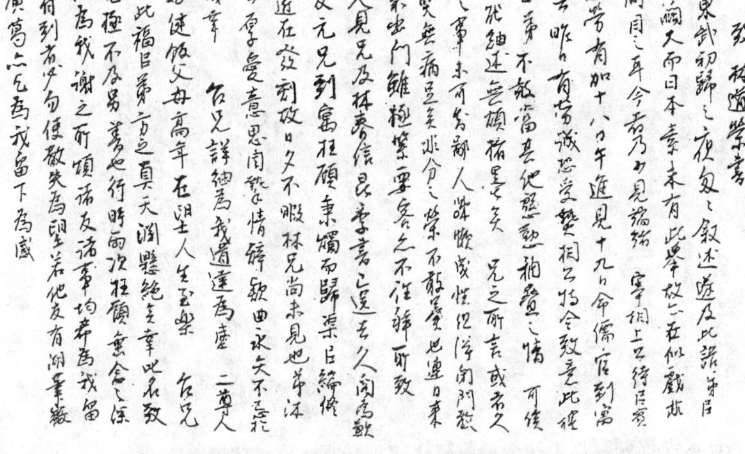

⑭日本佐賀縣鹿島市祐德稻荷神社中川文庫「舜水問答」所藏
朱舜水寄林道榮書（抄稿）

⑮日本佐賀縣鹿島市祐德稻荷神社中川文庫「舜水問答」所藏
朱舜水寄何可侯書（抄稿）

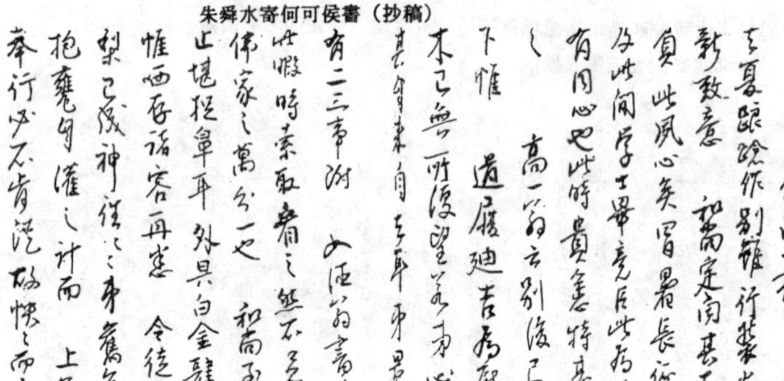

⑯日本佐賀縣鹿島市祐德稻荷神社中川文庫「舜水問答」所藏
朱舜水寄明僧澄一書（抄稿）

⑰日本東京大學史料編纂所「耆舊得聞」所藏

獨立（戴曼公）寄朱舜水書（抄稿）

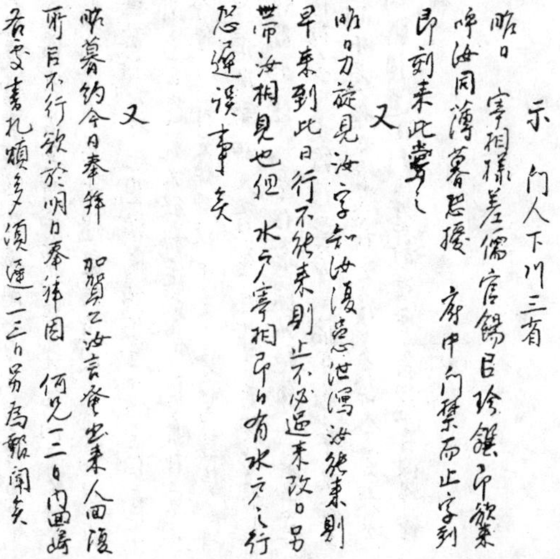

⑱日本佐賀縣鹿島市祐德稲荷神社中川文庫「舜水問答」所藏

朱舜水寄下川三省書（抄稿）

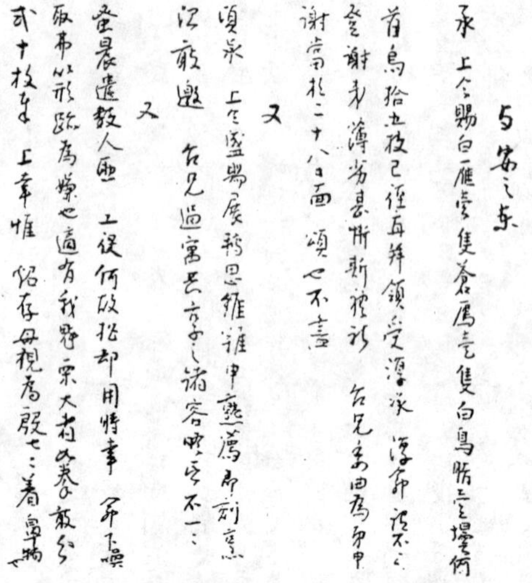

⑲日本佐賀縣鹿島市祐德稻荷神社中川文庫「舜水問答」所藏
朱舜水寄小宅安之（生順）書（抄稿）

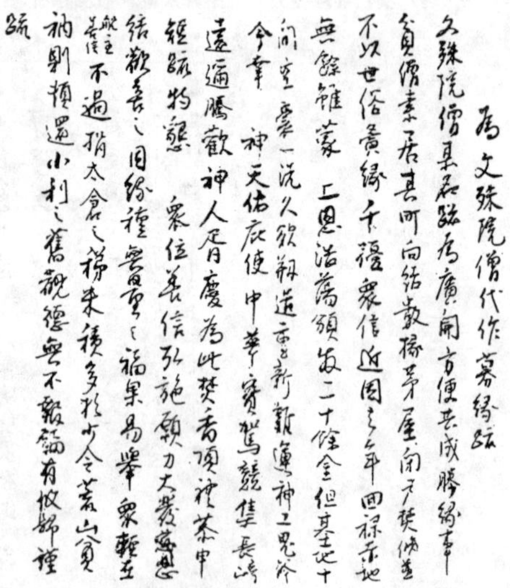

⑳日本佐賀縣鹿島市祐德稻荷神社中川文庫「舜水問答」所藏
朱舜水為文殊院僧作募緣跋（抄稿）

朱舜水集補遺　目錄

卷一　書簡

卷二 筆語

卷三 問答

卷四 跋·詩·題·祭文·贊

卷五　『朱舜水集』未完整刊載書簡・問答

卷一 書簡

一　朱舜水寄安東省菴書（一六六一年）　一六·八×二九·四　一二三九

客熟往來，人所時有，遂至不省人事，此困頓之極矣。大約平日積勞所致，接來札甚爲懸切。乃以地遠勢隔，不能一親問之，惆悵之懷，莫可言喻。四肢羸弱無力，節勞爲第一要着，飲食饑飽，尤宜加愼。平復之後，不必作書，但寄「安好」二字，以慰遠念。目下且不須用功，萬萬。前聞有蓄髮事，此須議妥後行，不可任情草率。「作文事，完翁屢促，不得已已作一篇應之」（註），容日錄稿寄覽。宜興壺齋中餘壹柄奉到，履歷註明奉覽。均祈　炤入。

履歷不須目下註寫尙可。遲遲再囑。

二月十二日　瑜生頓首　復

省菴賢契知己

註：文中「作文事，完翁屢促，不得已已作一篇應之」係指先生於一六五九年冬決意居留長崎之後，長崎之中國友人完翁（潁川入德）爲助其申請居留許可，奔走經年之後，力勸先生撰文讚美主其事之長崎奉行而言。此書乃先生於一六六一年（清順治十八年、日本寛文元年）二月十二日致安東省菴也。

二　朱舜水寄安東省菴書（一六六一年）

一四·三×三三·三　一二五八

（首欠）令通事名□□□□□□□鎮公處傳諭「江戶事（註一）已稟明不佞留住」（註二）。日本事已定，因四路尋入德不得□，直至申刻方「往」（註三）謝。「而」（註四）鎮公說此皆　賢契懇懇惓惓，故清田、筑後屋二公力贊而成。若非賢契平日德行言語足以服人，則二公亦不敢斗膽如此。此後無波濤之險，無意外不測之慮，皆賢契之所賜也。兩日奔走，足力疲甚，刻下卽當趨謝。清田恐賢契惓惓，恐□，故潦草作此奉報。諸不盡。

「十月初二日燈下草致」

友生朱之瑜頓首拜

安東省菴賢契知己

註一：「事」字原文未見，據文義補。

註二：江戶幕府准先生居留日本為一六六一年（明永曆十五年、清順治十八年、日本寬文元年），據文中「江戶事已稟明不佞留住」及「十月初二日燈下草」知此書乃先生於一六六一年十月二日書也。

註三：「往」字原文未見，據文義補。

註四：「而」字原文未見，據文義補。

三　朱舜水寄安東省菴書（一六六三年）　二九·〇×六二·〇　一二〇三～一

舊冬廿二夜作答書未能詳盡，入春來必獲
新禧
父子承歡，兄弟合好，歌詠先王，怡怡自得。此天下之大慶而人事之豐盈不與焉。但聞　賢契
甚貧　賢契雖有定志，世俗每欲搖之，此自其嘗也。昨江口伊右衛門同如琢過寓，問不佞自今
以後至十月所需幾何而足，必
賢契慮不佞不足用，故爲此語，雖言語不明，大意可曉。不佞一歲所出，先量入而後制，其用
必無不足者，卽有不足，豈有求多於
賢契者。今聞　賢契敝衣糲飯，不足爲不佞愧，但願
賢契學術大進，德業增修，爲吾解嘲耳。勉之、望之。不佞近日之所處，自有其道而他人不足
以知之，舊年忙促，不能爲足下一言其故。不佞居鄉居南京，近出不妨徒步，若遠出如
貴國半里，少半里者，則必乘輿，更遠必乘舟。敝鄉肩輿高華赫奕，與
貴國籃輿不同。至於飲食衣服自有恆度，雖不過豐，亦不過嗇。今在
貴國則事理不然，破帽蒙頭，敝履決踵，牽襟裂肘，不足爲羞。身釆藜藿，雜以半菽，一旬九
食，不足爲憂，此忠臣義士自分之固然，而不佞力能爲之。今得　賢契以爲東道主，則事理又不

然，必量豐較嗇，因一歲之入，制一歲之用，不使過奢而有餘，此是理所宜然，若使身處破屋頹椽而縕袍無表，并日而食，不但爲不佞羞，亦大爲　賢契恥也。人之議之者必更多矣。或曰省菴半俸，本是虛名，特師徒僞爲此說以餌人耳。或曰先前亦嘗供給，因見其人品學行不足重，故近時不理論致此窮困耳。或曰省菴先時勉力亦是誘之之法，今省菴學問頗高，自然推開了。或曰此人沒落了，喫酒養老婆叱頑童，省菴半俸米錢止百餘金，如何夠得他用，所以近來窮極，或曰省喫省穿積穀在身邊，欲作富家翁，積得千百金歸家受用耳。

省菴那知其意，種種議論總不堪聞，卽此五說大有損於吾兩人，故勉以酌其中，而庸人本不能量君子之短長深淺，又不能自安於愚下，好爲紛紛浮議，而淺衷薄植者，遂爲所簧惑，競爲傳說，甚可怪也。

賢契但爲數於半俸之內，不必更問於此外，萬一有不足者，吾自爲之。如舊年貴國頒穀亦焰數以穀配之，亦不須過於婉轉，萬萬。「新鎭公於今年正月望日初見」，因衆通事來喚也。其禮貌甚爲謙謹，其言辭甚爲詳愼周旋。可敬可敬。

賢契學問好爲高遠，亦只是狥人之念，恐於自己未必有得，若不佞於卑邇中，猶恐不能盡，何敢復爲高遠者，一月不得聞問，遂如經年，不知何日得接談，悉衷曲也。

友生朱之瑜首拜

新正二十日

省菴賢契知己

註：據『唐通事會所日錄』記載，先生曾於一六六三年（清康熙二年、日本寬文三年）正月十五日往見長崎奉行，與文中「新鎮公於今年正月望日初見」內容相脗合，知此書乃先生於一六六三年正月往見長崎奉行後，致安東省菴也。新王係指當時被新任命為長崎奉行之嶋田守政。

四　朱舜水寄安東省菴書（一六六三年）

一五・〇×四二・〇　一二三

又右衛門去後，次日得疾，不數日而復。「火災之後」（註）日炙風吹雨濕，有病卽是常理。彼時江口氏欲作書奉聞，不佞謂賢契篤於□德而惇於禮，聞之必多一番憂皇，且　令妹久恙之餘，湯藥多勞，何可又生此慮，且賤恙自知無礙，萬勿使之相聞，此時畏三、如琢皆在座，不謂畏三又多此書也。幸其書中云少言，不致跋涉耳。十日之後，一一如舊，今食飲比昔更增，前手足痲冷，首節俱痛，今初患俱去，惟兩臂作痛未全除耳。廿五日接兩書，卽欲作答以慰懸懸，因無便達也。

諸再悉

四月廿七日之瑜頓首

安東省菴賢契知己

註：一六六三年（清康熙二年、日本寬文三年）春，長崎發生大火，故據文中「火災之後」，知此書為先生於是年致安東省菴也。

五　朱舜水寄安東省菴書（一六六四年）　一四·八×四五·二　一二一五

（首欠）夫至於餘寒，不佞何爲若此？賢契奈何憂念之深也。前欲借八百目，多則百金，已有定約。因陸續付還於彼不便，故別圖之。前月十二日到書，昨日方親持過，小柳氏極承雅意，彼謂久不與之言，不知何故，今與之言甚喜。若止於百金，必不肯言利，不獨銀子，雖家中油醬之類，事事與之言更喜。承渠厚情乃至於此便簡，賢契可作書謝之。「不佞之事以來冬爲期，若仍寥落如故，至丙午春便杜門不出」（註）。一人童僕盡行遣去，破補遮寒，尚可支十年，買一頭童齒豁之婢，資者漸少，豈而惱有不足乎。賢契不須過憂也。倘因□灌園之願得□，此皆不足慮矣。

十一月十四夜

安東省菴賢契知己　瑜生頓首　沖

註：文中「不佞之事以來冬爲期，若仍寥落如故，至丙午春便杜門不出」之「丙午」爲一六六六年，意指水户德川光國招聘先生與否應於「來冬」卽「一六六五年」冬會有結果。此書乃先生於一六六四年（清康熙三年、日本寛文四年）致安東省菴者。

六　朱舜水寄安東省菴書（一六六五年）

二八・六×四二・〇　一二四六

嘔血四十許日，一吐則盈盂盈枕，不勝潦倒。三日來，勢少衰□□，目時時眩暈，不能堪也。繳還俸米之說，江戶曾有回示否？有則速速寄聞，即欲如數繳還也。婢子已僱一人，年四十五歲，僕人借之筑後屋長兵衛殿，承渠□□厚情，逐日探問，事事周全，感極感極。小僮借之江口氏，不佞愈趨□□而日費較前多三分之一，尙恐□於此數，不能減也。此坐致困斃耳。「江戶之行事頗漸似」（註），不佞日圖灌園之事亦頗稍有萌芽，當極力爲之。訓蒙集跋少爲改定即時寄去，但失記其人，故無可查，何至今未到也。如果無可查，可再錄稿寄來，鄭儆老寄送禮物四包，有來帖，內墨貳笏，重參拾貳錢伍分，連包希　炤收。儆老行期尙早，　賢契雖秋間來亦可晤，諸不盡。

五月廿五日燈下　之瑜頓首

安東省菴賢契知己

字號取風急天高，鄭儆老書送來十許日矣。□望有便人，故轉前躭迓耳。

註：據文中「江戶之行事頗漸似」，知此書之發當在先生受聘水戶德川光國之前不久，即一六六五年（清康熙四年、日本寬文五年）五月廿五日也。

七　朱舜水寄安東省菴書（一六六五年）二八・五×五三・五　一二〇三～六

別時　賢契甚病，不勝憂，憶及今兩月半未有一字慰我，懸懸念切。前時　賢契言寄書極便，今乃不便如此邪？在江戶猶如此，本月間，往水戶則一紙之書貴於萬金矣。素何仁右衛門所寄書二十外，應到柳川，曾入覽否？　上公之禮日隆，「去年來崎小宅兄亦執弟子之禮，事事周旋」（註）。此間有人見友元者，姓野名節，日在史館供職，休沐之日，輒便相過劇談此兄光景，大似眞意。春齋令郎春信已相晤，其弟春常亦在史館，無暇。前已有書來，約二十九日來相見，春齋亦欲來，因病初愈，未果。他有來見者，不佞屢以疾辭之。石州守以友元爲介而見之，一見便乞文，大似可笑。前二十日間有便，又以十九日眩暈大作，故不能書，今特附數字，希卽寄一書慰我。

江戶房屋完工便須前往，以後寄書殊不便也。不盡速速。

八月二十六日酉時

安東省菴賢契知己

註：德川光國遣其儒臣小宅生順赴長崎訪聘先生在一六六四年（清康熙三年、日本寬文四年），據文中

「去年來崎小宅兄亦執弟子之禮，事事周旋」語，知此書乃先生於翌年，卽一六六五年抵江户講學後致安東省菴也。

八　朱舜水寄安東省菴書（一六六九年）　二八·四×七四·六　一二四五

去秋自三省歸後，得一書。嗣後杳然不聞音信，不佞亦以心事抑鬱，懶於作書，竟不知 尊公遂抱沈痾。百方治療者，人子之心，老衰日甚者，人生之理。不佞亦以此欲得 賢契一晤而難以啓齒者，介介獨爲是耳。但今衰頹多病，諒無久存之理，目下復踵前年病勢，鄙意不復醫治，特爲
上公懇誠無限，勉強服藥耳。「今以年滿七十，告老西歸而上公不允」（註）。前者有人過此，語及憑在先生怎樣說，如何得肯放先生去。此友乃 上公親信者，言不妄發，果如其言，自非 賢契一來探訪，終生無再見之期矣。近來
世子日漸相親意言懇，到告老啓一通送覽。櫻井生既責書來，如何不一來見我，來書初七日甫到，昨遣人問其寓所，無知音，諒數日內必來。 賢契謂用學於心術，不肯不從，爲學不於心術，將在口耳耶。又云：「頗學舊學之失。」 賢契舊學亦無所失也，但不當拘泥執着爾。學者之道，如治裘遴其粹然者而取之，故曰：「千金之裘非一狐之腋。」故曰：「擇其善者而從之，其不善者而改之。」若曰：「我某氏學某氏學。」此欺人盜名而巧取世資者也。何足傚哉。陽明先生爲不佞比隣，向曰：「所言終不肯少有阿私。」 賢契猶能記憶否？至於更爲朱、陸兩可之見，則大非也。世間道理惟有可、不可二者，無兩可者也。兩是者，漢廷之畏勢

者也；調停者，宋室之基禍者也。政勢猶然，況於道理乎！惟詳擇之。五十川剛伯言濟濟，都中人士爲　加賀公儒生，來學於不佞，久慕　賢契，欲通一書，困無便，遲遲今附去書一封，白夏布壹疋，惟　炤收。不盡。

令郎何如？今已能言矣！足解渠父之懷否？

仲夏十日

安東省菴賢契知己　外又貳幅

之瑜頓首

註：一六六九年（清康熙八年、日本寬文九年）先生年七十，萌告老歸鄉之念，德川光國乃慰留之。據文中「今以年滿七十、告老西歸而上公不允」，知此書乃先生於是年致安東省菴也。

九　朱舜水寄安東省菴書（一六七七年）　二七・四×一三五・〇　一二〇四

「初別時」，賢契謂不佞曰：「弟子之事師，如子事父，未有子事父而望父之報者。今後老師必勿以金帛賜門生。」守約又謂：「書札可以常通，請勿過慮善矣。」「於今十有三年，書札之通者有幾」（註一），乙卯年久病初起，四宮氏相招，堅辭，至於五六，最後再三相強。四月十四日赴酌歸來，次日卽病，後稍愈，強扶作澄一一書，閣筆卽病，三四人扶掖，方能轉身展足。去夏但作顧長卿一書，托陳氏弔祭及呂蘇吾事數行爾，此間惟七兵衛一人可托，其餘十九浮沈，無可對證，而七兵衛行期必在五月六月，此時病或不起，一年遂無相托之人矣。兩年不得　賢契書，尊公逾八之年，時縈胸臆，屢諗氣體康泰，少慰懷□。賢契近況舉家安和，寂然無聞，與初言大相違戾矣！　賢契之於不佞，不佞生於越貫三吳，賢契生長日本，地之相去遠也，國俗不相同也，言語衣服不相通也。非有葭莩之親，僑札之分，豈獨處北海、處南海而已哉？豈獨秦人、越人而已哉？但以不佞堅確一賦，遂結相知，萬里音容通於夢寐，此　賢契忠愛性生禮義天植也。比及相見□中，分微祿以其半贍不佞，而一年之中再至省問，所費不貲，土宜時物饋遺無虛月，是苜蓿先生之俸盡於此已，而　賢契敝衣糲飯，樂在其中，家徒一釜往往生塵，此情此德□□之所無，而中華之所未見也。富家大室之所難能，公侯卿相之所難能，親知骨肉之所難能，而　賢契慨然而行之，不惜其他是如何，曠達也。當其時，親戚故舊，豈無阻撓之者，豈無嘲笑之者，而　賢契奮焉不顧，是如何，勇決也。蓋以我爲能賢，以爲道在是也。豈有有道之人，而忘人之德者乎！　賢契而忘之者可也，不佞而忘之，尙得謂之人乎。大凡賢者處世，旣當量己又當量人，　賢契自居高潔，則不佞處於不肖矣。不幾與初心相紕繆乎！況非所謂高□□禮節往來雅俗之所同，不腆侑緘人情之所有，非以爲報也。而　賢契必欲捐之，其謂之何。所引原思辭祿魯男子閉戶，此謂引喻失義者也。伯夷、柳下惠誠賢矣，孟子□不屑爲之，況原思乃聖門之荑稗，而魯男子僅鐵中之錚錚，而　賢契乃足願慕之乎！彼時不有顏曾思之可願，而名公鉅卿身立綱常者乎。坐懷不亂，不佞怕疑是周秦間鯫生，小儒好事者爲之，欲以譽展季而適以汚衊之。又□有□魯男子乎，閉戶則閉戶矣。有何嘉言懿行足垂世教，膾炙人口乎！雖不佞無似道不得行，而　賢契稟邁種之志氣，具剛毅之骨力，自足表之於人世，政當取最上者爲之標的直趨乎。聖賢之域，使後之賢人君子歡欣悅慕，競勸於爲善奈之何，自小之於荑稗而區區，以一施不望報終其局也。聞之　宰相上公之言及元侯、邦伯謂是五百年、千年來所未有之人，言辭鄭重，雖慚獎借之過隆，然亦足以顯　賢契知人之哲，倘中原有復然之勢，不佞得「返」（註二）故國，自不泯泯　賢契之德，書之國史，自足輝煌，簡冊與金石同銘，而日月同貫。奈之何襲里巷竪儒之見，戞戞以明高乎！往年　宰相上公親調鼎鼐以賜美饌，一康侯贈以珍禽，又一儒醫惠以佳殽，一時三者並至，乃他人之所喜，不佞對之黯然神傷，不能下筯，門人再三詰問，不佞但含糊應之，晦明風雨無日不思，冗劇燕間無時不思，思之不得將如之何？豈料地北天南遼濶，遂如斯乎！豈料匆匆一別，終身不復相見乎！書札常通徒虛語耳。不佞非中原廓清，必不得「歸」（註三），若得　賢契千里相思，袪從前鄙俗之小見，慨然命駕□惠臨，無晝無夜，聯床話舊，則十三年之鬱積，可以頓舒，不然則中行穆子之目必不可得瞑，而含䘏不可入范亘伯之柩，豈有及也。

季夏十有七日　　　　友生朱之瑜（印）頓首拜

安東省菴賢契知己

註一：先生應水户德川光國之聘在一六六五年（清康熙四年、日本寬文五年）七月、據文中「初別時……於今十月三年、書札之通者有幾」語，知此書乃先生抵江户講學後第十三年，即一六七七年（清康熙十六年、日本延寶五年）致安東省菴也。時先生七十八歲。

註二：「返」字原文未見，據文義補。

註三：「歸」字原文未見，據文義補。

十　朱舜水寄安東省菴書

二九・四×三四・二　一二〇五

六日書，初九日午後到，那時通事相招，不得不赴，客衆而情殷，且不佞居首席，不得不醉，歸來夜分矣。來人又早還，乘醉汎筆改削，恐欠詳愼，倘祈斟酌。「野趣」之名不佳，見於評「議」（註一），□於其　君而榜其居曰「野趣」，又使其君親見之，非所以事君也。故　改曰「後樂」，取范文正公「後天下之樂而樂」之意，與文意相合，將「田家樂」三字說得渾成光大，　賢契以爲何如。欲寫一額寄來，宜致則致之，不必致之則存之，惟裁酌其當，但恐來人行甚促不及耳。杜詩貳本，前在畏三處，故先幷寄附在穎川完翁外，又全詩拾陸本，二項共壹拾捌「本」（註二），「希」（註三）炤收。

貴邦新君至，每事惟詳愼，信乎其君，信乎其友，此　賢契行之有餘裕者，然不佞猶□此惓惓焉。不佞剛直少委婉之氣，所重尤在於此，來書「盡力爲之」四字，當以前書斟酌，不可竟行直遂也，至囑至囑。文不必更作，原稿附回，乞炤入。畏三、如琢書已送去，畏三他出未親付。諸再悉。

十二月初十日辰刻

瑜生頓首　復

安東省菴賢契知己

註一：「議」字原文未見，據文義補。

註二：「本」字原文未見，據文義補。

註三：「希」字原文未見，據文義補。

十一　朱舜水寄安東省菴書

二九·〇×九四·〇　一二〇六

喜兵衛日在醉鄉，其妻日與三鬧，十八午後喜兵衛悍然而往，是晚呼其親戚十六衛門不至，又無一人可遣，不佞不得已，自至其家，云喜兵衛已去，□□□彼回來，但其妻獨在我家，不便可，卽叫他來領其妻回去。十九□□□□□□傳喚此僕回。不佞云前者已去，猶逐晚歸宿，未及半月，昨日復去，昨晚并不歸。我不敢用他，并其妻亦遣去。有我亦無□□□□云，我令人□□他回來，乞仍舊收用。不佞答云且□□□□□□十六左衛門回話何如。是日午，十六左衛門至寓，不佞決□□□□□□妻領回。十六左衛門云喜兵衛去釣漁，明日尋着叫他□□□□□□左衛門推托做工辛苦，明晚當來。二十日，江口氏謂在家□□□□□□自處，叫李八及來做通事，不佞深慮不美，然□□□得一所，只得聽之。又恐僕婦知覺，不佞不與江口氏同行，約在完翁家相會，遂生許多事端，是日欲立逼之去，此日不佞遣小童喚十六左衛門、久左衛門四次，不至，喜兵衛又釣漁未回，不佞能將此婢委之溝壑乎！至次日，其夫方來領去。火災之時，僕婦有大功於我，未曾嘗其功，何得以盜賊之道施之，吾不識諸人何於宣囂至此。廿三日喜兵衛之母復再三哀懇，鐵街疑其偸盜，逐出不准住，磨屋町復不可往，進退無門，乞將其婦，仍「舊」（註）收用，令長子久左衛門作保，當令喜兵衛自來告罪，以後再不敢如此。所謂其嗟也可去，其謝也可食。不佞云先者喜兵衛□□不美，此事我不便專主，當去與伊右衛門樣商議；僕婦云本頭之人，何必要與伊右衛門樣說，不佞謂此言甚無禮，汝夫好去好商量，便不必說，汝夫作鬧，狠狠而去，如何不與房主說？不佞令大村町喜兵衛托十六左衛門卽叫僕婦速去，大村町喜兵衛遇江口氏，江口氏便謂我不通，不知我何故不通也？少刻，江口氏便在彼發話，不佞過其家，江口氏與如琢必欲遣之，僕婦以無顏，俟稍晚而行，立逼使去，亦已□□□十六左衛門夫婦逐出。不佞受許多苦楚，完翁父子及如琢每見止道得「沒有人」三字，今者遣人，諸兄及竭力幫襯，絕不爲不佞一慮前後，云欲爲不佞省費，如此則轉展煩費而徒受苦境。今卽遣之，已七日無人炊煮，再過數日，小童亦必逃去，孑然一身，方大快人意。進退一婢僕，亦甚等閑事，乃無故作此大題目，可笑可笑！江口氏亦道其一往之性，在人籠絡之中而不自知，初云炊婦易得，且欲揀選，今七日未有一人，且看後來如何了落。三月間

賢契別去之次日，不佞卽賃有房屋，江口氏不准去，如此赤面發話，今日之言大不許矣，不佞但付之一笑耳。□黑川公到後□五六十金，賢士何處，彼因不能□頃聞其言大奇，無復人理，決不必與之談□眞，故將此書相聞

賢契遲月許□當與□幅，吾書及久敬字壹幅，十五日付江口氏，至今未寄，今日定當同致也。外蠟燭□□奉續膏火之需，希　炤入。

八月廿七日

屏貳封共九幅□□紙五幅

副啓□雖三人，其費□過之，此言後日始□□有客至，大爲不便，其費必數倍於此。

友生朱之瑜　頓首拜

安東省菴賢契知己

註：「舊」字原文未見，據文義補。

十二　朱舜水寄安東省菴書

二八·六×一二·〇　一二〇七

白米貳拾陸包零貳斗，炤數收。明船銀玖錢壹分已付去。舊年亦如此，每包參分五厘等，比庫中多加伍厘，亦理所宜然。但勿爲此輩所混冒可也。穀銀先借與人令兄拾兩後，如琢取來參佰柒拾陸錢，云是借新十郎庫中銀，至今未有來索者，想已收明。俟稍暇往問與人令兄，明白另復。不佞恙昨日與前日二日少可，頭猶岑岑然，強步，目如雲霧中，然亦不似死兆也。不得賢契一來，又恐江戶無信息，擅自來此，後日爲人所譏，故不敢下筆耳。下筆十許葉，便火動嗽唔不止矣。此事理所當然，更有無故爲人作，如有讒言，賢契便涉抗違君命，不可不可。適江戶有韓文全集壹部，索句讀，正月間，紅毛通事□□通事索之甚緊，奈□心不能乎。若使得至柳川□至於此，可歎可歎。

十一月廿七日　　瑜生頓首　沖

安東省菴賢契知己

十三　朱舜水寄安東省菴書

二七・〇×九四・四　一二一〇

「乙巳夏」（註一）將別之際，　賢契謂弟子之事師，猶子事「父」（註二）□，寧有子事父而望父之報者，老師他日幸勿以金錢賜門生。不佞此時不然其說，而不言前者些微禮□乃所以爲尊公壽，非所以爲報也。以遠道不便寄他物，又未知　尊公誕日的係何年何月日，不得爲壽文稱慶，不得已以薄物爲壽，非人子之所得辭也。　賢契云：「子不望父報」，寧有父賜子而子却之之理。卽使　尊公年老固執，　賢契□□委曲開道，如何任其却回。　尊公八旬高壽，而不佞又有通家至誼，世間何得有無一物祝壽者？　賢契受之，置酒以壽，廣有宗黨親戚僚友，豈非父子師弟子美乎！先時有非議　賢契者，聞之亦自愧報，何乃踽踽涼涼之至於此耶！先賢云：「既不能以禮自處，又不能以禮處人□□。」賢契期思之。　賢契以不望報爲賢，以疏遠不佞爲高，竟不思事體不同，量此特匹夫小諒，有識之士豈有不非而笑之者。不佞清不絕俗，賀牧之下猶群敍而譏議「之」（註三）。或問何笑，乃云：「笑某人清節」其人叱之曰：「汝輩□犬吠堯□」　賢契學聖賢之大道，不圖日進於高明，今乃孑孑焉。執□節以自名於世，非所望於賢契也。況又有戾於禮始「之」（註四），以希世之曠達而終之，以匹夫之小諒，亦甚不倫矣！

外奉□二重四疋，以二疋製

尊公二衣奉之，二疋寄　賢契作二衣。越前綿四把作絮。此物托人所置，示之識者云不甚佳。

又加賀藏絹一疋爲令郎做小衣兩三種，不知肥瘦長短，均不製就送來，希炤入。幸勿再爲此絕俗之事也，不盡。來人行促不能詳悉。外又釋奠圖一幅，乃服部生所寄者，儀注一冊，俟後便寄來。

仲夏二十一日　友生朱之瑜頓首

安東省菴賢契知己

註一：「乙巳夏」係指一六六五年（清康熙四年、日本寬文五年）六月先生應水户德川光國之聘，由長崎赴江户與安東省菴告別之事。

註二：「父」字原文未見，據文義補。

註三：「之」字原文未見，據文義補。

註四：「之」字原文未見，據文義補。

十四 朱舜水寄安東省菴書

二三·〇×一三·〇 一二一三

連日淫雨爲恙體中，復不□，來友明早□□匆匆，聞問而已。

友生朱之瑜頓首

安東省菴賢契知己

十五　朱舜水寄安東省菴書

（五封）　一二一六～一二二〇

（首欠）必爲掀翻矣。小人之用計也，力彊毅而神周密，機急微而致深遠。可愚者愚之，可淑者淑之。諸人俱墮其雲霧，不知不覺爲其所惑亂，驅使陣勢布成之後，彼反逍遙，從臺上遠觀，甚少誤也。渠之所以來，不佞事事先覺，如禦一勁敵，猶尚爲其所周章而致困，況其他乎。總來，賢契以聖人視不佞，但恨不佞生質愚下，非聖人之姿，不足以副賢契之望。至於身之所爲，大賢以下之事，所必不爲，賢契毋於此競競也。若一有不肖之事，則賢契竟無面目見人，諒不佞肯爲之乎。至於悠悠之「時」（註一），不佞委曲以求免，亦不爲也。但須明作一書以致鼠輩，云朱老師名，若以文致而敗，我亦深知其由，別無第二語，我定當與之決絕眞僞，事不顯然明白必不肯已，萬勿過於用心也。彼藉口爲我省，今暫雇一倭子，事事不能爲，而食米則過於平日，用錢則過於平日，又須數金之費。彼一開口便戲弄我數月之費，而又必居美名，人人知之，人人唾罵，而彼揚揚得意，有靦面目而爲□爲□乃至於此。不佞望七人，又有劇病，必資飲食爲養，疾痛病癢亦藉人力。若欲以形迹引嫌，踽踽涼涼以明潔，不佞不能也，亦不爲也。比來中夜嗽喘，自首至足汗流如雨，奄奄氣息欲絕，並無一人問一語，甚可傷也。而不佞又須事事求悅於人，是以性命媢人也。以他人之性命媢人，君子百世之後，猶尚切齒，況以父母所生、上天所與之性命媢人乎！事之不得，無可如何。微倖得之復欲捨之，而就費心、費力、費物之所，吾不知其果何心也？米之遲速，當聽大體，豈獨 賢契一人所能汲之？但既至，則須速裝入崎，乘此高價市之，以完兩年宿負，使此心安閑耳。未至，萬勿更促之，目下但得米貳包，大豆一包，於江口氏便船先寄足矣。移居之事不佞以來月風寒，海口衝風，僂軀必不能勝，故急急也。此外二事不便，不得已而爲之，若好爲動作，毋論不佞手無一文，即使力能爲之，軌東暮西，必爲人情所大不便。今承 諭談 鎭公到而後圖之。若貴州新主未知到任何時，夫至十月終，則仲冬風烈浪號，燈不能張，衣不能禦，如何？若欲塗壁以禦風，動輒便須六、七金，必非力所能堪。況來正便須拆毀，爲之甚無理也。如琢謂 賢契來書云：「即不能來柳川，亦須於庫中居」，似與不佞書稍異， 賢契未知庫中之不可居也。三面造屋儼人，其中所餘無幾，不能作四項居址，若欲不佞就市廛中擇取二、三間，亦何苦而至此。若爲奉告 貴國主地，今不佞居此庫中，人盡知之，婉轉亦人有辭，不煩周折也。且告於 貴國主而迎不佞者爲尊我乎！爲憐我乎！況尊我雖崎有華堂廣廈，亦必迎之。若憐我無所棲止而然，則不佞無足爲世賓，入 貴州亦不重也。□□如此情 賢契詳慮之。來書以奚自未然□勇，必不能至此眞足追踪。顏子至□來年自食赤米，則必不可。賢契所食米不過四、五俵，計其所省，止於米一包耳。其價不過貳兩。使踰七老親見之，日夕不寧，必減膳以佐 賢契之不「足」（註二），份 尊公有高見必無他言，若或見不及此理， 賢契以半俸養無益之人，自致困苦，則又辱及於不佞， 賢契特未之深思耳。萬勿爲此，此事必不能爲，所省亦無幾也。深衣幅巾，若得唐布爲之，所費不過百目，以紅毛布爲之，亦止於十貳、三金，惟緇布冠及白履時，亦不能爲之，須以意創耳。蠟燭既致　貴國主則不必煩人別製，欲將現存者數枝續篝燈，伍郎兵衛以無匣不便携，竢後有便人寄□此間姓□□□使必不可遺來，此反致不佞不□萬萬。慰　清田安右衛門稿本欲□，前云數日後携文至柳川須

賢契　故不前來，不佞每讀書，輒以□體之，或不甚愧於前賢。惟「食無求飽，居無求安」二語甚爲有愧。前幅絮絮叨叨，皆爲居食二字累也。至於老者，非帛不暖，非肉不飽，又輒援以自能目下比古人，較之柳下惠或者若有徵長，而　賢契當屬魯男子之流，學問所爭，在於安勉之間

賢契以爲然否？彼佛有「入水不濡，入火不熱」二語，彼能言而不能行，不佞能行而不自言，恥於汚人而潔己也。意欲於來正作一文，以宗其意致之，　賢契不語，遂至紛紛，終當作之也。事端所由，尚未得詳。總來不佞事事以心，他人則事事以術耳。餘再悉。

友生朱之瑜頓首　拜

安東省菴賢契知己

註一：「時」字原文未見，據文義補。

註二：「足」字原文未見，據文義補。

十六　朱舜水寄安東省菴書

二七・八×一六・〇　一二二

彼人初時，意欲收我爲渠護法□彌。彼見唐人，盡不齒之，不得已而然。雖不能量不佞深淺，猶信口稱揚，今見我事事高邁，又見我不肯住其家，又見　上臺禮貌隆重，大拂「其」（註一）意，深懷「忌」（註二）嫉，又千方百計必欲毀之而後已。昔年索我履歷，舊年逼我作文，皆其意也。但「謀」（註三）慮深遠，人不能見耳。年來處處道吾之短，不一而足。特不佞無可道，有識者更鄙之嘆之。

賢契故須直一書，明明白白，抉破其奸。敗名之下，尚須加我之罪無所逃，我亦無顏自立於人世。又加禮之事師，竭誠至死云云，彼方知儆，不爲造作語言，群小亦稍知利害，不將天下事視爲兒戲。今日直以兒戲視人，必須如此戒諭之。賢契萬勿躊躇縮朒爲幸，若不戒諭，必致於此，亦非所以愛之也。至囑至囑。

九月廿七日

致書萬勿用婉辭，用婉辭則日後不可悔也。萬萬

瑜又言

註一：「其」字原文未見，據文義補。

註二：「忌」字原文未見，據文義補。

註三：「謀」字原文未見，據文義補。

十七　朱舜水寄安東省菴書

一四・四×四一・四　一二二

書之長者，其式如此，裁去其尾而接之「非」（註一）體也。若止於貳幅叁幅，則粘連首尾而不如晤書。裁割中以圖書鈐之，副啓之，二開者曰八行，三叩、四叩、六叩俱有。若有五叩者，便謂之廢紙，致不佞不妨，在他人則爲不敬矣。舉賢勵不能，賞功罰有罪，不佞自成童，矢志以迄於今，使得爲朝廷用，便當率是而行。即退而居鄉居家，無不由此。今一旦臨小小利害，遽違其素而然，狗無知無識之人，亦謂失其本心矣。失其本心，何以□謂之人，豈不知違衆則是非顛起，然較之不得爲人則有間矣。每覽前代之事，是非倒置，功罪雜揉，皆裂髮豎，豈肯自身爲之哉？至於無根之議，彼俱自知其必無，特爲後日慮耳。吾豈爲此輩所惑哉？特做此以恐嚇不佞，吾豈爲此輩所恐哉？無端小事輒「復」（註二）紛然雜擾，步步不出所料，彼亦何苦用心至此？

賢契愛我特甚，故以是□之，不能多及也。守元令徒來索字，禮當由賢契乃從畏三來持□□竢回音始作也。　賢契於不佞本無纖毫疑問，誠不必屑屑以明之，然今玄黃朱紫過甚，惟不佞能以定力播之。賢契能不爲之掀翻否？在他人則萬萬。（尾欠）

註一：「非」字原文未見，據文義補。
註二：「復」字原文未見，據文義補。

十八　朱舜水寄安東省菴書

四八・〇×一六・〇　一二二五

去年除夕書及今年三月廿八日書，托京中佐藤久兵衛寄來，外黃金大判一枚爲令尊翁壽，未知曾寄到否？不佞多病，自去臘以來，每日不快，思賢契寢食不忘，未知何時乃是晤期。令郎如何？賢契前有少恙，今何「以」（註）外曝，布貳疋寄上祈　炤收。此間所有少，物皆粗重，無人肯寄，欲專差一人奉候，又無人可遣，怏怏殊甚。來不佞處奉工者俱遊棍，托以少物即長逝矣。近日事甚冗，病日深，日夕皆在夢魘之中，不能多及，惟心炤不宣。

四宮氏踪跡詭秘，語言虛巧，內欺其兄，外欺其師，吾不知其所作何事？前者作書與其兄，渠同黨盡沒口授之意，吾無如之何矣！好言相勸，反以爲怒，吾將如之何？

仲夏二十有一日

安東省菴賢契知己　　友生朱之瑜（印）頓首拜

註：「以」字原文未見，據文義補。

十九　朱舜水寄安東省菴書　一六·〇×二四·〇　一二二六

如晤

謝帖致謝。三彌樣，祈轉致之。不佞名帖無書教字之禮，因在異國，權宜之耳。聞三彌公年高德劭，初未識荆，不便遽作。他稱前日如琢寄字問題畫者，曾到否？左傳全部奉　璧希炤存

後八月二日燈下

省菴賢契千古　友生朱之瑜頓首

二十 朱舜水寄安東省菴書

一四·八×四一·〇 一二二七

賤恙一二日「間」（註）稍可，不足爲慮。緣三四日來稍涼，體中不煩悪。近年每至夏秋輒病者，多因屋宇低隘，不見□所致，非別病也。廿六日風雨大作，草廬幸不傾覆，皆賴江口氏處有三四人竭力幫襯支撐，江口氏亦甚費力費心。幸是晚風轉，海潮不淹沒，數日間尚得寧居，不然又多一番周折也。他處房屋爲風所損者多，柳川田禾不致損壞否？衰衣已做成，即欲寄上。因禮不預凶事，未曾說明，恐賢契發封不密，恐尊公知之有不悅之意，故先說明而後寄來。此匠亦知做深衣幅巾，其材已備而舟行甚，促不能及，此衣四日方能成就。又幅巾大帶急忙不能成，俟其舟至爲之。餘再悉。令儀因其人不能帶，望再寄

友生朱之瑜頓首拜

七月三十日

安東省菴賢契知己

註：「間」字原文未見，據文義補。

二一　朱舜水寄安東省菴書　　一四·四×三七·〇　一二二八

（首欠）事津助能期於必不受，三日□與清田氏言，貼之者以不足而貼之也。今既已足，更不
復煩津貼，俟其至，當就
鎭公面辭之，此事不須
賢契過慮也。奉來蠟燭壹斤、大燭陸枝小燭陸枝、外銀壹百柒拾錢。壹百肆拾錢歸　賢契，叁拾
錢與又右衛門。又右衛門工銀壹拾叁錢叁分，以壹拾陸錢柒分賞之，彼壞我物四五十錢，不佞
不親見者尚有數十錢，無可賞也，此外更不必多與。又寄還　久敬令徒銀拾壹錢叁分，前買木棉
及染錢，遲遲爲罪，幸致三兩茶既見惠，不便奉銀。席與嘉穌魚無有，又有銀壹枚，重叁拾捌錢
八分，煩買木棉陸端，速速寄來爲妙，遲則染舖不收也。希一一炤入。

十月廿八日

外久敬書一封，幸簡致之。

安東省菴賢契知己　　瑜生頓首

二二　朱舜水寄安東省菴書

一四・四×三八・〇　一二二九

筑後屋長兵衛殿廿四日回附來書及三禮四封俱收到。不佞所附 今村兄飛脚書及注血餘滴何廿三日戌時尚未到？大約海口阻風也。其書曾覽否？初七日，三郎兵衛至寓有所言，急速而不辨，不佞認爲初七日完翁或畏三遣來致意之辭耳。因有故未曾細問之，昨早完翁來飲，不佞即刻扶病答拜。見其束裝，不佞反咎其不索書，渠亦不能，此不佞之過也。連日胃口作惡，時欲嘔吐。飲茶極多，竟不知何處消去。頭岑岑不快，酷暑難堪，食訖便作□

貴國儲君將至，未知約於何日到州？

黑川公亦未知何日方到，前答久留米明石源助書稿奉 覽。更有二書，因小恙不能緣寄也。文公家禮雖日本版頗備前時者。 餘再悉

安東省菴賢契知己　　瑜生頓首

二三　朱舜水寄安東省菴書

一四·八×二一·二　一二三二

（首欠）十六日起字號書定已入覽，長崎米愈貴。前諭左兵衛盡數載來極妙，但目下有便，於數日內得先寄一貳包更妙，又省一番周折也。來人行促，不及盡。

九月廿四日　瑜生頓首

安東省菴賢契知己

如無便，江口氏差權七在貴國，問之爲妥。

二四　朱舜水寄安東省菴書

一六・四×四三・〇　一二三三

三月間，有書一封及眞紫粗絹壹疋，託筑後屋長兵衛兄轉寄，曾收到否？近來未安否？音問□奈何！今三省以父病歸養便寄數字，外寄清田安右衛門兄書一封，眞紫常絹壹疋，惟賢契以□□日本字註解而與之。又潁川入德兄書一封，眞紫常絹壹疋。南京廟（興福寺）（註）澄一和尚書壹封。何二官書一封，仁右又門令尊號毓楚。何仁又衛門書一封。以上各書俱有要緊事，一到卽祈專差一人送去爲望。冗甚早早，統俟再悉。

仲夏二日　之瑜頓首

安東省菴賢契知己

註：（興福寺）爲筆者所注。

一二五　朱舜水寄安東省菴書

一四·四×四三·〇　一二三四

前作右衛門書，應已入覽。袋町房屋甚窄，今日已議□□州廟近側新居一所，屋稍寬，價比此稍廉，大約料理裝拆，月內二十日遽可移居也。今番賢契來崎，恐黑川公必欲一見。在江戶時，極道賢契高義，豈有來此不欲見之理，且此公甚留意於此。賢契恐須面稟貴州新君爲之地步爲妙，萬萬。聞今月廿七啓行，果否？學蔀通辨有餘則早寄一部爲望。大豆托久敬令兄未到，問之其家亦不知，渠令兄往京未回也。俟其歸，必有下落。僕婦近狀大奇，與舊年絕不相同，惟其夫則絲毫不異於舊，明日當與之言，如此甚難用也。然終無佳者，又復躊躇，皆受完翁之惠，幾刻不緩，前買婢亦不成。

二月初四日燈下匆匆附聞

安東省菴賢契知己

瑜生頓首

二六　朱舜水寄安東省菴書

一四・六×六七・五　一二三六

（首欠）而以師至矣。且情意相□，語言便習，何以舍之而未學「之」（註一），我答曰：「家世住崎，中衰往柳「川」（註二），柳川又復難住，仍欲回長崎，則柳川不便，是以奉懇，非□師而有他圖也。」萬望勿怪，況是吾師薦達，情事可知。不佞復閱來書知賢契多方爲我謀，故遣來調理不佞耳。感極感極。賢契謂之可□而有不可教之理。已於初三日之吉，拜禮已定矣。從此可托，可以禦盜，受惠不淺，家賊難防，聽其瓜分，必至出醜。若與之講理，必不可講理。而彼之恨毒惡言，無所不至，今如此極妙矣！賢契親受此害，目下親受此益，自不比泛常小事也。聞　賢契家計漸足，今令寵大能理家，而賢契又切切來望悅我，甚喜。若　賢契早爲之，兩年不受如此周折。不佞非追於既往，但欲賢契惜之於將來耳。時下已曾望喜否？有則速使聞之。不佞今年恙甚難調，日夕傷甚，弱不可支，無時無刻不在雲霧之中，惟有飲食不減耳。至欲服藥則無能醫之乎！徒費精神也。恥言錄任　賢契意并之作序，自然之理。若曰往江戶□□改創慮之過矣，慧星凶吉，隨之天意高遠，非遠人所宜言也。　賢契亦不必及此。穀價恐如此，便不須另問。三省穎悟亦中人耳，喜其氣質溫雅，已及一月未望一見，其跳躍頑梗之意「亦」（註三）少能解事，倘循此不變，將來可有成，以其初雖父母目下待□也。餘再佈

臘月三日

省菴賢契知己

瑜生

註一：「之」字原文未見，據文義補。
註二：「川」字原文未見，據文義補。
註三：「亦」字原文未見，據文義補。

二七　朱舜水寄安東省菴書

二八・六×三〇・六　一二四九

客至問詢，昨暮又得手書，知令妹尊恙痊可，甚喜。此不獨
賢契篤於兄弟之情，
尊公踰七之年，子女疾不時瘳，必多憂念。今既愈，是　賢契無限之樂也。賀賀。弟屋不蔽風雨，且慮炎蒸，則長崎一鎮皆然。不佞之慮□□中等，上者不及，下者過之，豈惟一人。賢契相愛之深，故至於此，不佞處之怡然，曾無少慮。今居此不久，突然移徙，殊不雅觀，且亦於江口氏名不美，故愼之耳。前亦與敝鄉親及家下人「酌」（註一）之矣。又右衛門愚而詐，此是笑之之語，不佞初不以此爲嫌，所以不遣者，亦是　賢契仁者不忍之心。今承屢諭，渠意亦似欲歸，故遣之使歸。外僅與錢貳「分」（註二），又其工價惟　賢契酌定之，少賜些許亦可。今將兩月矣，序稿稍改數字附上　守元。四書一部六本奉璧。守元不及致書，希他致。前銀短少，此是偶誤，何必復補，已領到。外附新茶壹觔，宜與時方壺「壹」（註三）把，引意爲（尾欠）

註一：「酌」字原文未見，據文義補。

註二：「分」字原文未見，據文義補。
註三：「壹」字原文未見，據文義補。

二八 朱舜水寄安東省菴書

二七・四×二四・八　一二五六

（首欠）並將貴恙何如，詳細寄我，外來往書稿三篇附覽。移居之後，或有可閑。然初到，往迎必不能已也。

尊公不另書，藉 賢契詳悉奉聞，並爲致謝。久留米陸田又右衛門父子及四宮勘右衛門，極承其高情厚禮，冗極不及致書奉「候」（註一），幸爲我致言「謝」（註二）聲。不盡。

陸田氏節節差人及其子遠接，街道令百姓掃除，此意甚慇懃，感謝感謝。

七月廿九日漏下二鼓　瑜生頓首

安東省菴賢契知己

註一：「候」字原文未見，據文義補。

註二：「謝」字原文未見，據文義補。

二九　朱舜水寄安東省菴書

二八・八×一五・〇　一二六三

（首欠）不悅，是父子各有其□也。今□□□□若能上順親心，翻然負笈，則何古人不可及哉？特慮問安床幃。外纘舊遊，出悅紛華，卜子不老，爲可惜耳！爲可惜耳！

高木景元字本擬今日寫上，適今日祈寒硯冰，又復有筑後書生貝原玄旦來此，旋又居停以酒邀寒，轉瞬至暮，又復不及，信一二日後寫寄。前翻書中有「壽庵」二字，下有二字，字面又下有「興吉二物」字，日久竟致達，亦恐是　賢契爲他人乞額者，但不似　賢契之筆。如果乞作，速示「知」（註），卽爲補上。萬勿（尾欠）

註：「知」字原文未見，據文義補。

三十　朱舜水寄安東省菴書

三〇·八×二六·六〔一二六四

正月二十日亥刻□□□□□中字號，甲辰年第一書字號未察，內書、帖、記、跋共四紙，外學部通辨（註）貳部寄完翁飛脚，又書壹幅（尾欠）

註：「通辨」原文未見，據文義補。

三一　朱舜水寄安東省菴書

三〇・〇×四四・〇　一二六五

貴邦
新君到任
賢契自然煩務，然
群公畢集，來往之事，當以前書之意商諒量妥當而行。萬勿以　惓惓不佞而致有錯誤，至囑。
不佞在此日夕爲無益之事所紛擾，一刻不得寧居。室淺隘，有客至必須接之，無可他辭，不能
應人之役，反招尤積愆，豈不深□□□便必已入
覽。但恐於事諸有「未」（註）能如意，故須斟酌之耳。此外尚有事且緊要□□一時行促不
能悉，俟後書詳盡。來往之事妥則極□□□□不佞當於明春別覓鄉居，如此紛擾萬萬不能
也。□三竹字□氏，號比山子，
賢契知其人否？聞爲
大將軍醫生，然儒生也。無書不讀，著書甚多，果然否？果則
賢契必聞之矣。其爲人何如？希速速示之，匆匆不多及。
安東省菴賢契知己

友生朱之瑜頓首拜

註：「未」字原文未見，據文義補。

三二　朱舜水寄安東省菴書　二九・〇×三一・〇　一二六六

（首欠）賢契之於不佞，無一毫可以行跡者已，後□須作字促之。

逸公前得來書□□□不能作答，托不佞致聲。不佞承　賢契□補短，至明年九月無有不足者，卽目下米價平，稍有缺欠亦自無多，此易爲力，　賢契萬勿以此爲慮。前者新十郎及逸公之諭，俱不敢行，今年轉展通移，俱屬新客。而本月來月一慨俱行，未知爲累耳。倘米穀可糶，祈一慨賣之，但留豆貳十俵爲明年房稅及日用小菜之需。目下得八百錢，則諸務方了，萬一米穀遲滯，尚須此間別圖，則又多一番利銀矣。米穀得價速寄爲望，今匆匆不及，稍暇當詳盡具。　復

十一月初八日　友生朱之瑜頓首

省菴賢契知己

左傳三本收到。

前者所言，僱工誠實，固是極好事，二奴欲逐之久矣。但如琢言此人百貳十目□論不佞力所不能，卽此間亦無此例，不敢爲他人開此大弊「矣」（註）。

註：「矣」字原文未見，據文義補。

三三　朱舜水寄安東省菴書

二五・〇×二七・〇　一二六七

日本兵至大明，自然全勝，所謂義兵也。今日解百姓於倒懸，兵志曰：「兵義者王」數郡之後，望風歸附，不待盡矣。以賢契料之，在　貴國平日議論，兵可得發否？貴國王有此意否？有此意，方可與上人商量。江戶之火，不足慮也。若是人火，發兵□□□□是天火，□發兵亦可弭。前日佳作中有借書一人，是何人？若貴國王有此志，便可得商量，似不必以江戶之火爲憂。日本雖大，雖富強，不有中國，其名終不得垂，止行之日本而已。所謂附青雲之士，則聲施後世。今日日本與中國，蓋萬年難遇之會也。一發兵，則虜必殲，功必成。日本之名必與天壤同敝，且載入中國之史矣。豈止自書其□，如乘檮杌而已哉！

註：此書先生確實書於何年未可考。惟其引兵志透露苦衷，尋安東省菴探及柳川藩主是否有意發兵援助明朝，可見先生朝夕懸念者乃為反清復明之夙志也。

三四　朱舜水寄安東省菴書

『耆舊得聞』（東京大學史料編纂所藏）

不佞鹵莽荒廢，留住日本，誠爲賢契錯愛之過，豈能有絲毫益於貴國。及諸公，卿大夫俱爲大喜，或炫於傳聞之言耶。云

江戶已稔聞賢契半俸之說，諸大夫擊節歎羡，謂吾國乃有如此好人。

三五　朱舜水寄頴川入德書（一六五八年）　五・八×四七・八　一二三五

（首欠）別來一路平安，蒙　德舍、興官之情。舟中又遇俊夫，誠不覺遠行之艱。藍三官因鼎論頗甚，聞無舟來，幸代言致謝。貴相知安東省菴學識俱優，志氣奮發，健羨健羨。竢弟明年夏到崎與之往復論難，必不虛其懇懇之誠也。「藩臺」（註一）遠在浙省，弟卽欲復來，因敲冬不便，大約明年夏晤語也。省菴書弁拙稿貳幅希耑致之。一時行促，欲寫數作寄之而不能，九老爹、逸然師、澄一師俱不及另書，千萬叱名致意，萬勿以貴冗遺忘。黑二官書一封，一到卽乞付之，勿誤哉。

完翁陳老爹　　臘月望日　　弟之瑜頓首　拜

註一：藩臺乃指鄭成功也。時成功有北伐南京之舉，先生曾擬赴其義舉。

註二：一六五八年（明永曆十二年、淸順治十五年、日本萬治元年）先生於日本長崎首接安東省菴書簡，因行期匆促，不及回函，乃致書陳入德轉告明夏（一六五九年夏）復渡長崎相見。此書乃先生於一六五八年臨行之際致陳入德也。

三六　朱舜水寄獨立（戴曼公）書（一六六二年）二五・〇×三八・〇　九十一

原稿幷劉本奉璧希炤存。

再啓

昨暮得手書，因病甚將就枕，頭目眩暈，未得卽答，爲罪。弟惟靖難時臣極多，惟程詞林□最爲艱難，最有始終。今日革除之際□極多，惟弟最爲艱難，最爲堅忍而尙競競於□□□□□事始定也。羞辱困苦分所宜然，總不必論彼時。□□□□□頭陀誠權宜之計，於理無防。蓋建文主爲和尙也。今日普天下俱剃頭，此事大不可草草。蓋數有相□，弟於祖宗祭祀墳墓，曠絕十七年，罪不可擢髮數，但欲留此莖之髮下，見先大夫於九原耳。前承面諭及之弟□晌不復，而和尙更端，弟亦不究竟其辭，萬一念頭一錯，其所可慮者，翰教之所及，尙未能什一也。尊札懇懇言之□，有他人以□詞相誑者，弟念慮及此。所面達，云弟卽時力言不可。別後坐談極久和尙果何？所聞相愛籌量之感情戢無窮矣！「秋冬出關告歸」（註）大是美事，中國大叢林儘多，名勝不少（尾欠）

註：文中「秋冬出關告歸」係指獨立於一六六二年（清康熙元年、日本寬文二年）秋冬之際，在長崎興

福寺幻寄山房之閉關修行屆滿三年而言。此書乃先生為婉拒獨立削髮為僧之建議，於是年所發也。

三七　朱舜水寄化林（黄檗明僧）書（一六六五年）『舜水問答』（中川文庫所藏）

宗兄初夏一別遂欲往，時每念隆情，眷暮無已，「此去將數千里，晤言未有期」（註）。豈可勘然，然何可爲嚴，遵上令星速戒途，昨日於道中兩得傳報，更覺敦迫無已。不能入山一爲握手，不儘悵惘。法行索　長公家書，方知下血既久，面容清減，雖精神滿腹乎。近亦甚爲委頓，且內外皆須料理，鞭長恐亦不及，宗兄不可不早爲調理也。幸立翁在山，詳定妙方，一報霍然矣。

註：據「此去將數千里，晤言未有期」，知此書乃先生於一六六五年（清康熙四年、日本寬文五年）應聘江户臨行前致黄檗明僧化林也。

三八　朱舜水寄林道榮（唐通事）書（一六六五年）

『舜水問答』（中川文庫所藏）

台兄東武初歸之夜，匆匆敍述，遂及此語。弟以其言濶大，而日本素未有此舉，故亦在似戲非戲之間目之耳。今者乃少見端緒，宰相上公待以賓禮，慰勞有加，「十八午進見，十九日命儒官到寓相謝，云昨日有勞誠恐受熱，相公特令致意」（註），此語最重，弟不敢當。其他殷懃相叠之情，可俟兄自能細述，無煩楮墨矣，兄之所言或者久而及之，事未可知。鄙人疎懶成性，但歸閉門教授，無哭無病足矣。非分之榮不敢羨也。連日來足跡不出門，雖極緊要客亦不往拜，所致友元人見兄及林春信昆季書已送去，久闇爲歉。昨日友元兄到寓，枉顧秉燭而歸，渠已編修國史，近在發刻，故日夕不暇。林兄尚未見也。弟沐嶋田公厚愛，意思周摯，情辭款曲，永矢不忘於心，便時幸　台兄詳細爲我道達爲感。二尊人必安好健飯，父母高年在望，人生至樂。台兄詳領此福，以弟方之，眞天淵懸絕矣。幸叱名致意，冗極不及另書也。行時兩次枉顧垂念之深，幷祈爲我謝之。所煩諸友諸事均希爲我留取，如有到者必勿使散失爲望，若他友有湖筆薇墨廣葛，亦乞爲我留下爲感。

註：據九州柳川古文書館所藏之先生致安東省菴第一二四八號書簡中有「不佞於七月十一日到東武，因

冒暑致疾。十八日見水户上公，禮貌甚優，上下俱已申飭，肅然可觀。次日早卽令儒生小宅兄到寓致謝」等語，此與文中「十八午進見，十九日命儒官到寓相謝，云昨日有勞誠恐受熱，相公特令致意」語相胞合，故知此書乃先生於一六六五年（清康熙四年、寬文五年）七月十八日謁見德川光國之後致唐通事林道榮也。

三九　朱舜水寄何可侯（唐通事）書（一六六五年）

『舜水問答』（中川文庫所藏）

別去次日即兩山路崎嶇，竟日如注，主從咸大勞頓已。後晴明日少，台兄即欲速行，亦須十日始到京都，舟行又須候風，未知何日到崎？嶋田公事事明悉，若使月內復命者必無遲滯之嫌，恭喜之後幸速寄一字相聞。往來遠涉冒暑征行，因未可一言盡也。弟於朔日午後造府，適上公急欲就國，改初七之期於初三日，公私事務旁午，各官群集聽聽上下匆忙，乃盡撥諸冗相對談論。即兵左衛門亦進之於左邊嬉笑慰勞，薄暮始還長崎。源右衛門就見其事，喜樂不可勝言。黑川、保田二公立刻聞知，喜不可盡。初三日就府相別，世子曰此弟子及上公之二弟，就見於外朝，所問答之辭，少暇書奉。初六日行次抑岡驛，復命儒官作書，以君命候問幷致獵得之物，又命裁工製衣，種種隆情不可盡述。其外群儒不知，相見一次之後莫不傾心悅慕，執禮恭謙。弟特以上公就國不欲外交，故多方以辭之，而人情大慨無所嫌疑，亦似無分彼此，後來或少有頭緒耳。寓所大爲修理，非旬日所能，竟未知何日移居也。尊夫人彌月必得佳兒，隨行從者急行，一路俱安好否？幸速速。不知爲感所煩，諸事均乞留神，若有木履亦乞爲弟覓一雙。

註：唐通事何可侯曾於一六六五年（清康熙四年、日本寬文五年）六月，由長崎護送先生至江戶，此書

乃先生念其是否安返長崎，而發自江户也。

四十 朱舜水寄何毓楚(高材)書(一六六五年)

『舜水問答』(中川文庫所藏)

弟臨行多病愈見張皇，事事俱煩請思，悉意周旋，無限深情，莫可言喻。老親台特以垂愛眞切，事同一體，故揣摹無不奇中，而長公又能曲體雅懷，途中及江戶一味重愼，幸而水戶上公以及黑川、保田二公皆歡獎。到此十九日卽行，可爲迎於竣事，此皆奉老親臺面諭，故不敢少爲留止。但歸途遇雨，未知安穩何如。此行見大人歷大事之後，諸務自然迎刃而解，無煩老親臺過慮矣。惟目下得令孫大爲湯餅之會，而又大事如意，早使弟聞之，共爲稱慶耳。寄來茶二箱領到，有收票一紙附上。餘諸物一概未到，不知何故？所煩諸事萬懇留神，多問恐釋奠釋菜之舉，衣裳必不可遲，希就寄嶋田公附來。望切望切。其餘已面囑長公不更瑣瑣，諸凡俱長公面悉，後來諸事亦備長公札中，不另書□□令嗣極欲附一緘奉候，緣冗極不能及叱名致聲。

註：何毓楚，福建省福州府福清縣人，一六二八年渡日後定居長崎，為唐通事何可侯之父。此書乃先生抵江戶後，為報安及言謝，於一六六五年(清康熙四年、日本寬文五年)發也。

四一　朱舜水寄諸通事書（一六六五年）

『舜水問答』（中川文庫所藏）

前書諒已塵　台覽。「可侯兄應已到崎」（註），柳澤又右衛門附書曾到否？今水戶　上公欲做深衣，煩老親臺喚張四官船中陳二娘速就高木公府中，製者甚衆矣。他人又不知做法，奈何本欲耑差一人，今恐往返事煩，故特附飛報前來。匆匆不盡。其細帳具高木公書中，不更贅。嶋田公不另書，煩叱名致聲。

註：唐通事何可侯於一六六五年隨先生傳譯，護送先生至江戶，據文中「可侯兄應已到崎」，知先生念可侯是否安返長崎，而於是年致書諸通事也。

四二 朱舜水寄高木作右衛門（一六六六年）『舜水問答』（中川文庫所藏）

僕素承　雅愛，衷心感佩。臨行奉別，適公駕有筑前之行，不及面謝，已陳之令郎長公，諒已轉達之矣。「悠忽之間，已經三月」（註），福履亨嘉，闔府駢祉，不卜可知。僕拙劣之資，無足比數，乃台臺逢人便說頌，遂有水戶上公之招。一見以來禮意日隆，情又日備。凡此皆以不可一言而盡，台臺光榮爲重也。因唐書不便奉覽，前懇何仁又右門面陳甚詳，此時必入諸聽矣。僕抵東武以來，所見諸公必以深衣相訪。朔日　上公特問深衣可有唐人能作否？僕云，現有閩人陳二娘云能製此衣，言之頗似明曉，且云能製冠履，然行役不能細問，未知其所製果能合式否？今　上公欲令此人製深衣一套前來審看之，僕奉托台臺，惟冀台臺面諭何仁右衛門喚取此人到府，做一套寄來爲感。其細數另旦於後，諸事俱毫梶川彌三郎書中，不備不宣。

一　深衣一領（用上好袓蘭木棉做，緣用上好黑花布單）

一　緇布冠一頂（笄一枚）

一　幅巾一頂

一　大帶一條（用白絹爲之，辟緣也鑲也用絹）

一　黑履一雙

一　繫帶絛一條（或長崎爲之或東武爲之亦可）　以上六件令陳二娘製。

註：先生應水戶德川光國之招在一六六五年（清康熙四年、日本寬文五年）七月，據文中「悠忽之間，已經三月」，知此書乃先生抵江戶之翌年，卽一六六六年（清康熙五年、日本寬文六年）三月，致長崎之町年寄（官名）高木作右衛門也。

四三　化林寄朱舜水書（一六六六年）

『舜水問答』（中川文庫所藏）

客夏六月寓小倉廣壽山，蒙　老兄台教，皆膈肝談也。卽欲就見小通公，云事迫行是以中阻後，十月豐別檀越主上燕都，附寄小札壹通和韻一册，求教兼問候，未審到否？今八月間復得　尊翰過小犬慰諭，誠切感可知也。恭惟老兄振洙泗于殊俗，續雅道于斯世，東關嚮作，木鐸穀傳，弟雖處方外，能不遠沾德意哉！但改德易轍持之以漸，制禮作樂勿泥於古，使天下之人知有吾儒之教。不炫俗亦不駭俗，斯則盡善盡美，不負老兄大振起一番也。杞人之憂因知言極，狂夫之言聖人擇焉。諒高明者不以深罪，路遠空函依依不盡，耑此　上奏。小犬均此致意。

註：此書乃黃檗明僧化林於一六六六年（清康熙五年、日本寬文六年）得先生發自江戶手書後，回函致謝者。

四四　朱舜水寄劉宣義（唐通事）書（一六六七年）　『舜水問答』（中川文庫所藏）

暌違既久，念想爲榮。去夏以來雖萬分冗極，亦必耑書奉候，未聞得塵　台覽。卽使魚雁沈浮，豈無一登記言至。然事不可知，卽如陳完翁去年七月中書，今年四月中到，理或有之。獨不得闔府駢禧，私心輒爲怏悒，然於奉行家老及申官未問之，已知大慨差足行慰耳。「去年深衣一書，罪甚」（註）。此事誠非兵左衛門之罪，乃弟之罪也。弟以書達　御奉行所上書「樣」字，於體不恭，恐有妨礙，故囑兵左衛門下作「殿」字，總來粗野不更事，求美反不美，致有此失，心本無他，惟希原諒。又聞以玄貞事爲弟罪者，此則親臺之過矣！弟以台命及可侯兄命，多方委曲而必不肯留，弟已明諭之曰，彼謂江戶如拾芥，特恐麻繩縛鴨卵兩頭脫，其時進退皆難矣！彼不肯住，弟將奈何之哉！弟聞設教之理，來者不拒，往者不追，今爲此事是欲弟追往者也，弟豈能之哉！彼時弟深咎兵左衛門不知事，故至此。今諸書具在，尙有晤言之日，當親奉電燭也。前承　貴鎭主嶋田公厚愛，兩次耑使到寓，問弟所需唐物，作書囑老親臺及湯貴寅□□病甚冗甚，稍遲卽當開單附懇也。不莊不次，惟希鑒涵。

註：據文中「去年深衣一書，罪甚」，知此書乃先生於一六六七年（清康熙六年、日本寬文七年）發也。

（請參閱書簡四二，先生致長崎町年寄高木作右衛門書）

四五　安東省菴寄朱舜水書（一六七九年）　三〇・一×二四・九　八十ㄟ一

今井詞宗自崎投寄

教翰三封、黃金肆兩、白鳥壹翼，門生守約丁憂之後，經年訃報，想當罪以怠慢，反辱惠弔札并賻儀，灌手登拜，不任霜露，悽愴之感，先君豈不感恩於地下乎！

老師齒德偕邵，病魔易犯，聞之悵然切恨，不服湯藥之後，渴仰萬萬，恭惟調攝爲幸，「暌違門牆十有三年于今矣」（註一）。昔在崎每相思，一葦航之猶如三秋，況今參商萬里，眞隔十三秋，併無拜面之期哉！崎之故舊零落略盡，獨立獨健兩師、完翁畏三已爲鬼錄，追思曾遊宛如昨日，犬馬之齡方將六秩，往事悠悠，臨風浩歎耳。前年所返賜邵格之墨後，偶看遵生八「牋」（註二）彌知名品，珍藏不用將傳子孫，奈墨磨人之笑何頃，又惠之者鄙劣甚矣！守約初不知眞僞，若眞則留以爲文房之佳翫，不亦幸乎！敬□必勿却之

今井詞宗未獲鳳覯，賜以懇柬，謝何可言，所恨無由往見，極增翹跂，且諭以行期在邇，若及遲延恐書難達，率爾布悃，無罄區懷。類祈炤亮。

丹後前二日

門生安東守約百拜

註一：先生由日本長崎應聘赴江戶講學在一六六五年（清康熙四年、日本寬文五年），據文中「睽違門牆十有三年于今矣」，知省菴此書之發在一六七九年（清康熙十八年、日本延寶七年）。

註二：「䏶」字原文未見，據文義補。遵生八䏶乃明錢塘人高濂所著之醫書也。

四六 安東省菴寄朱舜水書

一五・〇×五一・〇 一三四〇

前日武岡兄至，曰吾友酒泉丈本，筑前人，在崎講學，其爲人篤實醇謹，眞超卓之君子也。今將歸鄉往京，路往柳川，其志在會於子也。自聞此言，傾然翹首以口爲耳。昨忽辱賜悃幅之書，國禁不得迎駕於蝸廬，開緘未終，父子急趨而得相見，握手論心，既然以酒既飽以德果愜，前聞非天假良緣，何以至此。只愧年高學卑，不特無報遠來之高情，黔驢出技徒自取嘲耳。深更歸家細捧誦來教，眞摯之情溢於言表，其中有不可喩者，引高山仰止以比士峰，至與伊藤鴻儒並稱，幺麿之夫素非其倫，曷得斯過隆之譽哉！仁丈本非求媚悅人者，惟以相愛之深與圖虛名之久，不覺至此極，雖荷厚意而奈大方之笑何顏甲，顏甲郎下欲赴貴寓，敍昨夜未罄之鄙衷，偶有瑣務，晚來當趨□謹此布上。

四七　獨立寄朱舜水書（一六六二年）　一八・二×六・八折本　一三六九

昨荷

明達之教，頓開茅塞，今日得借言以掃無益，謝謝！刻下健□至云自七十餘年，山海難便梯航

太和，今不吉矣！「俟弟冬日出關」（註）□□同居，倘不然□明便遠歸國如所願也。如日前何

以胸中不快，效梅聖前作□禽言，以寫胸臆□□以□箑呈過

台教，乞達之

省□以資蜀粲，祈

叱名爲禱。

翁兄

衲弟性易和南拜啓

註：據文中「俟弟冬日出關」，知此書乃獨立於一六六二年（清康熙元年、日本寬文二年）出長崎興福寺幻寄山房之前致先生也。（請參閱書簡四八，獨立致先生書）

四八　獨立寄朱舜水書（一六六二年）

一八·二×六·八折本　一三六九

數日不晤，懷思莫已。「弟自掩關三載，箇中絕無消息，度夏後卽滿期矣」（註），不勝切切思得。百丈清規以四月十五日起，爲結夏九旬之制，旣自居關一人何結，其奈箇中漠漠三年之願力何，只得循規作頭安頭之妄，謝外察中以索密密地。於十五日起一人不面，惟念省老至崎爲歉。倘遲至，無奈從例而謝之矣！求翁叱名以道其意，十五日前暇或望臨，餘則九旬當睹色笑矣！是達

魯翁先生千古

衲弟性易和南拜啓

註：據石村喜英氏之「獨立年譜」，獨立於一六五九年至一六六二年曾閑居長崎興福寺之幻寄山房達三年之久。文中「弟自掩關三載，箇中絕無消息，度夏後卽滿期矣」，知此乃獨立於一六六二年（清康熙元年、日本寬文二年）出幻寄山房前致先生之書信。

四九　人見竹洞寄朱舜水書（一六七九年）　日本國立國會圖書館「人見文庫」所藏

今夏大暑，次之以霪雨，伏想尊體無恙，不聞。「頃日有崎港之信，乃得貴孫平安之報」（註），憂喜相半耳。僕老親久在葛東之別墅，日日定省，且又有官事來往不遑。老親既歸在家，比日得暇，十日、十三日、十五日間，先生若閒暇，欲趨貴府何如？前日所奉之桐木湯婆，新製既成，木質難暵，漆灰難乾，故歷日太久，方今獻呈。時維溽暑稍退，新涼入郊，若乃爲燕寢之一具，則幸甚，伏請以製工之踈鬆勿棄捐之乎。且葛東所種之西瓜既熟，今奉送兩顆。頃日向熟多雨，又以園丁踈放，其灌培失候，故不碩、不佳，唯供一粲而已。餘事仰竢面展。亮炤，不乙。

孟秋初八日

註：據文中「頃日有崎港之信，乃得貴孫平安之報」，知此書乃人見竹洞得知先生孫毓仁於一六七九年（清康熙十八年、日本延寶七年），安抵長崎之消息後，致先生者。時先生八十歲。

五十 人見竹洞寄朱舜水書

日本國立國會圖書館「人見文庫」所藏

昨者談閑，不覺夜闌鎰金雙璧，豈啻而已哉。一夜夜話勝十年之燈乎！翁已蓐不恒之後，想夫貴體倦羸矣。凡對王侯之前，大罕八珍之滋味，羅列于方丈，是常人之所願也。然不知罕珍之或害其口及心身，僕前者所謂湯餅清茶之設，百倍于罕珍者是故也。伏願翁之說道腴者，不在書味，噉蔗而已。乃道之於人者，譬之五穀之於口腹，若罕珍則不食之而足矣。若道與五穀一日無之，則奈此生民何乎。翁能說其道腴，而學苗嘗已秀矣，仁田嘗已熟矣，足養此生民者也。於是物知湯餅清茶者，其一時之設耳。再思之則餅茶倍於罕珍者，便道腴味其味也乎。多謝多謝。且所約之鐵函心史三册、明季遺聞四册，備之高覽，心史之書，讀之使人義氣凛凛，朱明南渡，中原悉爲北賊之有，翁亦思胥之徒也。讀此書，想此人，感其時，思其士，彌多所激發乎。奈何就告卓子之帳及走水許借，則幸甚。餘再面陳。伏乞亮炤。不備。

副啓：前日所許借之道服，製工晚成，還璧延及今日，多罪多罪。晦翁先生嘗製野服，著之後羅鶴林所謂其製似道服，僕欲見道服久矣！今遇翁之來于江城，併得野服之製，國俗服製混淆，無儒服之制，以此道服爲國儒之所服，則僕所願也。其禮改之則道卽在茲乎！奈何，伏請鑑察。

五一　人見竹洞寄朱舜水書

日本國立國會圖書館「人見文庫」所藏

昨日閑語，唯恐貴體之倦羸，亦恐鄙人不習禮而以鹵莽之容，受禮意之鄭重，多罪多罪。前頃翁言道者，日用常行之大路，而貴賤各無不行矣！僕竊言道與五穀一日不可無之，唯愧僕儕常，雖行其道不得能行，常食其五穀不得能食，大略與五穀則人之大倫者五是也。所以且食，誠意正心是也。一生之工夫盡此矣。未暇麟脯鳳炙堪嚼此乎！唯喜逐日親炙翁之習氣，則我穀之不厭精，日日新而遂得研其精也。惟幸昨日有人寄蘭花，今併前畦數花以備高覽。敬白。

八月廿六日

副啓：書中數語，詞意太過矣！唯附愚意漫草焉。伏乞勿訝。

五一　人見竹洞寄朱舜水書

日本國立國會圖書館「人見文庫」所藏

昨者來使承謝詞之慇懃，前奉菲物聊備俶裝之資耳。何禮意之太鄭重，汗顏汗顏。且賜芳茗一壺，僕性好在此，然我國不知斯製茶，肆之不可得者也。深收以爲珍。僕想飲時有宜與不宜，恃覺心手閑適，深夜靜書，輕陰微雨，茂林修竹，此飲之不可欠也。如論茶之於風濕，固可以懼之，僕聞日用頓置貯之小壺，以箬葉包之而不損香氣。箬葉未辨何物，今副一葉呈之，不知以斯葉爲箬乎？伏竢盛教。且水戶之行以何日發軫乎？別後幾個月，不堪離情，初執謁之後，屢拜芝眉，心彌敬矣！情彌熟矣！發軫之前尙有餘日，臨夕被枉高駕乎？若不然則往趨庭，奈何前日所許借之銀箸既製了還送，茶匙未終工，兩三日之間亦還璧之耳。筆不能罄言，草草而復。

五三　人見竹洞寄朱舜水書

日本國立國會圖書館「人見文庫」所藏

初三日之華翰落手，采葛之情纔解矣。一別既遇階莫之一開落，相思不止，初高駕發府之後，夙欲呈一翰，官事投我故遲怠，多罪多罪。數日之前偶奉一封袋，相達乎否？便風浮沈未可知之耳。且聞齋下僕從崎港，烏合之衆如猿猱不就羈靮，想夫然而已。翁起居且暮不便，指麾者於僕特勞，遐想三省雖幼性溫惠，料知足使令于前，可以嘉矣！翁入府上，公禮大隆重，非翁之德行英才豈能然乎，非上公仁厚篤敬亦可不然也。族弟道設歲末壯學未優，伏乞翁之顧眄，日親炙則學業累日長乎，是僕所喜不寐者也。建學一事，前所擇不便，以翁言其便別占一地，如前日所言東方陽和之所起，以上公之仁風、翁之和氣，則雖爲東周豈不得乎！三年有成者可以期竢焉。僕之志願在于此身，林家二兒無恙，日日欝陶于翁，拙弟及門人遊仙得承貴論，多幸多幸。且所寄賀牧芬詣亦一一相達，以翁用意鄭重太有感矣，且謂伯養說以暇勞，健毫珍重。三省年幼，翁之盛教隆渥，冀有其長成耳。右件僕慇懃謝之。寄崎港鑑巡嶋田氏、修造監使保若牧、監察御史黑田氏之書封，倶共傳送之，未有其報。嶋田氏未歸府，近來報至則速附便風耳。前所借之卓椅還璧。前書既述之時，既嚴寒水澤腹堅，翁七茵常苦咳痰，況水上亦違，伏想保嗇近來台候如何。頃府下有一士人，咳嗽血痰，累年不愈，今年有保養頓愈，僕爲翁問其術，謂小寒大寒之候，臨臥食狼肉，往年少愈，到今年全愈。僕喜之，今告之翁亦咳痰累年，與國醫相談食狼肉乎否？嗚呼！

闕外僅一舍，而僕在官途，不得往候，久垂光霽，心事茅塞，不知連床夜語、若話爐談在何時乎！仄聞上公述職不踰年，然則翁亦踵至，仰頭而竢之，筆不盡心，臨風悵然。

仲冬十二日謹報

五四　人見竹洞寄朱舜水書

日本國立國會圖書館「人見文庫」所藏

別來逾月，史館無暇而不能奉書，如魚中鈎。往告別之日，官事繁冗，不得拜趨又不得擁筆而迎，遺憾萬萬。聞翁入府恩遇深造，想夫後郊四見南陽三顧乎！上公之厚禮，下士以嘉尙矣！翁生中州來于九夷，杳溟萬里，凌豚浪之險，突蜃樓之難而自西來東，及去復發崎港來于江府也。又東秋末詣水戶也。自東又東，嗚呼二十餘年，行路之難，其勞誰能耐乎。悲翁抱德守操而素夷行夷，素難行難，豈能然乎哉！我東方雖邊夷，衣冠禮樂不滅中州，易曰：「帝出自震且震東方也。」凡日之所出、春之所起者東也。仁風之所資始、萬物之所發生者東也。水之流所向者，亦非東乎。太陽赫赫，春風煦煦，四德之元也；五常之仁也；萬物之出也；聖德之基在于此乎。百川朝宗于海也，其向東流則所朝宗亦在此乎。況我東方古稱君子之國，果夫君子之國，則其民亦君子之餘黎也。斯道乎，豈不行哉！吁今中原塗炭，翁卽久落東方又到其東，我東方一變至於魯於道乎，不可不感激。僕之斯言也，若乃道行則西東累年之雪辛霜苦，渙然泮釋耳。上公春秋富矣，才德富矣。仰仁風之興，自東方而斯可也。如翁之言納則於執鞭勒之，僕輩雖力不足請試推其轂而已。時一之日觱發，栗烈恭候起居保嗇，僕頃做半身之製造綿襖綴領，以毳聊爲防寒之服，今呈一領笑納惟幸。所謂書心畫也，能傳千里之忞忞，凍手龜筆舌亦囁嚅，唯愧不得能盡此忞忞，伏冀亮炤。不乙。

五五　人見竹洞寄朱舜水書

日本國立國會圖書館「人見文庫」所藏

昨馳使命時，僕之他暮夜歸舍，謹報不遑。往者一別百又餘日，前日相逢，旱霓之望暫解矣。然草草不得閑話，卽日辱枉高駕，僕未歸舍故不及擁箒，遺憾至今。偶得片札如接芝眉，且惠赤舃壹緉，謝感不可勝言。如芳教僕好唐物旣已爲癖，其所好爲癖唯恐有玩物喪志之譏，僕非漫好之以慕中華文物之盛也。今得此賜欣然不止，就想古人於一器一物不忘自戒之心，成湯於盥盤寓日新之功，武王得丹書之戒几、席、觴、豆、刀、劍、杖、履皆銘焉。其履銘云：「愼之勞，勞則富。」吁夫一器一物不忘其戒者乎。僕偶著心于此，則詩云赤舃几几是周公之碩膚，其素患難而安舒者也。非道隆德盛，豈能然乎。僕自解曰：「赤者赤心也，舃者踐履也。」几赤心日省以能踐履之，則持敬工夫亦在此乎。日日履之，造次於乎是，顚於乎是，豈夫充華履耳乎哉！依芳惠其厚庇銘肺肝者也。多幸多幸。所寄林昆季之瑤音，晚來仔細傳達之耳。頃日昆季僉謂聞大翁之歸而欲趨候，世務未從其願，歲月旣逼，僕今日有暇，午時欲往拜台候如何？不知有事務否？

五六　人見竹洞寄朱舜水書

日本國立國會圖書館「人見文庫」所藏

昨蒙教時黃昏，以來夫之誒爲恕，故不奉卽答。前日枉駕多幸，且所請問正心誠意之說委曲承知之，其義太親切，有便日用，謝感謝感。果夫正邪誠僞能辨之，則何憂其功之難哉。視聽思慮動作皆夫也，人宜察眞與妄耳。僕與此間未能格物致知，常若毫髮之間，正邪、誠僞、眞妄未得辨之，若於此間能分辨得，而閑彼陳此則不失赤子之心者，可企及之乎。所答森草全正心之說，初聞而渴望之，今得書示。惟幸其說固的當，亦太有便，何厚庇加焉？縷縷誒拜話耳。就審翁嘗得馬史班書之傳，且近來欲見漢書，僕每冀聞此傳，近日及晚負笈趨庭如何？伏乞受教。往日所談之鶴氅，欲得其方，製未得白綾之精緻，暫以白綿布製之，緣邊以黑綾，唯恐其廉鄙然假製之耳，亦是拜趨之次承諭。十六、十七、十八之夕，若閑暇則乘晚詣函丈，伏誒來報。

陬月十二日

五七　人見竹洞寄朱舜水書

日本國立國會圖書館「人見文庫」所藏

昨辱芳教併惠明倫堂一圖、梁楹制度一圖，何恩愛加之乎。唯恐七茵未全而勞健筆，不堪惶懼，且聞尊候連日咯血，伏冀公私共投而其保嗇不怠也。晚來若閑暇則拜趨如何？

五八 人見竹洞寄朱舜水書

日本國立國會圖書館「人見文庫」所藏

久違光齋，望霓日增，前日所賜之策問，卽欲作對文。頃日昵友罹疾，旦夕往省，心抱欝憂，晝則編修無暇，故不遑含毫於是遲滯，太恐先生以爲緩怠。友生之疾，一兩日漸愈，心旣休矣。因操觚草之，欲往乞雌黃，未得間暇。來十九、二十兩日之間若得台閣之暇，負笈趨府如何？先日所相約之南行紀之外裝，偶有裝工之手，暇幸附一册來，卽命工伏竢焉。且又竹筆筒壹箇呈之，水滴筆洗猶置別墅，他日奉送耳。此三物所以使管城子引壽也。几案之間不可一日欠之，伏乞莫嫌廉賤，甚幸。縷縷期拜話故。不悉。

仲秋十八日

副啓：頃日新調水瓜糖膏，聞潤沛之物，今以一小壺供茶窓，笑納惟幸。

五九　人見竹洞寄朱舜水書

日本國立國會圖書館「人見文庫」所藏

前夕辱厚眷，僕每趨府戀之需于酒食動到更深，先生之敦化，以童蒙之求不爲迂滯，故杳然不顧起居之勞倦，不知以爲不敬。僕爲小子以國無校庠，不熟習侍坐於君子之禮，故及長傚踈懶，可以深婢之，僕有欲密奉厚喻之事，一二日之間伺高門，無車馬之日，欲負笈於庭下，不知盛意，奈何伏竢瓊報往。所約之菓豆一箇呈之，莫笑菲薄，甚幸。

十月二日

六十 人見竹洞寄朱舜水書

日本國立國會圖書館「人見文庫」所藏

頃日不闕台候，昨聞貴恙無聊，僕思而不寐，近來七茵若何哉。僕數日來，中霖雨之濕，疝痛不止，且帶風疾，故不能趨府庭，一兩日既平復矣。先生起居既常常而若閒暇，明日欲往拜如何？前日瓊報謂上公有浚郊之顧問，想夫僉曰先生文榮也。僕思之豈其特曰先生之榮乎。獨喜上公卑禮尊賢者，若斯則國之卿大夫或傚其風，則進賢養之路，自茲而闢乎。盛意如何？縷縷附于面接，不乙。

六一　人見竹洞寄朱舜水書

日本國立國會圖書館「人見文庫」所藏

先日辱惠東籬之數朶，偶有過客，倉卒未罄謝辭。聞昨弟道設趨于台閣，辞曰楮葉既盡矣。僕意霜後之葉爲秋風所搖落，楮葉亦有風霜之厄乎。不然先生篇翰霜飛，健筆風起，良有以矣。何早無來命乎！鄙人屋舍雖不有金玉之富，園林猶餘懷素巴，且廣文柿葉，於是未全負之任，手呈五十葉，若至竭則有來命，幸甚。來二十五日，臺下若閑暇，則伏乞來枉高駕，僕新修小齋，欲使先生一見，故拒過客而竢之如何？

六二　人見竹洞寄朱舜水書

日本國立國會圖書館「人見文庫」所藏

十七日辱枉高駕於衡門，小子素不嫺奉長之禮，恐是事事廉放也。然先生辱不鄙之，承教倦倦，不知所以謝之。數日來陰雨晦冥，當斯月天假以清爽之日乎。自昨至今，又見石燕之飛、商羊之舞而禾頭將生耳。想夫陰陽失序，氣候違令，少陵之嘆，子桑之病，殆在斯時乎。如何遭此連日之霖，而得一日之霽者，果夫非天假乎，可謂小子之大幸也。且聞明日先生開秩秩之筵，若猶然，則所約之畫幅、薰爐，明朝奉送之，伏竢再報。今時維陰濕，起居乜茵無違乎？仰冀保嗇，不乙。

仲秋拾玖日

六三　人見竹洞寄朱舜水書

日本國立國會圖書館「人見文庫」所藏

連日噎噎，僕風疾無聊，故不問台候。昨馳小溪于旅館，聞既移居，便將往賀，未知其所，於是未果矣！想夫往日有蒲輪之招，今斯箇受藥籠之寵。芝蘭之室，桃李之蹊，於大翁見之則不動而化，不言而信。參耳之政，塩梅之和，於上公論之則道之以德，齊之以禮，唯期三年而有成矣。不知謂何大翁久困羈旅，又頃日混九衢之塵，且喜一畝之宮，環堵之室，其容膝之易安也於茲乎！園禽庭柯足以視敢，清風明月足以吟弄乎！僕家畜偶有雙鷄，今奉贈之。若乃蓄息則爲庖厨之質。又獲馬乳一籃併呈之，笑納爲幸。餘再面陳。不已。

八月十八日

六四　人見竹洞寄朱舜水書

日本國立國會圖書館「人見文庫」所藏

承教前請問既已奏上公，而有所許之命，欣幸多多。想江候喜而不寐，江氏頃日謂先趨府謁賜，官暇就國既在，邇乃常紛紛不知何如。既馳奚告來翰之旨，而依其報以復奏耳。草草不備。

季春二十一日

六五　人見竹洞寄朱舜水書

日本國立國會圖書館「人見文庫」所藏

前日聞台臺有眼疾，卽欲趨奉問。僕亦中暍眼翳蒙霿，故欲養之，久居葛東之亟墅，契濶多罪。頃日設弟來言，七茵清快，欣欣慰懷。邇日欲趨府，故馳一介以奉問，墅中小圃種西瓜漸及熟，因手摘三顆以供厨膳，雖非靑門五色之美，而聊足洗殘暑之煩乎！仰冀笑納，不宣。

七月初六日

六六　人見竹洞寄朱舜水書

日本國立國會圖書館「人見文庫」所藏

往辱承鳳翰又辱賜塩雲雀壹筥，誠是喜珍美味，皆出自篤情之情懇，多謝有餘。新歲以來欲趨府，然官事紛冗而未果矣。聞近來貴體強健，欣快不已。前日依道設所請問，件件悉被領知，多幸卽達勿齋，勿齋太喜報言，邇日使侍史就問，想夫然矣。不知既然乎否耶？有丹後州宮城侯江氏名典者，俗所謂永井信濃守也，有志于李欲謁先生尚矣。故欲奉迎台駕，因往使道設請問者卽是也。情長毫短，難以悉述，縷縷在面謝而已。伏冀亮炤。不宣。

季春十七日

六七　服部其衷寄朱舜水書

二八・五×一〇四・〇　一三四六

晚生其衷頓首。衷加州孺子，僻處海隅，今幸得廁老師宮墻之末，一則不敢忘奧村因幡提拔之恩，而揆厥所由，皆老先生之賜也。老先生高誼，天下有識者莫不聞，而衷日侍左右，老師稱道不一，備聞
老先生誼至高、心至篤、行至醇。衷因歎海外小國固自有超今邁古之人，賢才不擇地而生豈不信哉？
老師日夕念念，思得一晤，飲食寤寐未知稍忘而不能得。前年悉力陳辭欲西歸，
宰相樣及當道諸公皆不允而不能得，未知何日得覩豐儀，慰茲懇惻也。衷雖蒙
老師教育，自恨童騃，茫無知識，適如以蠡量海，豈能測其涯涘。惟冀天假遐齡，他日庶可幾及高義之道耳。兩年以來釋奠習儀，進退雍容，禮儀卒度，
宰相樣謂十數百年未有之禮。先生以教日本之人莫大之恩，加賀守殿謂先生以此禮教後人，乃先生莫大之功。賀國多士謂三代禮儀盡在於斯，凡觀音無不稱賞歎服曰：「不圖禮意之美廼至於此。」或曰：「一至此地，不嚴而肅，憍慢之氣不覺銷鎔頓盡。」其間老成人至有泣下者，此僅老師緒餘耳。若使老師大道得行，吾國之至魯至道不知作如何觀也。願□□之茲因鴻便敬候
□□奉

候。初通賤名於記室，本當少將贄儀，以來人不便携帶，特以釋奠圖一册、儀注一種權充脯脩耳。

晚生其衷頓首

仲夏貳拾有貳日

六八 獨立寄安東彌三右衛門書（一六五三年）三〇·四×七〇·〇 一三七〇

偶避明山虜患，放足天下，「適至
貴邦，情非利涉，亦非閒遊，不意長崎主政愛我疏
闕乞留，亦千載知遇之奇也」（註）。客春又荷省菴兄眷眷留心，得至足下神交篤切，天外奇
緣今見一日矣！曩者命索□□和尚手書，久以是非顚倒，眞假溷淆，封印閣筆原□延緩復命，
及今寄奉，聊以報委命也。何意又承弱□之惠，受不敢當，欲將附返，念以
高明遠緒諄諄，是又作□忸拜登耳，實增顏赤，奈何奈何！謹附此志謝，仰祈
原鑑，不勝禱至。
大令郎兄來書，復欲求□□和尙字，今在印封戒書，無從求得，或有便因當爲乞書寄上耳。刻下
不及另啓，乞叱名致意。萬萬。

衲弟性易（印）合十拜復 五月十日

安東彌三右衛門居士 殿

註：獨立於一六五三年（淸順治十年、日本承應二年）三月渡日本長崎，四月獲居留許可。據文中「適至貴邦，情非利涉亦非閒遊，不意長崎主政愛我疏闕乞留，亦千載知遇之奇也」，知此書乃獨立於

是年五月獲准居留後致安東省菴之父也。

六九　獨立寄安東彌三右衛門、安東省菴書（一六五四年）一四・四×七八・六　一三六八

春仲辱
令公郎枉教異國情孚，風從氣合，眞千載良覯萬里因緣也。別後作念依依，忽承
賢喬梓佳惠，兼
示妙詠，俊思逸調，勞我懷情，叟無報命。知遠人終自愜于遐情未得展，此特達。何慚愧慚愧！
邇者
「隱老和尚來崎，臨濟一脈東傳不減達摩昔日，七日初五杖留興福，海舶侶衆未經齊集，十八日始自開堂說法，登座拈香」（註一）法語專俟壽木可附玄覽也。委書索字其始至時，手書一楮
上送
執政二君，嗣後外人紛紛求至，臘高德重不及應對，或假問法機緣書，答一二隨知權術
相需，今皆併謝。是僕一時難向徵求以復
來命或容乘便徐圖，不然亦終不得也。昨聞
執政有文馳郵
大將軍，若得因緣有在，聘問禪機，必赴江戶，僕亦圖念隨杖履遊，此會江戶必覿
公郎顏笑，當爲鍼關引線端有在焉。

來翰日本書文，僕愚不諳訊之譯語，罔難解意，是不及隨相答，諒
高明深有鑑。諸
公郎不能再啓，即以此札附發江戶，猶切手言心晤也。肅此草勒，覼縷不次，容再申及。

八月二日 戴笠曼公（印）謹拜復

「安東彌三右衛門」（註二）樣
省菴道嚴社道 兄 均電

「朱魯璵先生事留交趾，明秋方得赴崎」。又傳
明室中興「國姓」（註三）檄徵舉創，恐返唐山，未可知也。嗟嗟靖虜掃氛，僕猶憤憤待檄。

笠再啓 （印）

註一：一六五四年（明永曆八年、清順治十一年、日本承應三年）下半年，先生在安南，翌年九月，先生復至長崎。據文中「隱老和尚來崎，臨濟一脈東傳不滅達摩昔日，七日初五杖留興福，海船侶衆未經齊集，十八日始自開堂說法，登座拈香」及「朱魯璵先生事留交趾，明秋方得赴崎」知此書乃獨立於一六五四年致安東省菴也。因明僧隱元抵日本長崎在一六五四年。

註二：安東彌三右衛門爲安東省菴之父。

註三：「國姓」乃指鄭成功也。

七十　獨立寄安東彌三右衛門書（一六六六年）三〇・四×七〇・〇　一三七〇

衲易一自□餘遑無寧晷，當出世而至變，常不知爲一口之圖者，如此是致失候
起處，歉懷莫任。客遊巖道經貴國，極欲
登堂，奈其徒御怱忙馬上，兼無紙筆，是不及具一耑刺，今猶耿耿。冬日有荷令親主水公書傳筑
前者，再思可一接
顏色，因高木乃公堅留不放，是失所召，今月望後還崎。幸
魯翁（朱舜水）（註一）受水戶君請荷出
仁明，終始克成之德，千古爭傳，奚啻魯翁爲感而已。戒途指日以俟
駕臨，願言疇昔顒望
車塵，不勝欣忭。

賤名（印）具正

註一：（朱舜水）為筆者所注。

註二：此書乃獨立於　先生受招水戶德川光國之翌年，即一六六六年（清康熙五年、日本寬文六年），擬由岩國（今山口縣）返長崎之前，致安東省菴之父者。

七一　獨立寄安東省菴書（一六七二年）　二九·○×七四·○　一三六五

寄答

安東省菴先生

曠代之成今昔，卽此會之成今昔，千古之重交期，卽一日之證交期，得不昧於一息之知，推而千古之上，可定情於一日之求知也。往者旅閣，傾譚酬吟感雨，屢和屢賡相不次至，舊雨今雨聲同聽同，言之者心，感之者意。今復寄聲不忘舊雨，尤推重於一十九季之滴滴於耳畔心頭也。方知彼此素心不昧一息於何，問之天風海嶽之以限哉！衲老矣，「七旬重七矣」（註），旦夕之交莫可定矣。復次前韵用專報

命并呈

郢教

疇當春雨送行行，十九季來屢感情，世外忽驚人自老，告中激切道初盟。

朱霞仰見綈袍念，炎日難消雪鬢晴，幾度寄懷今自昔，疇當聽雨盡聲聲。

玄□困頓之首秋

鹵湖衲弟獨立昜具草

（印）（印）

註：據石村喜英氏之「獨立年譜」知獨立七十七歲時為一六七二年（清康熙十一年、日本寬文十二年），是年十一月六日獨立病逝長崎崇福寺廣福庵。時安東省菴在柳川，此書乃獨立於一六七二年病危之際寄安東省菴也。

七二 獨立寄安東省菴書

二七·〇×三六·〇　一三六七

自違光霽，地遠歲奇，衹今虛懷結想，夢寐時勞，可勝同然已耶！客冬接得手教幷佳句，每當風晨月夕盥手再披，益勤遙思，感切無窮，不知飄泊一身之莫寄焉。去臘感此，發憤皈僧，將以寄衰，遲莫返之幻跡，逃楊歸墨，重有櫻君子之獨叱耳。乃者又以同倫匪類，心竊憂之，落魄萬狀，無可向一人道。辱□知深，不知有筆墨之所及，涕淚之交從矣。既莫歸寧家鄉置之。庶□□何地以安就木，亦千生之一願焉！不知彼蒼有能少鑑於一誠否？冬日尊翁屢以手書來索和尚字，弟恐儕輩多忘，畏不敢，前正月散制求得一幅，又慮郵寄浮沈，適又賣字是非風起，今者匪人返唐，希望者未敢直前，是得影息聲銷，敢將寄奉尊翁，莫責逡巡之咎，是幸是荷！近聞　有道受祿國門，此正高才大器應用之日，敬賀敬賀。遠念無將，偶拈拙句六絕以奉座右。倘有便鴻，不妨屬意，顒楮以感同人之一念云。不次不次。

方外衲弟性易（印）和南上

賤字獨立

省菴社長居士 侍史

四月二十發

七三　穎川入德寄安東省菴書（一六五八年）二七・五×一二・三　一三五一

別後，每懷高誼，夢寐不忘，恨不獲常侍左右，以聆聽德誨，爲歉耳。茲啓朱相公閱仁兄詩文可稱日本第一人也。因書字「門生百拜」太謙之甚，故不敢回書，而致謝之意俱陳。小弟書內可開封一看，不必寄回。詩文集稿帶回大明，細閱批評，准明春附書奉上覽。弟達之尊使來日，朱事務多端，詩文不及詳閱，併簡慢來使上覽。弟達之前所求醫案序，乞爲示教弗吝，尚容明春面晤，不一。

朱廿三日回唐，此達。

安東省翁老仁兄　文右

通家弟穎川入德　拜

註：安東省菴經陳入德引介，曾於一六五八年（明永曆十二年、清順治十五年、日本萬治元年）先生第六次渡日本長崎之際致書先生，並以門生自稱，先生謂其執禮過謙。時先生行期在卽，事務煩忙，不及復書乃託陳入德轉告，入德與省菴相約翌年（一六五九年）春面晤。此書乃陳入德於一六五八年致安東省菴也。

七四　穎川入德寄安東省菴書

二七·四×一二·三　一三五二

邇來雪花飛絮，映照白髮蒼顏，自愧老大無閒，虛度歲月而已。如
仁兄之日新又新、德業並隆者能幾哉！恨不得奉侍左右以聆講誨，爲歉也。便進菓子一盒，聊
表歲除之敬，勿鄙而笑納之，幸感。

教下弟陳入德　拜

安東省菴老仁兄　文右

七五 潁川入德寄安東省菴書

一三·二×二六·七 一三五三

春忽夏，時序推遷，諒
仁兄心花燦爛，然椿茶之繼有蘭穗也。日新又新，淵乎其不可測矣！羡羡。但流金爍石之時，
□宜情閒珍重，勿過勞神，以損元氣也。奉上散藥一封，□藥補品益氣、生血脈、長精神、解
暑毒、除煩熱，宜常服之。如有效乞示教，再合奉上也。草草不盡。
令嚴君大人及令兄令侄不及另柬問候，乞致意。萬福。

通家弟潁川入德九頓

安東省菴老仁兄 至契

七六　潁川入德寄安東省菴書

二五・四×四〇・四　一三五四

慨世論，內集韓公文數語以成一篇，聊述己意，觀者幸勿哂之庚子暮之望，入於洛陽之境，觀其風雍如也。不癘聲以撫衆，勿競富以驕貧，似乎有謙讓之度焉，問其俗恬如也。務生理而不入於荒，勤工織而不蹈於海，宛乎有儉節之誼焉，竊意爲純王之盛治，快世之奇逢也。繼而尋芳四野，閒步郊原，進從者而問之曰：「喬然而壯觀、尊嚴而碩望者，斯何所哉。」答曰：「釋氏殿也，凌霄千仞不憚民力之勞，巧飾繁華不啻斗金之費，咿唔而喧誦者，衆僧也。恍若神明之在上，疾起而伏者，庶民也。」儼若慈威之降臨，以爲求福者叩之而卽應，懼禍者告之而卽除噫唏，彼佛之盛一至於此乎。將謂佛而有知乎，必不妄加禍於有道之士，如其無知也。其人已遠，其骨已朽，豈能以木刻塗飾之像，作威福於其間哉！進退無所據，而信奉之惑亦甚矣。吾聞聖人之生也，以仁義爲提躬，以道德爲持世，俾父子有恩、君臣有義、夫婦有別、長幼有序、朋友有信、垂教萬世可效可師，仰不愧於天、俯不愧於人、內不愧於心。至於利害禍福各以類而至，豈可去聖人之道而從釋氏之教以求福利也。由今之道無受今之俗，則必棄而君臣去，而相生養之道，以求其所謂清靜寂滅者，嗚呼！其亦幸而不興於聖王之前，不見正於禹、湯、文武、周公、孔子也。噫深可痛哉。始意爲純王之盛治，快世之奇逢，不亦謬乎！近儒有安東省菴、向井玄松二公者，斥佛氏之教而行仁義之風，培聖脈之淵源，衍人倫於不朽。可謂窺孔子之門墻而入於室者歟。惜乎！有德而無其位，其亦孔子之困於陳蔡者乎。道之不明不行有已乎。

呈上

安東省菴老先生郢政

潁川入德具草

七七　潁川入德寄安東省菴書

『安東家藏名賢詩文手抄』卷下所藏

前接手教未幾，如覺三秋。仁兄高誼，令人思慕如此也。正懷想間，忽辱翰示併薄楮二束，拜把深情宛如面諭，銘刻五內矣。謝謝。來月初旬促膝談玄，以傾素懷也。令嚴君大人不獲別柬問安，乞爲致意，萬福。餘不盡言。

啓上

省菴大兄　文右

教下弟陳入德拜復

七八　頴川入德寄安東省菴書（一六六四年）『安東家藏名賢詩文手抄』卷下所藏

嚴君大人年高有德，天必降福增壽。德常焚頂祝慶，乞爲致意。令兄彥翁公事日煩猛，宜珍重以養天和，乞代爲申意。仁兄朝夕攻書克意文章，亦宜陶情散悶，節倦省勞，調養精神，可爲聖學主持，至囑至囑。「朱先生之事，近日東方宗叔命小宅生順到長崎探其行動學問，亦常至其寓，終日筆談而無阻誤」（註）來意盡是快足，朱公亦稱此人爲台兄之亞也。次日生順至政所謂鎭公曰：「朱公博學鴻儒文章高古，體貌莊嚴，可法可則，吾儒中第一人也。」弟亦至政所，鎭公謂予曰，昨江戶生順所言朱儒者之爲人，與入德前言相合，吾始慰矣。又問柳川省菴可到崎否？江戶亦聞其名也。謹此怖悃，不盡所言。

桂月六日　　通家教下弟陳入德頓首拜

啓上

大文宗省翁仁兄安東老先生至契

註：水戶儒臣小宅生順奉德川光國之命，赴長崎訪聘先生在一六六四年（清康熙三年、日本寬文四年），據文中「朱先生之事，近日東方宗叔命小宅生順到長崎探其行動學問，亦常至其寓，終日筆談而無

阻誤」，知此書乃陳入德於是年舊曆八月六日致安東省菴也。

七九　性融（黃檗明僧）寄安東省菴書　二八·〇×一〇·五　一三七四

（一六六一年）

前接

翰音時在抱疾，不克裁謝，爲歉。存箋幅楮由，聞

尊公雅好，故爾時呈曷敢重當齒頰，卽「朱楚翁留住事，具肝膽者靡不慶幸」（註），而

居士發一片赤心，爲利邦國成千古之大義也。衲未有不以策力是件者，奈朝令嚴於法，不知有

利用得人之妙，是衲每逢識者，極道其詳，若得（尾欠）

註：性融名逸然，浙江省杭州府錢塘縣人，於一六四一年以藥商渡航日本長崎，一六四四年皈依長崎興福寺，後繼任該寺第三代住持。曾與先生及安東省菴交往親密。據文中「朱楚翁留住事，具肝膽者靡不慶幸」，知此書乃性融於一六六一年（明永曆十五年、清順治十八年、日本寬文元年）得先生獲准住日本消息後，致安東省菴也。

八十　性融(黃檗明僧)寄安東省菴書

二八·〇×一〇·五　一三七二

黑川公向下心隨緣而慫慂之，然其去住因緣又在楚翁(朱舜水)(註)天成之所感合耳。抄秋將叩普門，當爲

晉謁幷候

起居，以陳間濶，餘不次。

安東省菴居士

拙衲性融和南　拜

註：(朱舜水)為筆者所注。

八一　性融（黃檗明僧）寄安東省菴書

二六·五×一一·五　一三七三

聞

尊公煩獨立兄乞卽（卽非）（註）和尚書「達磨大師」，却在禁氣而不能求通。弟存有□□

和尚手書「達磨大師」字，敢爲奉

尊公，以作供養，幸

鑒存如何。

安東省菴居士

幻寄性融和南　拜

註：（卽非）爲筆者所注。卽非（一六一六—一六七一）爲黃檗明僧。俗姓林，福建省福州府福清縣人，於一六五七年二月東渡日本長崎。

八二 林道榮寄安東省菴書

一三·四×四一·八 一四二六

近聞
足下動履亨嘉，純暇畢集，不佞叨莫逆之交，政切傾注。茲接
華翰，大慰飢渴耳。向者
足下應宦者身訪勝卑地，弗獲晤言一室，遂使白雲行李帳也何如。雖然天各一方，心無彼此矣。風便肅修短語奉候，兼呈拙句一絕，伏乞
鑒原，不贅，耑此
復上
省菴大詞宗 吟壇

侍教生林道榮（印）頓首

註：有關林道榮記事，請參閱本書附錄二「朱舜水友人·弟子傳記資料」A之十。

八三 安東省菴寄奧村庸禮書（一六八三年） 三〇・一×四八四・九 八十〜一

九月二日杉山氏至，辱領答教及白蓮賦高和題跋，啓緘捧誦，累千七百二十餘言，宗主經史概括楚辭文選，詞源混混如長江大河，渾浩流轉，理明義微，言高旨遠。熲而讀之，默而思之，燦爛然如睹錦繡之紋，鏗鏘然如聆鈞天之奏，反覆熟覽，懷德之念，渙然冰釋。只愧執禮過謙，稱道盛大不知所當，其最不可當者，稱號以「先生」二字悚仄之至，不能自喩。台臺是豪傑之士，非脂韋澳涊漫悅人者。唯以昔廁半林先生硯席之末與馬齒之高，禮待至此，雖出厚意而招譏於君子，恥笑於大方，恐恐然不敢安而居之，敬□自今去此二字，以所稱鄙人而稱之，不然則不拜而受之也。賤子元簡於賦韻，枯言足幾類小兒學語，不意賜高和及題跋，是投木瓜獲瓊琚，獻魚目得夜光，直令父子感歎無已也。夫千金爲物寶則寶矣！然人所恒有亦目前之榮而已，如鴻文則世所希有而傳諸千載之遠，豈同日之談哉！且昔人不以無財爲貧，以無子爲眞貧。台臺稱以爲有子千金之多，豈媿此一言耶！十襲珍藏爲傳世之至寶矣。詩所謂中心藏之何日忘之者，不肖父子有焉。嚮者看和漢唱酬集，韓人稱以爲國士無雙，又其復書曰持足下諸作而歸故國，試出而示人，則人得以知貴國文獻之盛，而足下之名從此而播三韓矣。嘗聞朝鮮與中國才隔鴨綠，衣帶之水，一葦往來必傳諸中原也。頃聞吳三桂敗死，國姓子孫亦無噍類，顧鉅儒碩士避難隱于朝鮮者何限，然則芳名豈韓人之知而已哉！台臺雖無意于此，而吾國文獻之盛，藉台臺播諸殊域，其功不亦偉乎！彼時台臺嬰沈恙危證百出，當其操觚霍然而愈矣。昔文山先生河魚爲祟，廷試之日，強起赴之，俄然病瘉，其文萬言運筆如飛，遂擢爲天下第一。台臺之事類此，此蓋天助也。豈偶然也。此書之行，眞不朽之盛事，而台臺以爲無識者之爲何謙下至此哉！於戲文章豈不貴乎！天生之則爲日星爲風雲，地載之爲山嶽爲江海，聖人著之則爲經爲教，賢人述之則爲傳爲法。書契以來莫之與京，自其四屬六比駢諧儷聯，抽黃對白誇多鬭靡，雜邪說，恣詖行，或以爲無用之贅言，或以爲離眞失正，反害於道。於是鹵莽輩以爲一切去文然後可以入道，是何異於惡莠并揠其苗者哉，弗思甚矣。台臺天資睿敏，自幼嗜學信道，得半林先生爲依歸，闖聖賢之堂，窔探其深頤，考道德之會通，中其肯綮眞積力久發爲文辭，言言弗畔道，句句皆有法，優登古先作者之域矣。豈躬不踐履，偏稱文人之比乎哉！承諭覩學蔀通辨跋，知不肖之所志，又聞半林先生之言，知不肖之爲人，讀至于寤寐，在二十年之前景仰既熟流涕，謂元簡曰豈圖知遇之久，在二十年前而不自知焉。此公與人爲善之誠，其眞誠如此，寧終可忘哉！汝亦須銘肺腑世世無忘矣。昔絳縣老人以甲子一言，趙孟拔諸泥塗中；不肖以通辨一跋，受知於台臺。榮踰華袞，豈止彼之爲復陶乎！自愧枉過許多甲子，無片善可述，天若假壽自今以往六十六甲子，旦夕相及亦須更事耳。是非翫歲愒日，歎來日之苦短而問學之無成，倂敍注仰之私而已耳。不肖幼時不識學，向壯奮起赴京亦爲名謀已，故所事在訓詁詞章，然訓詁不能博，詞章不能工。泪于遊尺五老師之門，聞半林先生之教，粗知斯學爲己，孶孶弗懈兀兀競陰，精刓神耗瀕死不已，友人規曰：「子欲爲儒乎！何迂之甚哉？吾觀世之爲儒者，身健家富性敏能記，買書之多用力之久，而後見其功也。如子孱弱而貧晚學而鈍，猶無基築臺蒸沙爲糜，爲之不已徒塡溝壑耳。」不肖曰昔人有身病而心不病者，又有聚螢映雪而學成者，士處貧困正是做工夫時節，我憂心病多方療之，何暇身病之憂耶！伊川先生曰：「人之血氣固有虛實，疾病之來聖賢所不免。」然未聞自古聖賢因學而致心疾者，正學先生曰：「人或可以不食也，而不可以不學也。」不食則死，死則已不學，而生則入于禽獸而不知也。與其禽獸也寧死，我晚學始知我身之禽獸爲學而死，幸莫大焉，友人笑而去矣！其後受國恩得還鄉，地僻無書亦無師友相講，劇論而無答，倡而無和，疑而解過而無規。庸衆之與居，俗子之與游，欲往從尺五老師既已卽世；又欲從牛林先生路阻且遠。時聞中原悉爲逆虜之有，想有忠臣義士蹈海東來長崎，果以朱老師來，爲程朱負笈航海，就弟子之列。敝鄉與崎相距三十里許，每半年兩次省之，言語不通，兼無文采，筆語亦不如意，受業不足，爲東關萬里之別。「去年又爲死別矣」（註一）。十八年之久，一不得相見，徒爲終身之慘矣。追慕之餘，集其筆語及悼文、祭文等爲兩卷，名曰心喪集語（註二），謹呈電矚併蘄郢削。自遊京迄今屈指三十有五年，桑榆日逼虧功末路，昔日之事常在心目，言之潸然。台臺愛不肖之深，不覺叨叨忘枝辭蔓說至煩瀆也，伏乞怜恕。元簡敬奉謝書，論文費辭殆非幼昧所言命而棄去之，既而又想彼以恩愛之辱勞心，考索求正於左右，言出剽竊非臆度之見，雖知僭踰而虛惓惓景仰之誠，亦所不忍，遂冒分附上，謹祈垂仁采納，彼嘗作中秋翫月賦併令錄呈。彼曰古人曰文章不關世教，雖工何益，此特月露風雲之語耳。況不工哉！恐先生以爲兢一韻之奇，爭一字之巧者之流亞也。不肖曰汝之言是矣，然愈於口堯舜而心桀紂，外仁義而內姦佞者矣。重命獻之又有謙朴立志勉學，彼異人也。嘗作記慫慂之，彼自作字說并奉之，以具一笑。臨潁耿耿，伏祈炤亮。

九月十七日

通家侍教生安東守約（印）頓首拜

註一：據文中「去年又為死別矣」，知此書乃安東省菴於一六八二年（清康熙廿一年、日本天和二年）先生逝世之翌年，即一六八三年九月十七日致日本加賀藩儒臣奥村庸禮也。

註二：心喪集語乃安東省菴為追慕先生，集其筆語、悼、祭文而成者。除九州大學外，國立國會圖書館、內閣文庫、東京大學以及長崎縣立圖書館均藏有抄本。

八四　鄭凱寄安東省菴書（一六六三年）

『安東家藏名賢詩文手抄』卷下所藏

「辛丑別後，倏爾三秋」（註）。白日東昇，恒瞻氣色，雖限洪濤阻越，豈奈人心天墜，綱羅嚴布，進退維艱。鱗鴻莫致，不勝悵怏。暮春冒險而出，念五日始入長崎。謁令尊師魯翁備詢台臺福履，知德業日精，淵源月蓄，不愧文章華國之風，誠感庖廩尊賢之分凱也。斯拜下風久矣。正擬修候，忽承翰教，垂念慇慇。捧讀際感激無地，不識寵光當於何日復覯也。茲因貴國舟旋，鱗順附候興居，薄具微物，肆事用申芹獻，冀鑒原是荷。

制弟鄭凱再拜

啓上

省翁老先生

註：鄭凱又名鄭微老，乃昔日先生航海之夥伴。先生赴江户講學以後，嘗致書長崎之諸通事，尋及鄭微老之行踪。據文中「辛丑（一六六一年）別後，倏爾三秋」，知此書乃鄭凱於一六六三年（清康熙二年、日本寬文三年）致安東省菴也。時先生在長崎。

八五　人見竹洞寄小宅生順書

（一六六五年）

日本國立國會圖書館「人見文庫」所藏

久違左右，不堪瞻望，「頃日朱舜水應水戶之招，遠自崎港來」（註），足下往歲既已面接，今猶心熟矣。僕一兩會晤，我以筆爲舌，他以眼爲耳，每相對杳然如泛虛舟而已。聞頃日移居藩邸之中，想足下接隣，欲往以足下爲先容，未知府門警衛之嚴否？於是狐疑猶豫未果矣。今馳奚賀其移居，邇日之閒，先訪足下高齋，相共敲舜水月下之門如何？伏竢瓊報。不悉。

八月十八日

註：先生應水戶德川光國之聘在一六六五年（清康熙四年、日本寬文五年），據文中「頃日朱舜水應水戶之招，遠自崎港來」，知此書乃人見竹洞於是年致小宅生順者。

八六　張斐寄安東省菴書（一六八六年）　二一·四×一〇·〇　折本　一三八二

斐少失父母之訓，長無師友之功，國破家亡，流離至老，放懷自適，禮不能拘，其爲人略節而踈於文，世皆目之爲狂性使然而不能改也。何幸先生不棄而牧之，豈亦不得中行之意歟。惜乎！斐之既衰而無可進取矣。猥承華簡遠頒，復勞令姪賁臨，歉仄無似先生齒德並尊，可以長者自居。而謙光彌下貶損名稱，語莊字楷，予以長牘，視斐之寥寥片楮草書寄瀆，卽此敬肆之分，已有君子小人之辨。捧誦之餘，慙汗浹體。伏思先生之於我朱舍親，海天萬里契合之情，淪於髓骨。心喪諸文讀之，使我欲淚。舍親已逝，吾道之東，舍先生其誰肩之。父有志而子伸之，理學文章萃於一家，述作之美行將遠播，人文聿盛，豈僅東國一方獨念？斐生虧忠孝，學問無成，浪跡乾坤，塊然一蠹，無端至此，亦不自意上公之遽有寵命，而踈野性成，獲罪通事，欲遂遠遯，勢又未能終，俟月旬之末行，且附舶可歸，不及與先生一面，罄我夙懷，耿耿此衷，何時可釋。聖人位號尊無可加，而我

高皇親釐典章，去王爵而崇
師稱實，萬世不易之制。謹依薰沐書，呈其手卷則書近詩數十首幷外書稿二篇，請
政。斐於書法未曾究心，惟飛白一體少時習之，其餘皆不足觀。勉遵來命，惡濫庸俗，實可羞
恥，稔知
先生介守舉家食貧，安得餘貲分沾惠及苜蓿，馬瘦猶供雀鼠，義不容受，斟酌而行，謹登佳篚
二秉，原賜黃金一步，仍用奉
璧轉以相敬，少盡依慕之情，統惟為道自愛，益弘其力，臨風慨想，曷可言旣。

小弟張斐（印）頓首　拜

愼　餘

註：張斐、號霞池、又稱客星山人，明紹興餘姚人，與先生同鄉也。學問淵博，不治章句，善詩文，工書。性磊落，有奇節，一六八六年（清康熙廿五年、日本貞享三年）與先生之孫毓仁及姚江同渡日本長崎，二人薦其學德於德川光國，以繼先生之後，俟命久之未得其報而歸。渠於長崎屢欲與安東省菴謀面，均未果，但頻與安東家有書信往來，安東家彙其書簡名曰：霞池手簡。此書乃張斐於一六八六年抵長崎後致安東省菴也。

八七　張斐寄安東省菴書（一六八六年）一八·〇×八·〇　折本　一三八三

中原弟張斐（印）頓首白

省菴先生門下，斐遊天下久矣，所識知名士不可勝指，特未至于海外，比者聞

門下名，則又躍然以喜，以爲天下生材不以地限，果如此也。故不憚風濤之險，遠附賈舶而來，

願及一見以快我平生。不意國門有禁止人出入，躊躇却望，計屬無聊，未審

門下能垂意遠人，惠然肯顧否？然聞

門下處貧又年老，深恐跋涉艱難，不遂人意，私心未敢必也。小詩寫飛白，奉寄左右，見斐傾

倒于

門下已非一日耳。飛白雖薄技，然近世絕傳，斐以自棄不求用於人，偶爾習此，不識有當於清

鑒否？便中幸賜片言，以志我兩人神交可也。竊謂

門下之爲人，求之於古益亦少聞，何況今時當得一篇文字傳於後世，惜弟詞筆庸淺，不足以發

揚萬一，又僅知其大慨，訪問此方人，苦言語未達，終不得其詳也。爲之歎息。祭告朱先生二

文錄呈

台覽。不悉

中原弟張斐（印）再頓首

愼餘

八八　張斐寄安東省菴書

七·〇×六·〇　一三九四

（尾部殘存）

承
惠，謹領佳箋
賜金附
璧謝。

張斐再頓首

八九　張斐寄安東省菴書（一六八六年）

一七·〇×四九·五　一三九五

承佳楮遠頒，堅緻可珍，却之又懼不恭，謹拜登矣。卽刻分半貽大串兄，亦欲以廣先生之惠也。披誦鴻文至於再三，不能釋手，雖未親炙眉宇何如，已若促膝而面談矣。諸賦序見先生勤學之淵源，朱陸一辨尤謂徹底澄清，可消從來聚訟，不但心得和盤托出也。斐少既荒落，老且頹廢，其於聖賢門戶，非特不曾望見，亦不曾夢見。猥蒙獎借之詞，不自頂至踵漸汗直流，平生少有所作，卽偶然爲之，多已散失，間有友朋從後綴輯而存者，亦不堪汚大君子之目。雖欲呈教，行色匆匆，勢復不及，奈何奈何！

上公之命，固宜搴衣趨赴，無如此間禮數未嫻，往往取罪於人，徬徨道左，未知究竟如何？恨

高賢在望，徒深白露蒹葭之想。前者辱

書，名稱過當，已刻「晚」字奉璧，不意今復爾爾。是

先生以謙德自處，君子恥獨爲善，將置斐于何等乎？斐於郎忝一日之長，受之且自愧，而先生不肯俯聽，斐之獲罪無逭矣。嗣後凡有書問，倘其不棄，以年齒計之，置於兄弟之列，已不勝榮幸之甚。斐今年五十二，以弟事兄之道，固當如此，至禱至禱。聖人位號，我明太祖所定。蓋王稱雖貴，猶有等分，極之于師，尊無加矣，故爲萬世不易之規。

承

問幷及近作三首，拙俚無似，聊寄

政。天寒伏祈

尊候善保。不宣。

朱天生謝帖附。

名單具

註：此書乃張斐於一六八六年（清康熙廿五年、日本貞享三年）抵長崎後，致安東省菴者。

九十　張斐寄安東省菴書

一八・五×五六・〇　一三九二

驚濤萬里，以衰年病肺之夫當之，此行大不如前，睡若魘魅，醒若醉癡，曚騰慌忽，耳目俱欲望□強□其情□□作詩，□□遺病亦有少助□

呈去

賜覽。斐抵崎在元日，時已暮矣關□嚴峻，不得上岸。屈指舟中，鎭鎭關二旬日，比離舟頭，風驟作，復生嘔眩。詢知起居，文玉云時有書問轉蒙

存注，天涯知己，神交心醉，因在形跡外矣。

新址佳勝，想與令子姪輩肅雍穆如暢爲家慶，去國孤蹤，形影想吊，聞見異鄉有此樂事，一爲人喜，一爲己悲，情可知也。斐雖復至此地，去留尚未可定。奉懷一律，雖擬過訪且屬語，事變多端誠難信逆耳。附便遠候，手希

俯照，不盡　令郎元簡□□

小弟張斐（印）頓首

省菴先生

正月廿四日

九一　張斐寄安東省菴書

一八・六×五八・六　一三九三

斐頓首。斐正月抵崎，卽有專書奉候，而來札不及，想未到也。先生謙德之盛，卑以自牧，則善矣。亦宜審人之可變，君子恥獨爲善，不當然也。屢承書問，而屢貶其稱署以教下，夫以斐之不類，宜執贄以從學者而教之，以先生之盛情宜爲上而下之，抑何反戾之甚也。均屬覆載之內，生雖異域，同於一氣，兄弟呼之，誼似加親，而　先生不然是棄絕我也。且斐雖蕩然肆志，獨不敢肆志於有道之人，況　先生又斐所傾倒而驚服者也。今且與決，倘先生固執前說，則是終不肯以弟畜我也。斐亦自此不復敢以一字通左右矣，唯願先生諒之。羈跡此地，朝夕無可語者，雖賴「素軒」（註）兄時至，然以家累不敢久坐，今又來二三孺子，聒噪苦人奈何！素軒恂恂儒者，所謂胡先生門人望而可知者也。又聞高足甚多，不審何時可一相識。斐之去留，尙未可定。仕承眷注，須俟後報了，佳什已藏□□時一開讀便當會面。近作一首，拙甚，附正。不盡。令郎曁令姪並道宣

弟張斐（印）再頓首

二月十二日

省菴先生

註：素軒為唐通事劉氏之第三代，通稱彭城仁右衛門，亦稱武岡素軒。

九二　安東省菴寄張斐書（一六八六年）　一七・〇×四九・六　一三四八

前日遣永淳拜謝門下，辱降辭色加優禮，舉玉趾臨寓所，復承寵召賜聖牌二幅及佳製數十篇，及歸，曲語悃幅之情，待彼是待我也。感荷無旹。鴻文二篇，薰誦無倦，謹熟翫之爲論也大，爲辭也達。辯覆道德，發揮理奧，極學海之淵源，立世教之砥柱，多年之疑，渙然冰解。虔想著作在貴鄉者，如武庫之藏，今嘗其一臠，其餘意味可推而知焉。此本令表弟所藏手親謄寫，璧上記室猶有結撰，鼎示爲感。向獻拙稿，以大手筆當夏楚二物，不意褒獎，及豚子惠以飛白大字與前飛白併父子榮名，傳之不朽矣。夫好名君子所惡，然夫子曰：「君子，疾沒世而名不稱焉。」邵子曰：「名存實亡者，猶愈於名實俱亡者。」陳子曰：「求士於三代之上，惟恐其好名。求士於三代之下，惟恐其不好名。」且晉羊叔子有峴山之嘆，杜元覬刻石爲碑，二公之賢豈爲好名乎！守約雖未得見而以得知，爲登龍門爲勝於萬戶候，書與飛白於後世之名爲如何哉！銘骨書紳，永矢弗諼，只願應　上公之聘過敝邑，則擬受提命不亦千載之奇遇乎。來教曰：「高皇改聖人之位號，萬世不易之制也。」未知高皇尊爲何帝？有便請教之。前書用全帖眞字，是乃分之宜也。先生亦用此式，何過謙至此哉！今亦不改，恐煩先生，故用單帖行字。守直奉書命用單帖，彼曰非鄙幼之禮，然書大則行，今難帶強命如此。伏乞勿爲慢褻，自今惠音必當如此，嚮獻輪儀，先生不受，益增羞愧。今奉薄楮是土產也，若復不受則得罪而絕我也。敬丐垂仁哂存，友人曰十六日有良便過此，則恐乏風順，錄呈拙文數首，不遑眞書，勿以爲不敬也。一一賜改竄，則轉瓦礫爲珠玉，此夙昔之鄙願也。臨改不勝恐悚之至。

註：此書為安東省菴於一六八六年（清康熙廿五年、日本貞享三年）得張斐寄贈詩文後，覆函致謝者。

九三　安東省菴寄張斐書（一六八六年）

守約謭劣無能，只讀書知聖賢可尊，中華可慕也。因想長崎華人輻湊之地，必有忠臣待，時文人憤世，託身商賈而來遊，果先生之來。愜其夙望，伏讀來教，爲聞賤名，遠涉風濤之險。守約幺麼之夫，雖閭里無知名者，何有聞于中國而至此哉！儻語諸人則以爲衒名且以爲妄也。初不信之，反覆點檢，所諭實然。得知如斯殺身非所顧慮，卽時將趨拜。寡君在東，不得私踰境，昔朱夫子來崎亦如此。爲寫悼文獻之左右，證非其飾詞也。今遣家姪永淳代以致謝，聞行期在近，不知相及否？承

惠鴻文二篇、飛白扇頭二詩，錫諭百朋感戢無訾。不意過蒙稱許，許以先生之號惕，然恐讋不知所以自處。先生是中華之大儒，鄙人庸詎當之，惟以謙德之深與馬齒之高自解也。爾祭告朱夫子之大作，忠信激烈，音韻瀏亮，如讀離騷招魂，字字和淚，吾朱子之靈不感動于地下乎。承諭飛白之書，近世絕傳，自非高惠吾儕豈得見之乎。況提以褒美之辭，筆勢不減蔡伯階，宛如鸞鳳沖霄。幷詩扇十襲珍重，以爲子孫之至寶矣。人曰吾國之人，睨華人求譽華人，不問其人品如何，作文稱揚之。苟如此則譽者、所譽者，均之禽獸，縱得浮俗之譽，奈識者之笑，何一時可欺，後世不可欺矣。先生高隱淸白，豈有此疑，況來書有「門下處貧」之語哉！此是避疑之事，賢者不言以知愛辱，叨叨至此，頫乞怜恕。二首佳製，格力猶勁，極爲高古，細咀嚼

之，覺沆瀣生牙頰間，謹效顰獻拙和顧，自取驢技之嘲已。嘗爲悼師著心喪集語二卷，今抄其中，以具雅覽。賤子守直今年二十歲，聞大名不勝瞻仰，謹獻俚言，嘗作七伸及白蓮賦，與拙作同賜雌黃，幸幸。見高尾氏書，來書之發在前月朔日，其落手在本月十七日。崎與敝邑裁數日程，不早奉答，書恐難及也。倉卒布悃，海天萬里，爲訪我來，於其路費，義當營爲之，然非力所及，聊獻黃金壹步，充其笑留爲感，臨啓不勝仰企之至。

註：此書乃安東省菴於一六八六年（清康熙廿五年、日本貞享三年），遣其姪永淳携其子守直帶著作、黃金至長崎贈張斐之隨函也。

九四　大串元善寄安東省菴書　一四・五×二六・〇　一四五五

答張先生第一書證「非」「其」飾詞也。（「其」字當在「非」字上）「況有來書」門下處貧之語。（當改作「況來書有門下處貧之語」。）

上張先生第二書，感荷無「眥」。（「眥」當作「貲」，蓋謄寫之誤，要改。）

朱陸辯，遡「末」探本。（常言多曰「遡源」，未見「遡末」之語，如有來由，請必書示。）

「其」「及」傳道於魯男子也。（「其」字當在「及」字下。）

又與素軒第三書，鈔錄琴譜之中「其」難解處。（「其」字覺不穩，如改「琴譜之中，鈔錄其難解處」則如何？或除去「其」字如何？）「其」「通」一曲，亦樂莫大焉。（「其」字當在「通」字下。）

右數件隨所見濫書，因皆「者也之乎」之間，不□一篇大意，然而先生眷眷下問之切，如藏之不言，則隱昧之中，返不自安，以故及之，幸請海涵，如有來由，必請書示，亦晚生爲文之一助也。勿吝

來教。

張先生第二書

安得餘貲分沾惠及苜蓿，馬瘦猶供雀鼠。（此雖未解文意句法，似訓點當如此。）

張先生第三書

無如此問禮數未嫻，往往取罪於人，徬徨道左（以「如」一字爲如何義，亦有據乎，或其脫字乎。）極之于師尊無加矣。

張先生答尊郎書

上寢食於史漢二書，不當下拾唐宋。

贈尊郎書

觀花必自蓓，霖雨始膚寸。（訓點一方之局，俗不足以議是非，雖然訓點不當，或終使文義閡隔，亦學者所當講也。）

先生每致思於此，竊服高見，此書訓點亦有所見，回別朱書於傍伏請採擇。

一　非文去年去崎奉贈古詩，通篇皆以七言爲句，唯至第十一句獨爲五言，見先生和韻亦傚此體，古人之作亦有如此者否？而善見非文親書此詩所饋今井小四郎扇，作「寒天朔吹今」，如此當再三研究。古無此體，則所贈先生者，偶書而誤脫乎。（「高和」亦當更加二字，第十一句亦作七言也。）

一　非文粱甫吟古詩有「鉤啄蜚集炎鼎沈」句，是用何事？若知來歷亦請來教。

十月十有七日

侍教生大串善

註：安東省菴曾得張斐詩文多首，並曾請教水户儒臣大串元善。此書乃大串元善於解讀張斐詩文之難處及訓點方法後，寄安東省菴者。

九五　朱天生（毓仁）寄安東省菴書（一六八六年）二八·四×六八·五　一三四七

毓仁不幸慈父早背，母亦繼之，又遭大父之變，五內崩裂，慘何如之！己未歲，大父有命手札
尚存藏之秘笥，故時時在念，不敢忘
老世叔之厚德。今閱心喪集，逾見恩德刻骨難以報也。令侄大兄至崎，得接
手書，諄諄誨愛，又蒙遙頒
嘉惠金箋二握，黃金一步，禮曰：「長者賜，不敢辭。」敬拜受賜，謝謝。但心愧無地，恨無
啣結之可施耳。昔己未拜受黃金之賜，肯書未悉謝衷，負罪良深，諒知毓仁之踈失不過督也。
「斐先生
上公已聞，甚喜。但扼之當道，嚴於國禁，是杜賢之路，恐有損
君子之邦，徒費毓仁之一片苦心也。」究未知作何局面。尊稱不敢當，益增毓仁之罪。外具金
扇一握、錦箋十矢，聊恭
令郎大兄一揮之用，唯祈哂存爲幸。臨書
不勝膽切　　　　　　　　　　　　　　　　　　　　　　　　　賤名單具

註：據文中「斐先生　上公已聞，甚喜。但扼之當道，嚴於國禁，是杜賢之路，恐有損君子之邦，徒費毓仁之一片苦心也」，知此乃　先生孫毓仁於一六八六年（清康熙廿五年、日本貞享三年）偕張斐渡長崎時，為薦其予水戶德川光國事致安東省菴之書信。

九六　朱毓仁寄安東省菴書（一六八六年）　二一·二×六二·〇　一三五〇

毓晚「己未」（註一）修候鴻禧，恭領教誨，怏悵而歸。殆後滄溟盜起，兵戈不息，海禁逾嚴，是以守株戒勿東渡，「已歷八秋」（註二）。于茲所幸烽煙告靖，洋禁方弘，復得一航至崎，確聞太父登遐，五內崩裂，心恐出入之艱，有于

上國之禁，不能從先太父于地下□□□，痛傷又不得登墓一哭，聊遣人附奠而已。毓思先太父之所與，唯

老先生一人仰望鴻庥，詢及孝才門知近履亨嘉，不勝欣幸。「有扶南張先生者，高隱之士，思欲一見顏色，深恐勢或不能，皇皇若有所失，未識高駕能至長崎一會否耶？」（註三）臨楮不勝仰望之至。外具不腆，聊申鄙懷。

賤名單具

註一：「己未」爲一六七九年（清康熙十八年、日本延寶七年），先生孫毓仁首次抵日本長崎，欲往水戶拜先生之墓，因國禁深嚴，未得償願，時先生年屆八十。德川光國曾遣其儒臣今井弘濟赴長

崎會毓仁，轉知先生在江户之生活情形。

註二：「已歷八秋」，乃由己未（一六七九年）往後推算八年，知此書為毓仁於一六八六年（清康熙廿五年、日本貞享三年）第二次渡長崎時，致安東省菴也。

註三：據『文苑遺談』卷二云：「貞享中，毓仁、姚江與張斐來崎陽，毓仁與弘濟書曰，昔者得捧玉，知上公（德川光國）招儒納賢、誠甚美舉，故與表兄虞山（姚江）咨之，訪求博雅，得同里張斐先生者，因舍親任遽菴求見，請其東來」。故知張斐之渡日，乃先生孫毓仁之邀也。毓仁與張斐抵長崎之後，曾盼安東省菴至長崎一會，以商德川光國招聘之事，未果。

九七　朱毓仁寄安東省菴書

一四・〇×五五・二　一三九六

近辱
芳名，無由晤散。茲躡貴境，恨未能親聆鴻誨，不勝懷慚之至耳。想
老伯德基日茂，福慶淵深，此仍世希所有者。況家祖累承厚情，欲謝難圖，附申微物四種，聊
表寸誠。幸乞
笑納是荷。此覆
省菴老伯　台前

通家小　朱毓仁（印）拜

九八　張斐寄安東元簡書

一八·〇×七·〇　一三八四

辱承

華翰不遺，老拙稱許過實，榮甚慚甚。以兄年少而富於才，又有

尊公大人爲之模範，父子之樂，兼以師弟子之美，眞人生不多有之事。即如斐此生已不能仰冀萬分之一矣！細誦高文氣骨遒上，寢食於史漢二書，不當下食拾唐宋，斐已衰憊有志不逮，敢以獻之左右，中原有班馬異同一書，不審此間賈客向曾携來否？熟玩是書筆端自然迥別，竊意吾兄家學淵源，以道爲重，則斐所談又可掃爲粃糠也。詩一首奉贈，以報昔日瓊瑤之賜。遠別在邇，欲見無從，臨楮惓惓，悵望何及。不多贅。朱天生謝帖附。

註：安東元簡（一六六七～一七〇二）為安東省菴之子。

九九　張斐寄安東元簡書

二二·四×二三·〇　一三九八

吾
兄英年而有此妙才，使人咋舌。以是知
尊公先生之盛德則報無窮也。承惠教詩章，猥蒙過譽，不敢率筆奉和，別書飛白一幅，用呈左右，屬望之私，略見此紙，一覽之後，不以覆□，卽以糊壁可也。草復不盡。

弟張斐頓首

元簡道兄　可畏

一〇〇 張斐寄安東元簡書

一四·四×二〇·二 一三九九

奉贈元簡道兄

觀花必自蓓，霖雨始膚寸。燦燦安東生，年小才華健。十七富文詞，老學且退遜。詩禮傳於家，過庭足堪論。彼夫桃李蹊，寧使草滋蔓。

霞池張斐

一〇一 張斐寄武岡素軒書（一六八七年） 二五・四×一一・〇 一三八五

「弟決意行作歸計矣」（註）。獨於
尊師省菴先生不得一面，卒然而去，便爲終身之悵。
兄可致書問之，勢能來此否？由
國主駕回，先生得給假旬日，亦未可知也。千萬千萬。
素軒道兄

弟張斐 手

註：張斐由長崎歸中國蓋在一六八七年（清康熙廿六、日本貞享四年），據文中「弟決意行作歸計矣」，知此書乃張斐臨行之前致武岡素軒也。

一〇二　沈燮菴寄安東守經書

『安東家藏名賢詩文手抄』卷下所藏

僕在中土，嘗三過燕都，又遍歷齊、魯、淮、泗、三楚、八閩、兩粵諸省郡，以採訪名彥。凡遇一弘通博雅之士，輒倒屣相迎，倘有問難，知無不言，言無不盡，故傾蓋皆為知己。丁未冬乘桴至止第，見此邦人之磊落英多，指不勝屈。然從事嘯咏者甚多，而留心經學者卒少。及觀大作，始知好古讀書尚有人在，因不揣固陋亟加評語，不過揄揚萬一，曾無溢美之詞，迺承台翰下頒殷殷，齒及虛懷謙衷，溢於毫楮。更以僕有一得之知，欲循問字之例，僕學愧不如揚雄而足下才過侯芭，惜乎！載酒之船未獲繫纜崎江，徒深悵怏然。古人異地神交，兩心契合，正不必以形骸判隔為嫌也。昔者郤恪之藏煙，近今不可多得，荷蒙寵賜，復繼之以詞，高情厚誼有加無已，行將研磨妙墨，謹錄明德，以誌不忘。外加咏幷序，妄為評騭，未知有當於高明否？朱（朱舜水）、張（張斐）兩先生里居以錢江間阻，未悉後嗣音耗，幷復。臨池無任翹企。

註一：沈燮菴，浙江省杭州府之儒士，一七二七年（清雍正五年、日本享保十二年）十二月抵日本長崎，一七三一年（清雍正九年、日本享保十六年）回中國。（『長崎年表舉要』）

註二：守官曰：「沈氏名丙，字燈煒，嘗來長崎，先考聞之，以詩文求其改正後，以書牘贈酬」。

註三：安東省菴之曾孫安東守官云，先考（安東守經、一六八八～一七六一）贈書問曰：「明季朱魯璵、張非文（張斐）兩先生，吾先子之所師事者也。其子孫之存亡，不知先生知之否？知則幸示之。」今因先生仲懷舊之情耳，故此書中有朱、張兩先生之語。（『安東家藏名賢詩文手抄』）

註四：（朱舜水）、（張斐）為筆者所注。

卷二　筆語

一　朱舜水寄安東省菴筆語（一六六三年）　二七・五×二二・七　一三三四

「正月十五日見　新王，坐定「打」（註一）一恭，未有言」（註二），新王云：「聞大名久矣。今日方得相見。」不佞云：「托處　貴國就同百姓一般，所以不敢造次進見。」新王云：「大明遭韃靼，離家來日本，甚是難爲。今在此，每事不足爲慮，有我在此，凡有甚事，勤勤進來。」說後，陳通事云：「□□。」不佞出來，新王送至外門，一揖而別。回與玄菴等言，眞是大儒氣象，與他人迥別，禮度雍容可敬，□□有不好言語，而入德造作如許。

註一：「打」字原文未見，據文義補。

註二：據『唐通事會所日錄』記載，先生曾於一六六三年（淸康熙二年、日本寬文三年）正月十五日往見長崎奉行，與文中「正月十五日見新王，坐定打一恭，未有言」內容相脗合，知此書乃先生於一六六三年正月往見長崎奉行後，致安東省菴也。新王係指當時被新任命為長崎奉行之嶋田守政。

二　朱舜水寄安東省菴筆語（一六六三年）　二五・五×二五・三　一三〇〇

每月四人食米，止包半有餘，不及貳包。若如舊年米包半足矣。柴每月六七錢。油、塩、醬、醋、小菜之類，參拾錢足矣。至九月連夏衣不過四百目。現有物賣大約可抵房租，毫不須勞神。若南京船可至，九月絕不必賢契別爲區處，又有大村太守必有少禮，久留米磯部勝文必有禮來，厚薄不可料，總不必過慮。「前日火災」（註）又右衛門亦自出力運物，即使今年留在此間，亦自不費，不佞之財若無此人出力，失物必多矣。凡事豈一人之力所能爲，今即遣之亦似不情，且喜兵衛原係銀匠，今有南京船到，恐彼要往打銀，不能在家奉口也。尚須事定再議。

註：一六六三年（清康熙二年、日本寬文三年）春，長崎發生大火，故據文中「前日火災」知此筆語乃先生於是年致安東省菴也。

三　朱舜水寄安東省菴筆語（一六七五年）

一六・二×一一・八　一二七一

「不佞在此十七年」，無有一人知我者，相愛則有之，相敬者比比皆然。然未有知我者，敬者畏之也。愛我者亦謂我傲，不佞豈傲物氣高者哉。但不肯卑諂耳。即如交趾國王一事，因彼欲坐法不佞之拜，故不爲□□□，若賓主交拜，不佞安敢倨肆。往年在長崎通事潁川獨健家，來者必拜，過於前者必拜，不佞未有不答之者。待最下之人，亦不敢輕之，此豈是傲。即此一事，尚不能解何況其他。不佞無他長，只一誠耳。

註：先生決意居留日本在一六五九年冬，第七次抵長崎後。據文中「不佞在此十七年」推算，知此書乃先生於一六七五年（清康熙十四年、日本延寶三年）由江戶致安東省菴也。時先生七十六歲。

四 朱舜水寄安東省菴筆語 一九·二×六·六 一二六八

一起句，兩頭前者文字寄去，恐他人見，不得不稍恕。如今當面筆削，便更加嚴切。勿怪。

五 朱舜水寄安東省菴筆語 二八·六×一○·二 一二六九

元魏時，崔浩有高才。其論張良也曰：「此時天下無英雄，故使豎子成名耳。」大不足之詞也。雖若易其繇言哉！爲張良解也。詩曰：「君子無易由言。」大明諱「由」字，故作「繇」，「繇」與「由」同，下句要亦不足深怪矣。復爲在浩解而深不滿於張良處，下文發明所以然之意。

六 朱舜水寄安東省菴筆語 二七·五×一二·○ 一二七三

前日所贈一作甚佳，其詩亦大進。立公所從只尚望披緇耳。近者其意亦甚悔，但口不得言，事不便更端耳。

賢契至此，萬萬不必言排異端，此大有關係處。

七 朱舜水寄安東省菴筆語 三○·○×一六·四 一二七四

若使聖道得行，能爲日本立萬世之功，除萬世之害，則不必急於死。若使無益於世，去其家國而徒糜日本之粟，雖百歲亦奚爲故。有病聽其自生自死，不求醫服藥也。

二七·七×一三·三　一二七六

八　朱舜水寄安東省菴筆語

今有四十年不着棊，比十八九歲低十子。詩尚不做，以其妨工也。有志者讀書，好樂者作詩飲酒，好嬉者着棊。古人以學寫字爲妨工廢業，陶侃以樗蒲爲牧豬奴戲，取其具投之江，閑居無事，朝運百甓於門外，暮運百甓於門內。曰：「吾方致力中原，過爾優逸，恐不堪事。」

二八·八×一二·二　一二八〇

九　朱舜水寄安東省菴筆語

書跋字大小不論，但從其便而已。通辨點定付來貳部，共捌本，俱在完翁飛脚所。前完翁致賢契之意，令不佞點於別部，愚謂在一部點定，則差處易見。若點於別部則簡閱爲難，故不從彼，然難以明言，第唯唯而已。今併寄還，若有別部，可卽將後寄壹部，作速寄來。若無別部，可留此部批點，隨後另覓壹部，寄不佞可也。

正月二十日夜　瑜又書

二八·九×一七·二　一二八二

十　朱舜水寄安東省菴筆語

不佞在此，衣服汚垢無人洗濯，前者煩入德家婢，不肯。與之錢，不肯。無奈不佞自滌領袖，餘者使小童以雙足踏之，甚恥甚苦。後完翁家有一婢，請之，慨然應允，近來衣服皆此婦所洗，甚□□與之錢，不愛，但欲乞不佞字貳幅，已含糊許之矣。若寫與之，與日本禮不相碍否？請　教。又不佞一衣短，欲如水田衣，製法甚佳，但近於僧家衣服，若接之稍長，亦恐與彼相同，接之不妨否？若任其短窄，不稱體又不雅觀。請教。

十一　朱舜水寄安東省菴筆語　二九・二×一二・〇　一二八五

此婢甚儉，亦不貪得。今以
賢契之名賞賜之，或四分三分，或八分六分。惟裁酌與之。四人每月食米，止包半有餘，不及二包。每月柴止六七（尾欠）

十二　朱舜水寄安東省菴筆語　三六・〇×四八・五　一二九〇

不佞向承完翁過愛，間有推許之辭。去年冬授法於我，而不能爲之護法沙門，遂多拂意。且不佞又不能柔媚以取悅，遂生謗詞。無可謗訕，但謂不佞過費而已。其所以言之者有二端。一則嵩江人，不佞同鄉。舊年春，同舟過日本，不佞無寸草杯水之施，敍鄉曲之情，夏間復至，送縐紗一端，石首拾二尾，不佞受之，約値銀六兩。不佞受之，稱其來而答之，完翁言不必答，彼自好賢而來，何故酬答？我思鄉里之人到此，我無德於彼，何爲受其物，且彼賣三百餘金，及庫抽分扣算外，止於五十餘金，半年飯食，行時僅存百目耳。盤纏尚不能到家。我若不答其禮，固非仁人之心。彼必致怨惡已，故終答之，稍薄耳。一則杭州人，素不相知名，忽來下顧，其人往東埔寨，行時反遺我菓樹、鷄卵，不佞不受，又親來，又不受，則委之而去。不佞初時亦無答意，旋聞其人大關且過費，彼既非端人，後時拒絕之則難，我故以扇履答之，完翁亦謂爲非。此二言雖完翁本心實然，然必不可爲。拂其意，遂倡言不佞大費。不佞之飲食宜完翁之所知也。如此而謂之費，必如何而後爲不費乎。且完翁以爲奢，而其家則嘆之鄙之，不佞求理於完翁之口亦甚難矣。豈不佞不量其入而遽爲其出乎！後日不從，何術處此。不佞自 賢契所惠之外，絕無分文。即去年有紙數束，金幾步，皆從 賢契所來，他人無有也。

賢契前來之數，每年餉米豆壹佰俵，已爲人情之至難。去年以來，惠米拾俵，十月終，銀四十三兩，又大豆貳俵。今又代借銀四十兩（尚有負於伊右衛門者，不在此數）一歲所餘無幾矣。不佞豈不自忖自算，不佞無他處干求，又不爲居積規利。澄一欠我銀，索來以待用，如望梅止渴。不佞即有狂疾而過費，後來將何所從，望之他人必不得之數也。即使徼倖得之，不佞肯爲之乎！若望之於 賢契百俵之外，世有是理乎！寧有如此人心乎！不佞即不得爲聖賢，然亦頗知自好，豈肯自汚至此。完翁信口胡柴，一時取快其口，絕不顧當之者不能堪，誠不知其何心也。

又秋來所惠 賢契將白米大豆寄至長崎，其赤米俟與伊右衛門商議再達，其船脚之價即於米中扣算，無 賢契別付水脚之理。又後來諸事，非得不佞親筆，不可親聽，若得語即行，如飲醇爵，誤事多矣。

一二奴看來未必是好人，但不佞多費心思耳。未必便是不好人，即使是不好人，今亦只須聽之，不便先疑之也。若不佞住柳川，彼則無所盡其奸矣。

一小童卽不可少，不可復使右左尋覓，倘三人同心，爲弊更甚，不若在柳川尋覓爲妥。

十三　朱舜水寄安東省菴筆語　　　一八·九×一六·九　一二九一～一

入德翁家住，極承其厚情，但下人放肆，恐日火厭煩，多出枝節，反爲不美。故欲別處尋房住。昨晚完翁如此說，目下權止從容再商量。至於一年之費尙有別說。足下云，小人不與較，至於坐作之禮不可廢。屢屢至此同坐，不佞置之不見，前者送客出外，其奴入來，不但不避，直從賓主中間，揚揚而入，甚於體面不好看。如此放肆，萬一後邊更有事，如何可忍。完翁云□老體不同，不佞□□□□住久。豈通事獨無家老乎！不佞從未見此禮，其家無主母家伯，止完翁一人，眼目又不見，所以下人敢於放肆耳。

十四　朱舜水寄安東省菴筆語　　　一八·九×一六·九　一二九一～二

爲學初時貴博，後來漸漸貴約。初時五經，後來有專經。一經之中，得力止在數語。譬之水海極浩瀚矣。觀乎海者難爲水，遊於聖人之門者難爲言。若不窮極河源，未爲知水之本也。賢契當取數種書，熟讀精思，後來漸到至一至約上去爲妙。若生吞活剝，雖窮萬卷與不讀所爭不遠。又重在踐履，所謂身體而力行之，不然，□又無用也。

十五　朱舜水寄安東省菴筆語　　　二九·二×九·二　一二九二

不佞亦功名之士，緣時事多艱，是以退伏草莽，萬一天日重光，不佞回明，膺一命之榮，方當與足下傾兩國之好，歡燕醉酢方未有艾也。

十六　朱舜水寄安東省菴筆語　二七・二×七・七　一二九三

不佞但慮又右衛門不可遺耳。渠一年工價已付訖，奈何若同伊右衛門商議可遣□妙。其婦之夫，目下船到，打此亦不喫不佞之飯也。入德之意，在去其婦與夫耳。

十七　朱舜水寄安東省菴筆語　二五・五×一二・〇　一二九五

幸爲致謝　尊公老先生。不佞無補於　賢契而反致重累，於
尊公希爲道謝。令妹稍愈，有便即當寄我，萬一不幸亦必書日寄。聞　賢契遠來跋涉忘却骨肉之憂，感謝感謝。
由布勝齋、高木景元均乞道謝，事定當寄柬耑頌也。

十八　朱舜水寄安東省菴筆語　二五・二×六・二　一二九六

相與之際，一誠而已。誠意不足，日致鼎重之養，猶爲未盡也。若夫誠意有餘，同爲啜菽飲水亦自有歡然之趣。

十九　朱舜水寄安東省菴筆語　二八・四×一二・〇　一二九七

在此養病，不佞杜門不出，至九月再看。若說明留此更好。此亦有天數存焉。不繇勉強。貴國主歸國，賢契但當與有識者從長計議，不必過爲勉強。逸公之言亦須斟酌。至上人知與不知亦聽之而已。

二十　朱舜水寄安東省菴筆語　二六・〇×九・六　一二九九

未必是　將軍請。即使將軍見召，亦須斟酌而行。愚意但欲於此間，圖十畝之地，抱灌甕之園，已絕意於聲聞，未知何如耳？有榮則必有辱，況未必吾道大行乎！

二一　朱舜水寄安東省菴筆語　二五・二×一六・六　一三〇一

「漂」、「梗」字串讀，則與上句不貫。重讀「漂」字，綴入「梗」字則似乎做作。甃與砌同。「覺」換一自然字則此句有趣，着一「覺」字便平平，故曰砌如補湊一般。詩韻字或平或上，不妨挪移用，古人多有此。但有必不可移者。更僕即是數，數即是更僕，如何重沓用得，無意致，只是搭色耳。且口氣又懈，此等題怕俗，畫出一箇蚊子來更不好了。要在言外傳神爲妙。咬菜根雖貧士，却不要待他寒酸氣，方有大用。

二二　朱舜水寄安東省菴筆語　二九・八×二六・五　一三〇二

儒者之道，無有他奇異可以動人，惟是君義臣忠、父慈子孝、夫和婦順、兄愛弟敬、朋友信誠，祇如布帛菽粟而已。故君大夫宜詳所以教之也。一家之夫婦，兄弟之道傳出，而事君求友無不盡其道。推而一鄉、推而一國，無遊手之民，四野闢貨，財聚倉廩，實民安物阜，國富而兵自強。戶有詩書絃誦之樂，人懷親上敵愾之心，其國有不倡者乎。推而至於天下，天下有不平者乎！於是而博學、審問、愼思、明辨、篤行之功最爲亟也。而所致此者，則在於知、仁、勇。知不足以□理，則爲學說所搖奪。仁不足以力行，則多狥私而□忌。勇不足以知恥，則□□□。世風如此又安望儒道之得行乎！亦知夫君相能造命乎！況移風而易俗，還其自有之天性，命儒者非有他道也。卽文、武、周公、孔子之道，卽堯、舜之道也。不爲則已，一旦奮發爲之、舉之，必有其效，行之必着其功。譬如農夫深耕易耨，必奏堅好穎粟之績。然農夫望成或有凶年，儒者之道，修齊之理，寶家臻臻，朝野熙熙。

二七・五×八・〇　一三〇三

二三　朱舜水寄安東省菴筆語

所以不喜，彼有至情，不足怪。吾想南京廟極好，但不佞茹葷而廟宇當持齋，又不可以不佞而穢雜山門。竢　賢契行後當與逸（逸然）立（獨立）（註）兩公、入德翁從容計較之。

註：（逸然）、（獨立）爲筆者所注。

二四　朱舜水寄安東省菴筆語　二四·六×八·九　一三〇四

今寄來書帖，卽大明書札之體。客中至此者無一知朝廷儀制，一慨不可作准。來書大教，鐸楚璵朱夫子老先生大人函丈。既足下執謙不已，尙當一一釐定，「璵」字不必用，當用「翁」字，「老」字不必。書中「生」字應作「門生某」或稱名，亦或有不稱名者。賤字原是魯璵，因人之訛就作楚璵，雖有印章，實非也。

二五　朱舜水寄安東省菴筆語　二五·七×一四·六　一三〇五

凡作文大小俱有命意處，通要解釋。

東周既成虛望，鳥獸豈可相親，祇須乘桴浮瀣，吾惟徒與斯人，特懼蒿萊彌望，夫子煢煢此身，若使教成一國，誠哉。至聖至神。

二六　朱舜水寄安東省菴筆語　二二·九×一〇·二　一三〇六

玄貞既不識世事，而事師又毫無誠心，所求乎人者重，而所以自任者輕，終非令器也。

二七　朱舜水寄安東省菴筆語　二五·六×五·五　一三〇八

在此往來之態，絕非不佞本性。雖云率直，比在家氣骨，十分中消靡七八分矣！

二八　朱舜水寄安東省菴筆語　　一四・二×一六・○　一三一一

大明軍火器械儘多，其所以敗者，有土崩之勢，非軍器不備也。今民心痛苦思明，若得精練紀律之兵一枝，如疾風掃籜，數城之後，自然望風歸附，亦不必用着利器。如以器言之，神機大將軍滅虜，紅夷、佛郎機、□子之類，不可勝數，總不如鳥槍，便利命中。若得鳥槍一萬，已不可敵，設有三萬，近以滅虜，如探囊取物，其弓矢萬萬不能敵也。

二九　朱舜水寄安東省菴筆語　　五○・三×一二・六　一三一七

（首欠）或者開館授徒，或者灌園自給，無不可□然之跡，皆可效之。若更進乎此，則非不佞之所知也。倘留於長崎，雖十年之前，意亦如此，但覺聲調孤寐，至若別國則人情既疎，恐未必相合，似爲不便。使留此之後，有慕義而來者，不妨互相質證，即暫適數日，亦自不妨。

三十　朱舜水寄安東省菴筆語　　一九・三×三六・○　一三一九

（首欠）波浪轉急，船□乃討筆硯書「□在此經過□平安」十六字，三月十六日，投□於水，浪猶未息，又書一紙，改「大」字爲「故」字，復投，頃刻風息浪平。

前在東埔寨慈山下亦遇龍風，如此書四紙，燒二紙於香爐內，投二紙於水，亦頃刻而定，幷前文共三次矣。不足爲外人言也。非相知之深，無不非笑。未投之先，腹中暗暗禱祝曰：「生，寄也。死，歸也。視龍猶躐遵也，神龍其如予何！」我若能恢復歸大明，能救生民於水火，能雪中國之恥，天必不肯殺我。朱之瑜若不能恢復大明，不能救生民於水火，不能雪中國之恥，雖活百年，與今日死一般。卽使回家，棺槨衣衾之美，葬佳山水，爲螻蟻所食，與葬於魚鱉之腹，亦是一般，我一毫無懼，神龍其如予何！

三一　朱舜水寄安東省菴筆語　　一五・二×二一・〇　一三二〇

（首欠）丹書太公教武王曰：「敬勝□則吉」，不佞於四國，總一般嘉與，但文中有「夏夷」二字，其實大爲奬進，頃者何言貶辭，或者未詳其意，以其僞以奇贏什一爲詩書二句，及「夷、狄而中國」等語，或者以援引鮮卑、氐、羯等。如意不妥，異日當竟易之。

非史書，何取直筆，但要適得與人爲善之意爲妙。

三二　朱舜水寄安東省菴筆語　　二〇・〇×六七・〇　一三二一

（首欠）貴國□義所當留，不得以前此禁令爲言，不佞以忠義，故不忍臣虜而來，與商賈有別，但當事者不肯將此意達之鎭守巡方，而□不肯傳達上聽，故使不佞旅進旅退耳。若曰禁令不可渝，何以欲留彈琴之人，且獨立先未□髮□嘗留之，緣未明於古義耳。古者敵國賓至，關尹以告，候人爲導，司徒具徒，司馬儆戒，甸人積薪，火師監燎，其貴國之賓至，則加一等□□。以上則遞爲加謹，從未聞拒而不納者也。故不佞□□陳公子完，禦寇之黨也。得罪而出奔，齊桓公納之，秦楚讎也。申包胥乞師，哭於秦廷七日，秦爲發師復楚，齊桓公令諸侯而盟，爲孳子帶之故，而□世子及後王子帶奔齊，桓公納之。秦、晉，楚讎也。公子從而出奔，秦楚爭受之，特其臣以燕安酖毒勵其君，故公子役役不休耳。惟莒太子僕至魯，魯宣公受之而與之邑曰：「今日必授」季文子令司寇出諸境曰：「今日必達」，蓋以莒僕盜其重器，弒其君父而來，使民無則焉也。非如莒僕之窮兇極惡，從古以來，俱未有拒絕之者。今

貴國之執事不敢言歟，抑

貴國未嘗考慮者，治國之道與□□□□

請

大教

又國朝嘉靖時，俺答歲歲犯邊，其後襖兒都司，以俺答之孫把漢那吉至

朝廷猶且受之。況兩國百餘年來，無有兵□哉！況與把漢那吉不同者哉！

三三　朱舜水寄安東省菴筆語　二六・六×二八・五　一三二二

（首欠）士君子不得志於時，退而教授生徒，與二三知己，讀書談道，詠歌先王。他日　貴國深明乎！先王之道，其俗之善者，勵而守之，其未善者，修而明「之」（註），與中國世世通

好，玉帛相錯，邊圉宴然，亦庶乎不虛十七年播越之苦心。蓋上不得圖其大，以申報仇雪恥之意，下之乃爲其次，以佐國家善後之謨，若至於漠焉不相知之處，區區安其身，鋤其口，又非不佞之志也。爲學之道，外修其名者無益也。必須身體力行，方爲有得。故子貢天資穎悟，不得與聖道之傳，無他，華而不實也。豈得以執一卷古書，口爲咿唔，卽謂之好學乎。旣不知古先哲王之可好，又何有於安定先生耶！

註：「之」字原文未見，據文義補。

三四　朱舜水寄安東省菴筆語　二四・六×五・五　一三二三

（首欠）前聞有一處，首功好學，立孔廟，尊賢愛民，此是何州州守。賢契夏問曾言之，不佞亦聞之矣。今失記其地，乞示之。

三五　朱舜水寄安東省菴筆語　二七・五×一三・○　一三二四

日本昔稱貢于李唐，得此種，今者卽此也。故從湯滐火炕，芥茶之制（尾欠）

三六　朱舜水寄安東省菴筆語　二九・五×八・八　一三二五

訓忠，爲筑後久留米家老。忠之時，義亦大矣。而大臣之忠則與小臣異焉。大臣者，正己物而潛極其君心之非者也。至於輔幼主抑又難矣。豫春君往使其君親端人見正事而便佞技巧，怪邪之徒不得逍焉。呼亦難矣哉！非□□□誠心，未能勝其任而愉快也。

三七　朱舜水寄安東省菴筆語　二五・五×一〇・〇　一三二六～一

（首欠）鱷，二句，不該放在後面。譬如人須目、耳、鼻、口、身、手、足要位置停妥（尾欠）

三八　朱舜水寄安東省菴筆語　二八・五×六・七　一三二六～二

昔日張浚（張敬夫父也），趙鼎極稱秦檜之才，及後同在中書，趙鼎曰：「近與共事，方知其□□」。

三九　朱舜水寄安東省菴筆語　二六・三×一二・八　一三二七

貴門生三位（印）名事號，惟　詳定之。

傀儡

王安石讀書，過目成誦，終身不忘（尾欠）

四十　朱舜水寄安東省菴筆語　　二五・七×一一・八　一三二八

（首欠）狀中「不肯剃頭從虜，決意不歸」二句，必不可去，仁左衛門欲攬權，所以討狀紙要改，彼欲於此中做手脚，爲後來張本，不然何與於彼討看己矣。乃要改削乎！完翁之言不可盡信，此事□「必」（註）藉二令親爲主（尾欠）

註：「必」字原文未見，據文義補。

四一　朱舜水寄安東省菴筆語　　二八・七×一一・六　一三二九

製蚶，將蚶洗淨，瀝去水與涎沫，去腥穢□。先取無節竹一段，插入□中，上出□口半寸許。每蚶一□，不論大小，用竹一段，插入到底，然後將蚶入□內，令滿，輕輕安置平穩處所，半日許，則渴而口開。用有壺貯酒，輕輕瀉入竹管內，勿令有聲，則酒從上而下，蚶口渴而喜飲，遂至滿腹，然後口合，酒平蚶卽止。復過半日，方下川椒、塩、醬油，十日半月，擘取爲易，卽熟矣。若不用竹，則酒從上而下，則蚶口閉，注之有聲，及搖動則口亦閉，口閉則酒不能入而臭矣！

四二　朱舜水寄安東省菴筆語　　二八・五×一一・三　一三三〇

製蚶方，揀取小小蚶，洗淨，白「則」（註）□佳，瀝乾（要極乾），入□中，先將無節竹一段，插入□到底，出口半寸□□蚶乾渴口開，將好酒□□入竹筒內，稍重，則□□而瘦矣。入酒平蚶而止，一日後□□加塩，半月可。用大明酒糟製尤佳。十月、十一、二月佳，正月次之，今天暑，恐不堪製，製則易臭也。□十月，當製成奉送。貴鄉蚶賤酒賤，不妨少試之。

註：「則」字原文未見，據文義補。

四三　朱舜水寄安東省菴筆語　　二七·七×五·○　一三三二

（首欠）若不佞絕之，則曲在不佞，但渠褊淺率迫之態，無限難堪。不佞未嘗桂齒，言之者，特其大略「耳」（註），承　諭之後，當曲忍之，付之付不較而已。反言極重，不佞以敬畏而重之乎。以禮貌而重之乎！抑於言詞間重之乎！

註：「耳」字原文未見，據文義補。

四四　朱舜水寄安東省菴筆語　　二九·八×二八·四　一三三六

日本儒者能整頓得冠、婚、葬、祭四大節，亦是一事。

問：將以深衣爲日本之禮服，如何？

答：頗好，但圖中有差處，不佞不解又無餘銀，令裁工製來一看。

五經集註（如琢有禮記一部，其餘四部，無有），李衷□□□雖（註）於禮不通□□□文，古文取笑識者。

註：「雖」字原文未見，據文義補。

四五　朱舜水寄安東省菴筆語　二七・五×三〇・〇　一三三七

天下典籍，除佛經外道之書，盡皆有益。只是讀不完，若一覽成誦，博涉亦自不妨。然又惱於淆雜，何如精研數部，待融貫而後遊藝爲得。漢儒於五經不重法，治一經而已。故得專門名家。是以有大戴禮、小戴禮、毛詩等名。卽毛詩之中，當有□雅□頌□□□，明典取士，一家止治一經，每科舉試士，爲□□□□□經，不重也。後有重五經者，場屋中不考也。既入翰林，則重一經。□凡書傳觀覽、考究，無有不可，但不須讀耳。

四六　朱舜水寄安東省菴筆語　二六・〇×二六・八　一三三九

（首欠）門讀書而已，其中有二三不可却者，到者一飯，截去一應，應酬盤桓，每年至此，齊到亦不過四、五人，自然不能齊，不佞之意如此。完翁欲不佞教習蒙童，謂一年可得十餘金，可得脩金十板。若集十餘蒙童，此屋便成戰場。日夕囉唣，受氣不可言，必須別處賃房買盡矣！

席。雖有所得，不償所費，而精神命脈，不可盡言。賢契以為何如？完翁之言，惟一時適意，絕不為前後思量。如此，名色既不美，精神虛費，將來種種不堪言，□一教蒙童，人品壞

四七　朱舜水寄何可侯（唐通事）筆語　『舜水問答』（中川文庫所藏）

翌申小酌奉屈文旌少敍，省菴行期應近，或可藉此歡談，時在知愛或勿却也。

今午藉小酌敍談，不期適以公務相妨，歉愧殊甚。明日有一事相商，或早或午，惟希那至過臨為望。

四八　朱舜水寄逸然（黃檗明僧）筆語　『舜水問答』（中川文庫所藏）

承賜佳品，拜登為愧矣。又復重之以寵招，和尚情隆，鄙人德薄，難不相稱矣。既不獲辭，當於明晚趨領，藉此一敍濶別也。希於原約之外，不加一物，更敬愛厚與。

四九　朱舜水寄趙文伯筆語　『舜水問答』（中川文庫所藏）

昨日來取藥，適　老親翁遊釣魚。到晚又有他事不得來，乞攢二劑付來僮。大金急欲賣銀應用，希簡付敝門人玄貞持來。諸容晤謦。

五十　朱舜水寄下川三省筆語　『舜水問答』(中川文庫所藏)
昨日　宰相樣差儒官賜以珍饌，卽欲來呼汝同薄暮，恐擾府中門禁而止，字到卽刻來此嘗之。

五一　朱舜水寄下川三省筆語　『舜水問答』(中川文庫所藏)
昨日力旋見汝字，知汝復患泄瀉，汝能來則早來，到此日行不能來則止，不必過來。改日另帶汝相見也。但　水戶宰相卽日有水戶之行，恐遲誤事矣。

五二　朱舜水寄下川三省筆語　『舜水問答』(中川文庫所藏)
昨暮約今日奉拜　加賀公，汝言早出，來人回復所以不行，欲於明日奉拜。因　何兄一二日內回崎，各處書札煩多，須遲二三日，另爲報聞矣。

五三　朱舜水寄小宅安之(小宅生順)筆語　『舜水問答』(中川文庫所藏)
承　上公賜白雁壹隻，蒼鳥壹隻、白鳥脂壹壜，何首烏十五枚，已經再拜領受。復承　復命謂不必登謝，弟薄劣甚慚。斯禮祈　台兄委曲爲弟申謝，當於二十八日面　頌也。不盡。

五四　朱舜水寄陳完翁(陳入德)筆語　『舜水問答』(中川文庫所藏)
小酌屈敍已經面達。惟冀早臨，更借府上圍屛壹架，祈卽慨發來。書不一一。

五五　朱舜水寄柳通事筆語　「舜水問答」（中川文庫所藏）

以前瑣事相干，奉命未及趨謝。承　惠紅紙拾張，奉上價陸錢玖分，祈炤入。書類紙領到幷聞。諸容晤罄。

五六　朱舜水寄中村玄貞筆語　「舜水問答」（中川文庫所藏）

水戶小宅兄書一封，額四幅，可令盛竹送去，足下可同過一探。行期的在幾日？幷問前所同來尊客駐何所，卽明白寫來，不旣。

五七　朱舜水寄中村玄貞筆語　「舜水問答」（中川文庫所藏）

卽刻欲往候　伊左衛門兄，足下可卽到齋同去。

五八　朱舜水寄中村玄貞筆語　「舜水問答」（中川文庫所藏）

前日紅帖壹佰，可卽買來付來，錢貳錢，若可分五十更好。

五九　朱舜水寄彭城太郞助筆語　「舜水問答」（中川文庫所藏）

來諭覽訖，昨日所教非「敷」字，「敷」字乃「數」字之誤，本作「數」抄謄者之訛耳。數卽帳也。漳、泉鄉語以算帳爲算數，數籍猶言帳簿也。抄錄者訛字多不止於此，自可解。惟後家後字及末上字不可解耳。原稿奉璧希　炤收。

『舜水問答』（中川文庫所藏）

六十　朱舜水寄彭城太郎助筆語

煩命令弟再取一口香壹觔，小糖圓壹觔，數日內奉銀，不悉。

六一　朱舜水寄江口伊右衛門筆語（一六六四年）　二七・九×七・九　一三〇七

原如米憑票支柳川米陸俵貳斗，此炤入。

「辰年」（註）十一月貳十陸日　朱楚璵

江口伊右衛門　殿

註：辰年爲一六六四年（清康熙三年、日本寛文四年）。

六二　朱舜水寄獨立（戴曼公）**筆語**（一六六二年）　二八・五×一二・五　一二八七

承教惓切，字字肝鬲，感謝感謝。弟迂態緜餌，無一是□不知何以得此於大師也。頃讀贈省菴諸作，文字精工愷切，自不必言。惟稱譽過情，弟自顧猥陋耳。近詩直逼老杜固自在，但竟奪其席，似爲太狠□方寸果如是耶。「若月內俱當禁足長夏三秋矣」（註）。何以爲憾。在製中有作書相嘲之句憾弟否？

□又不得出，弟又又不得入，相隔一溪，竟如天漢。□處終年不往亦不問。惟不得登山爲悵。

五月初十日答立公

註：據石村喜英氏之「獨立年譜」，獨立閉關長崎興福寺幻寄山房於一六六二年（清康元年、日本寬文二年）秋卽屆滿三年，文中「若月內俱當禁足長夏三秋矣」，知此書乃先生於是年獨立出關前所發也。

六三　獨立（戴曼公）**寄朱舜水筆語**（一六五八年）『書舊得閒』（東京大學史料編纂所藏）

往年思覲臺光，而不一獲願見，忽接翁翰，似樓頭捉臂語心時也。喜慰喜慰。始者弟以無意東遊，突留此土，寄食徒翁之門，思致不便，終非了計，及欲還唐，求不可得。適逢本師和尚東來，因而有出世之感，頂禿心空直是本來面目耳。更有何地是置身處耶。每至臨風，切切顏色，及至普門曾托一緘煩陳大兄郵上，不知曾經臺覽否？憶翁一片鋏心不忘日月，「今出監國隆召，鎭藩委重，請翁主計當事，彰彰千歲」（註）。知此千載心胸，必獲千載知遇，建立千載勳業，爲享千歲令名。若弟者，一身草野，近事浮圖，但以同侶爭忌，興浪無風，一切障礙翁想必聞於是者。曾控還崎，忽出東命，監國閣老，素有知弟，是難他謝，抱疾隨師，是不得重覩臺範，空餘一念，可甚耿切。臺翁此行，若得轉明消暗，使弟外耳歡聞，不啻九天一籲，得從翁願，實獲我心。至念至念。草草耑聞，不盡覼縷。

註：文中「今出監國隆召，鎮藩委重，請翁主計當事，彰彰千歲」係指一六五四年（監國魯九年）三月，先生獲魯王勅召乙事。惟當時先生身置安南，直至一六五七年日本船抵安南後，先生始獲魯王召書。此書乃獨立於一六五八年（清順治十五年，日本萬治元年）先生第六次赴長崎後，擬轉往廣門之際致先生也。

六四　獨立（戴曼公）**寄朱舜水筆語**（一六六五年）『耆舊得聞』（東京大學史料編纂所藏）

四五日來，爲隔江禪友設供招遊，不得奉候。歉歉。此刻纔回，明早面上，「旦貴駕水戶發行，弗獲敍別，後晤何期，幷祈賜罪」（註），弟隔長崎路遙，倘尊意欲辦何物，示知爲愛。

註：據文中「旦貴駕水戶發行，弗獲敍別，後晤何期，幷祈賜罪」語，知此書乃獨立於一六六五年（清康熙四年、日本寬文五年）六月，先生擬應德川光國招聘之際致先生也。

六五　獨立（戴曼公）**寄朱舜水筆語**（一六六五年）『耆舊得聞』（東京大學史料編纂所藏）

產合鄉邦，會當遐域，一緣之自契於天，何幸如之。以一日之契合從天，乃至聚而勿散，當緣之又各他從，忘忘形役，可勝慨耶。總之不知此光大含弘耳。前駕過豐，是日迨暮，又當結夏山中，不獲一送高軒，兼以不遑酬答，非有間中而然。次日遣伻持一柬，爲當面別時靑翰已早乘去下關矣。弟與健翁不勝怏怏者。「再幸八月何遠俟還崎」（註一）入山中，詢知翁之主賓道，交乳水味合亦東國有幸，吾道之能行。自翁之開天一日耳。弟亦於八月下弦，「又出岩國來招，卽同健翁偕往」（註二）奈其殘疴甚不易霍，忽聞豐主上覲武都，念弟甚激，三日中五至，急足於巖，而健翁正患眩運，弟只自下豐前，一送行道四百里程，以三十時奔迫，遂亦眩發劾聾，有不勝勞勞之可嘲焉。人生聚散，恍恍如萍，草草懷情，曷能自盡。況各七旬上下其季，異天飄忽，那復在聚，寧不至酸心矣耶！思其所可盡於一念者，惟待他生之復合耳。豐主時行從人，附便以布，作合之不忘於一日。言無盡、筆無盡，況其一念之無盡耶！翁之與弟，當如兩鏡合照，一至其懷，以盡莫旣之怏悒耳。是願是荷，堂頭和尙囑筆上致，吾翁雖不獲面，然此中土同懷，自不能以道限也。敢爲布聞。

註一：文中「再幸八月何遠侯還崎」係指一六六五年八月，唐通事何可侯護送先生至江戶後回長崎之事。

註二：據石村喜英氏之「獨立年譜」知獨立受岩國（今山口縣）藩主之聘，前往行醫在一六六五年（清康熙四年、日本寬文五年）八月中旬。故據文中「又出岩國來招，卽同健翁偕往」知此書乃獨立於是年致先生也。

六六　獨立（戴曼公）寄朱舜水筆語　二六・八×九四・〇　一二四四

（首欠）下生民之夫之耕，一婦之織籌之歲計，衛不□三□者，曠□□之穀□三人乏食矣。曠一婦之織則三人凍膚矣。況及其四民百工仰其耕織之所存耶！至或潦旱相侵，惰民懶婦一時失作，曠莫能酬則必有絕乏之慼，是以長國之君煢煢焉。籌計其耕與織以足國，謹至其出與入以保民。往古來今至治之道莫重於此，是可以孝悌興而禮樂作，忠義勸而王道成，擊壤之風想可再見矣。說者有曰僧之爲教能見性而成佛。以此矜俗下視斯民，乃至僧之爲可尙也。有不知僧之同胎習俗一點性眞之□埋沒，倦倦不（註）復其固有者，幾何人哉！歷千萬人而或一見之不違夫子盡性命之全功耳。至其性之果，自見心之果自明。不果，自成其見性明心之有地何以與乎。斯民之有濟哉，則斯民之勤勤乎，耕與婦之役役乎。織祇自成其耕之爲耕，織之爲織也。已夫夫之勤乎，耕婦之役乎。織以供其爲僧，則民之有濟乎僧矣。今之僧恬然□□能不知自返乎。其耕與織者否？嘗讀高僧傳，有善安其天者，不枉民力必自耕而後食也。故仰山有一日不作，一日不食之語，謹報施於民力耳。及其餘事有所不足，方足乞其民力而足成之，斯有以稱高行也。昔有僧問趙州曰：「何爲道？」州答曰：「背了鋤頭下田去。」蓋有以示所本矣。乃者日本僧習自成風氣，莫可力返伊誰出手，故一返其習俗之成哉，由昔人創發以成流弊之莫追焉。今此六七唐僧，協八閩之同風，忘負薪之往，歎鄉心互結，嫉才忌能，妄出非心非行之詬是爾。春日還崎以遠非心非行之攻，以一人不敢觸群機，以一浙而不敢忤群福，以一老而不敢當群少。明暗相欺，隱顯莫測，蓋可以識僧行之有從，法道之有本矣。二月中，幸至幻寄山房與逸然兄一體同仁，兩衷不隔。不意其請僧費竭，揭債屢千，日食交煎，無能自計，良莫□其痛心焉。今者來僧各各囊括多金，幣帛厚味而猶慮其不給，倩人賣字，以廣其贏，不思疇昔之負薪窮谷以俾日夕者爲何如哉！痛切兩人身居幻寄，境有餘而情不足，形苟安而心殊勞，視今日之勢者、強親富者、腰體營營相競，至我兩人兩病，兩老僧煢煢無告。咄嗟！其天邇者猶可強力出門行乞於市，若至一着枕席，猶不勝其嗟吁仰屋矣。是今遽起回唐之心，就返鄉國以安其貧與病，寒與饑，死與埋而已，無他籌也。曩者爲僧一念庸安其流寓之跡，至其嫉才與名一自消，其往因之成卒計還鄉，自計其老病之當歸也。如此噫緇衣也。天所以成予也。矧有俾予盡性至命樂天一理之相孚也。敢有告於知己之先聞也。

易弟（印）再稽首　啓

註：「不」字原文未見，據文義補。

卷三 問答

答人見竹洞問二十三條

『舜水墨談』（中川文庫所藏）

一　問：前日以來欲談性理之事，淺學不免躐等之罪，故不及此。聞昨吉永太守問格物之義，格物者，先儒所說紛紛至朱文公說出窮理來。其所行以居敬爲本，窮理居敬工夫旦暮之事，而非可容易日用之工夫，先生之意如何？

答：前答吉永太守問格物致知，粗及朱王異同耳。太守以臨民爲業，以平治爲功，若欲窮盡事事物物之理，而後致知，以及治國平天下，則人壽幾何。河清難俟，故不若隨時格物致知，猶爲近之至。若居敬工夫，君子一生本等何時何事可以少得。謨謂治民之官與經生大異，有一分好處則民受一分之惠，朝廷享其功不專在理學研究也。晦翁先生以陳同甫爲異端，恐不免過當。

二　問：論語學而時習之義，舊說多就儒生效學之上，說到宋儒兼致知力行以爲之義。謹思學且習者，上自天子下至庶人，於彝倫常行之上，所學所習不可不愼思明辨。如何？

答：兼致知力行方是學、方是習，若空空去學，學箇甚底，習又習箇甚底，愼思明辨卽是此中事。

三 問：先正曰學而習，習而察，伏想加察字添一層工夫如何？

答：極是。

四 問：程子謂悅在心樂，主發散在外者，彼與此共信徒斯道，誠以可樂。然發散在外者，不知手之、舞之、足之、蹈之之謂乎！

答：悅樂分內外，只是要分別兩字耳。然悅豫且康未必單單在心胸間，手舞足蹈其樂非根心，而何有朋自遠方來處，亦只是心中歡喜。

舜水曰：近世科舉之法衰弊，而多難解之事。余到南京之科場，來集者數百人，各袖一小硯及筆牋，及其門，衛士使學生每人脫巾解衣，按檢之以禁挾書册也。若有懷文字者，雖一紙然奪之。其堂中列桌子數百各坐之，坐定有司高捧一牌，徐行桌子之前，牌面書策題，每人或一讀或再三讀，有諳之者，有記其大略者一過而罷。於是各書其策，翻牋之聲如波濤之起。凡鄉試者縣試士送府，府送督學，取科舉送省會鄉試，謂之舉子。

又：貢舉官二員即調提官，順天、應天府、尹府丞。

又：監臨官即知貢舉官、巡按監察御史，順天、應天各二員，外監臨二員不在數內，浙江以下各省各一員。

又：總裁即主考順天、應天用大翰林院官二員。如庶子諭德之類，浙江、江西、福建用翰林一員，修撰、編修、檢簡之類，科官一員。湖廣翰林編簡一員，部屬官一員。四川、河南、山東、山西、陝西、廣東、廣西、雲南、貴州或通用部屬，或用中行評博一員，或用別寺降官。

又：分考官此五經房也。

又：八月初九日初場試四書義三篇，本經義四篇，合七篇。謂之制義，亦謂之舉子業。七夫七蓋、七甚矣。不寫音註，塗抹俱貼出不完貼，無束題。貼有破題、承題、起講，提股二、小股二、中股二、後股二，謂之八股。結題大、結制藝甚多，舉子三年精力不足以讀文，所以於古學荒疎。

又：十二日二場，論一首，詔誥表（內判一道）中臺頭差一字，便貼犯諱貼貼出，惟二場極多。

又：十五日三場，策五道，其貼出者貼至公堂，讀之堂貼，外人不得見。所謂第一問、第二問者策也。因不寫題，故曰一問二問。子、午、卯、酉四年爲鄉試四科。辰、戌、丑、未四年爲會試四科。

又：會試貢舉官爲禮部尚書侍郎二員，知貢舉官爲御史總裁官，或大學士（卽宰相），或侍郎二員，分考官爲翰林科中書博士、評士，少者十八房，多時二十房，大概與鄉試同，但場期在二月。中式者爲會試中式舉人。

又：三月十五日廷試，又謂之殿試。廷試策一道，宰輔讀卷，天子御筆標題十八日傳臚。第一甲第一名爲狀元，第二名爲榜眼，第三名爲探花。第二甲爲賜進士。出身狀元入翰林爲修撰，榜眼、探花入翰林爲編修。二甲第一名及會元不中鼎甲者，考館入翰林爲庶吉士，此鄉試殿試之大略也。

又：鄉試鄉薦者試士於鄉，謂之鄉試。巡按察御史代天巡狩，同提調、副提調薦之天子，是以謂之鄉薦，卽一事也。提調謂之知貢舉官，秀才今謂之生員，卽所謂諸生，卽所謂博士弟子員，異名而同實也。其中有廩膳，有增廣生，有附學生，有青衣，有社生五者。得科舉以外更有鄉賢、守祠、工遼、寄學等生，不與科舉之數。秀才考中一、二、三名補糧謂之廩膳，曰學生廩膳年滿無過試中得貢，此遂名挨貢。更有高者曰選貢生、恩貢生，此合通學廩膳考中者也，二者一同。更高者曰拔貢，此合通學之廩增附而超拔之者也。三者與計廩歲貢不同，至於貢士卽鄉試中試之舉人也。故曰某科貢士凡策中射策者，試中策題雜舉，他事甚多。盈篇累牘其主要只在二字、四字。譬如射箭以侯爲主，而中者稀，故曰射策，卽對策也。及明季大失太祖高皇帝設科之意，以八股爲文章非文章也，志在利祿，不過藉此干進，非眞學問也。

人見竹洞云：府縣學校各有明倫堂，春秋二時祭先聖先師，其儀太備，節（人見竹洞）請問明倫堂之制，翁（朱舜水）他日作一圖，其制法太詳，癸丑之火失之，節嘆惜之。然後水戶相公命翁使工匠造明倫堂之圖形，殿門、樓閣、廊廡、戶階雖小悉備，固不朽之美事也。又請翁使諸生習釋奠之儀，木主及簠簋籩豆樽俎，皆中國之制也。節亦往觀其習禮，翁正立庭中指揮諸生，禮容堂堂，有三代之遺風，國家若大用之，則我本邦可以興古禮，嗚呼惜哉！

五　問：韃虜橫行中國，先生惡之乘桴浮海，豈夫逃身而然乎？其志在恢復者可知矣。當斯持賢者或入深山大澤之中，如古之隱逸者多乎？先生所遇幾人乎？

答：避亂潛身者不可枚舉，凡人知姓名者不可謂之隱士。古之隱逸者不使人知其姓名，隱於漁樵農畝之間，僕少時與一軍門，獵於山中絕壁之下，有一第宇，一老士爽服端坐，側有數卷之書。僕問子：「住此幾年乎？」老士曰：「二十餘年矣。」問其姓名鄉里履歷渾無答之，自思異人也。又一日遊會稽山見一老樵曳車下山，僕偶問曰：「子何勞苦乎？」老樵笑曰：「我形勞心休，卿等形休心勞。」僕問其名然不答，曳車而去，追之不及，遂不辨其所如。僕嘗見斯二子，古隱逸之徒歟。今思之亂離之間，避世之賢者也。

又曰：天下之間多奇物，僕所見亦無數矣。曾上會稽視神禹之舊蹤，禹穴有石門可數十丈，其中有大圓石，如大繩懸之，下不接地者數丈，危如匏瓜之繫，未知有何名？又安南山中有大木如樟，其花如小鐘之形，綴枝太密，五色皆備可謂奇木也。

六　問：會稽有三右軍之跡乎？

答：有矣。蘭亭之蹤猶多遊人，山多脩竹，或有大可作簫者。

七　問：先生詣北京且拜闕里乎？

答：僕弱冠詣北京過山東欲闕里，特有事故以期重來。未幾有北京之亂遂不果矣！

八　問：先生遊洞庭湖上岳陽樓乎？

答：僕舉家避亂偶泊湖上，時平賊將軍左良玉繫賊屯於岳州岳陽樓，遭兵燹成空遙見其礎存耳。僕在家貲典籍於一舟爲賊兵所掠奪，而子女得免，固可嘆也。

九　問：先生離鄉十數年，想紹興杉檜爲逆虜之巢穴乎！可以悲嘆也。令嗣令孫幾在乎？無恙否？尊兄猶存乎？

答：僕鄉里在紹興，世有數畝之田園，自遭喪亂以來，親戚飄零，不堪欷歔。有二男一女，長曰大成，孫幾人近來未知之，次男大咸，女高字柔端，忠孝性成聰明絕世，兒時三歲便如成人，一言一動，但有矩矱。其長者皆愛之悼之，六歲喪母，哭泣之慘，弔祭者哀不能起。事事先意承志，僕藉以忘憂，暮年歡心。惟寄此女虜變以來，年十二三，嚴備利刄晝夜不去，身其姈駭焉。問之曰：「佩此作何事？」曰：「今夷虜犬羊豈知禮義，兒若有不幸，即以此自刎。」寧肯辱身其姈與同臥起，竊之四年不能得，幼字同邑何氏，因其舅爲虜官，日夜思父，又愧憤其舅臣虜，忿懣遇疾，未嫁而亡。但聞之，今不知幾年矣。思大約在壬辰、癸巳年間。

十問：尊女性行不恥有德之君子，豈殊古之賢妃貞婦宜乎！先生之有慨嘆也。況又寓於萬里之海外書音遼絕乎！聞之者亦猶不堪咨嗟矣。

答：僕遭國難而不能致死，苟免而遠去海外，以有所思也。然今違初心，有愧斯女也。兒子大成隱居教授，館穀足以餬口。子若孫，今日之前均未有就夷虜、有司考試者。大咸前年已物故，無子。胞兄啓明號蒼曙，乙丑進士，因忤閹官，妄爲所劾。雖兩奉明旨昭雪，家貧如洗，無以賂權要，十年不得復，最後漕運缺，屢推皆不點。先帝御筆親除，因流寇破北京，未得到任。回南京另補新設洋務軍門缺，理應家兄推補，姦輔爲馬士英，惟賂是圖，又起姦兇阮大鋮爲兵部侍郎，以爲羽翼，突推巡撫劉安行爲之。家兄依前損落但奉朝請而已，逆虜強之作官，不就。部院陳錦欲殺之，以操江唐際盛力救得免，後錮於南京屏居灌園，今不知存亡，僕在崎港仄聞猶居南京。頃日僕夢與家兄分袂相別，覺後思之，自疑既沒也，僕黯然而嘆焉。

人見竹洞云：乙巳歲，余新築柳塘之下，開小園藝花竹，播書齋起書樓，一日招翁（朱舜水）酒饌各做中華之製，桌椅相對，靜話終日，翁欣然筆語作堆（此筆語亦罹癸丑火）。食了與翁上書樓，翁觀架上之群書而喜。

十一問：先生在貴鄉造樓藏萬卷之書乎？

答：然矣。父祖以來家多藏書，飄帙清緻，我父天性嚴肅，不好以朱墨汚書，故家藏之書與他人所藏太別，家遭亂離不知乎何如？可勝嘆也。

十二問：近歲江府頻有火災，家家藏貲，庫壁厚塗，藏書之樓亦然，不知貴國亦如此乎？

答：或有成避火之備，然凡第宅，與貴國之製太異，宅多餘地，回祿亦稀。藏書太厭濕氣，故架高樓而藏之，有一難事，為龍所害，每人苦之。

十三問：何言乎？

答：蟄龍時興雲致雨，一飛過而觸樓，悉為烏有，如掃地，唯有礎存耳。

十四問：我國無斯害，幸矣。藏書皆挾芸香草，不知何物？

答：貴國未見之，其葉如銀杏稍大，青□茂生，處處有之，能避蠹耳。

人見竹洞云：翁常嗜茶，有自崎港來贈者卽分贈之。

十五問：雙井、顧渚、蒙頂等地為茶品之最，今亦然乎？

答：古來以斯地為最，今猶古然矣。近世嗜茶者多，在岕山者特勝，其上品者貢京師或貴介公子爭求之，太難得之。中品者非若他處，其山重岩嶮阻，種茶於岩間，其土宜茶，氣味特美，其餘處處貢茶，上品者皆美。今來崎港者，多是下品耳。

十六問：我國用碾茶煎茶既久矣。趙宋之世，僧俊芿者渡海及歸朝，學茶法培種於梅尾山上，爾來有之，近世貴碾茶特有迎客之禮式，貴國亦有碾煎乎？

答：陸鴻漸之法既有之，宋朝有龍鳳團碾之煎之方，今無此二法唯泡之耳。賓客來則必先供之磁盞盛茶，以核桃、榛子、瓜仁、銀杏等菓二三箇沈其中，加銀匙於盞，置盞於托子而供之。其客取之，置托子於案上，挾匙於食中，二指把盞載盞底於左手，舉盞齊眉而揖，一歓之。主人亦如之，其飲之有法，燕享之時亦然矣，是常禮也。古來擇水品爲切要，江心惠泉之類處處，到今入品，近時以峽水爲第一，梅雨水次之，嗜茶之家汲三峽水貯大甕，遠致之者多矣。

十七問：先生少時鼓琴乎？

答：吾鄉有能琴者，僕能聞之然不能鼓之。又曰，故國之風土如遊歷其地，或兩京之美事，或湖廣之富饒，或五湖三江之清賞，或天台雁蕩之勝，既不可枚舉。

十八問：先生經歷諸州流落海外，所目擊太廣，其間奇怪之事亦不可無之。夫子曾不語怪力亂神，卽是教人之法也。故儒家或以鬼神爲造化之理，以其怪爲虛談，見怪不怪之則可也。若爲虛談而偶有觸眼，則至驚愕乎！天地之大，萬物之多，不可無正變也。能知平常之正，則其所變化亦可知乎，何如？

答：然矣。觀者以怪爲怪，以常爲常，未觀者以怪徒爲虛耳。僕遭喪亂而足跡亦所至者千萬里矣，視聽所及者亦千萬態矣。不可以立談悉之，觀奇怪亦閒有之。往歲到北京途中，一夕未及驛亭，昏黑路傍有一廢館，入其中投宿。夜參半不寐，月出鮮明，特見一丈夫來，其長丈餘，僕怪之，初想盜也，按刀而坐，月下窺之，丈夫徐步上堂，巡視室中遲遲而去。及明問村人，答曰：「此館百餘年前一富人之所居也。」村人或言舊主人之靈時時來去，皆以爲怪而遂無居之者。云又自安南來於日本大洋中，視數船之來逐僕所來之舟中，皆驚躁惶怖，曰是海賊之船也。我儕不可免之，舟人相顧而悲，向天妃之像（護舟之神也）合掌乞救，僕亦思是命也。舟人皆言翁亦可拜天妃，僕不拒之，正襟焚香拜像默祈，賊船既近數丈，而二船同圍我船放大砲，不中而落海中，數船各放砲皆不中，忽有順風進帆而去，遂得免。舟人大喜，各賽天妃，僕初知其有實物。如此二事，僕親見其奇異亦是一理，何以爲虛談乎！

十九問：張子曰：「鬼神二氣之良能，凡天地之間，萬物之生皆二氣之良能也。」鬼神之理如此可明察乎？

答：儒者必欲兼萬物而爲言，以見其公其大也。其實與民生不能一一相同，二氣之良能亦當有異物之靈者變化不測，豈可以凡物比而同之，亦猶上智下愚相去天壤也。鬼神之理，在上在左右必不可欺。惟僕見之特眞，然不可與常人稱道耳。

人見竹洞云：丙辰春暮夙到翁之三鏡堂（水戶相公之別莊在本鄉，相公爲翁築館於森林之間，授園圃數畝，翁栽花竹種美草以樂之，扁曰三鏡），窓前脩竹森密多生新筍，節即作詩，翁美之。談及筍事曰天目山多筍，冬月亦生，其餘處處有多筍。僕常疑孟宗泣竹爲孝感，又疑郭巨生一子將埋之，一箇乳兒何妨養老母，若埋不得金則是亡天倫也，豈謂之孝子，倘其母以失其孫悲傷而死，則罪人矣，天之賜金豈可必得也。

二十問：先生平日悲王侍郎之忠死（翁到年年中秋月，齋居獨坐，悄然不樂，謂王侍郎忌日也。）要聞其事實、名字、官號。

答：名溪，字完勳，爲兵部左侍郎監察御史巡按浙直，虜人攻浙，王侍郎守城爲防禦之計，抱恢復之志。軍敗之前，一日與僕對案密語曰：「嗚呼國家之事既不可成矣，無奈之何。」僕曰：「屬兵猶多言何然乎。」曰：「屬士皆貪利多通虜者，城破不日先生冥去矣。」先是王按君薦僕於官，姦人多妨之，僕亦固辭，乃告別之時也。臨別僕猶勸之，按君垂淚相別。後聞按君屬將通虜者引敵兵入城，城遂破，按君就囚胡虜，將欲降之，按君請早就死而不言其他，虜將使按君來其前責拜，按君詈虜不顧，虜將大怒，射其背三四矢，按君自若不動猶詈之，虜將增怒，命兵斷按君之趾，寸寸至頸，大詈不止，遂沒。僕思之不堪嗚咽。

人見竹洞云：固是禎忠之臣也，不愧顏。魯公父文山宜乎？先生之深痛之也。

（某日人見竹洞贈舜水鯖魚後問）

二一問：是青魚乎，醫家用膽此魚乎？

答：非此魚也。青魚生江湖之間，其大五六尺、七八尺者亦在矣。味太美，北方無之。年年江南貢於北京，舟中構屋擇其大且鮮者，鈎魚背於屋梁，以繩懸之，使魚不搖，以御廚所供也。

人見竹洞云：丙午秋七月十四日招翁於葛東水竹深處，自柳塘同舟而至，其門人下川三省、譯者樊氏從焉。是日也，天霽氣清，舟中或問中國之山水，或談西湖之幽賞。舟到牛島，與翁徐步入咏歸亭，荷花滿池，紫薇掩蔽，翁入鶯巢登高風閣，欣然而樂，對案喫飯，酌酒飲醺。節命小童烹茶於松林之中，芭蕉倚石，竹樹送涼，翁啜茶數甌四顧怡怡，曰如在鄉里也。筆語數酬（此筆語太多爲一軸，罹癸丑火災，可惜之）。將夕陽，導翁遶竹徑，步菜圃，入清風明月壚，遠望平田。啜茗酌酒，翁平生不飲酒，然飲一二小甌而既醉。

二二問：先生自少不飲乎？

答：僕弱冠大飲與少年公子群遊，以大觥飲宴終夜至飲數斗，先考戒之太嚴，爾來戒酒不飲。況又久遭亂世無與可飲，今來此佳境，偶乘清興，不覺醉小甌耳。既而欲黃昏月出東林，翁欲辭去，節又同舟乘月西歸。

人見竹洞云：朱翁常謂南京風俗太養，土地和暖；北京土風激烈，霾埃日昏。

二三問：北京、南京及縣學春秋宜有釋奠？

答：然矣。祭先聖先師於明倫堂。

人見竹洞云：余問明倫堂之製，翁詳說之，且自作其圖以示之。後水戶相公命良匠就翁審問堂製，而巧摸其形，以分寸準丈尺作明倫堂。其丈尺許，殿寢、門階、窓戶、樓庫、兩廡各備，不違纖毫輪奐可觀。若乃國學大興經始斯堂，悉從此形製，則中華之盛無加之乎吁！國學未興吾儕覔望竢之。

又云：水戶相公請朱翁而命儒主侍史數十員習奠釋之儀，翁考於禮典而敍其所曾觀者，作書定其式畫。相公本鄉別莊之一地，假作堂階圜以葦墻爲門墀之限，日日習禮。余與藤勿齋相約一日往觀之，朱翁立墀指揮，禮容齊整，諸生拜趨之儀肅肅可觀。後又相公使良工就翁造前聖四配木主及簠簋籩豆樽俎等器，復制大明之冠巾衣服，翁自把剪刀裁牋帛作其摸製，衆工皆嘆其精妙。

卷四　跋詩題贊祭文

一 跋（頌主君壽舜水先生七秩）『耆舊得聞』（東京大學史料編纂所藏）

藤井德昭

寬文己酉，吾師大明舜水先生，遐齡旣躋古稀，仲冬十有二日，屆其懸弧之辰，我主君水戶宰相公，尊賢之誠，敬老之禮，大設饗宴於邸第，錫之幣帛几杖明酒鮮魚，物物咸備。又圖畫和漢古來名賢有德有位有祿之耆老六人於屛，致於其家，以賀其大德，以得其壽，斯禮之正也，敬之至也。儀容揖讓，悉法古典，不必言矣。至於醯醢醇醪良醞之所儲也，必親嘗旨否而後餽焉。絲竹管絃，敎坊之素習也，必親爲肄業而後薦之。蓋無一事而不身親者矣。世子善繼其美，克類克明，遣官致賀，多儀輝映，允恭謙抑，甚盛事也。此時主君有終身之爽，當在致齋，故擇於十六日，詣先生之第，恭虔奉祝，竣事而歸。王君歡欣悅豫之情，形于面、溢於言。況士大夫以曁群僚慶賀拜趨，摩肩接踵于其門乎，可謂先生之榮矣。恭惟主君生知軼才，惟聰惟明，安行天性，允文允武，盎然寬仁之資，卓爾剛正之質，博學以爲砥，稽古以爲鏡，設科登席，俊良幣聘，遍招儒碩，故盛名沛然，冠于當世。而稷下璨然，羅文武之士，是以搢紳先生，競欲識荊以定聲賈于龍門，嚴冗隱士，庶幾且暮以垂功名于竹帛，世之爲有道之士，所具瞻者，舍主君其誰也。此主君之賢，所以獲先生也。先生聖學賢明，盛德蓄蘊，非常英哲，神人邁種，仁恕也，忠信也。實乾坤所特鍾其節義貞正，譬諸泰山之高而不動，其容衆度量，似乎滄海之大而廣淵，以馴行爲常故不伐彼藝此能，有而如□，昔日不食非義之粟，遠避我日本之濱，於是舉邦親多日之日，抑松栢之操，德馨盡傳四夷，名烈大震八荒，是以列邦侯伯，競倖蔽席擁篲者幾多人于此哉。而先生不屑一顧者，其意欲得言聽道行之君也。此先生之德，所以獲主君也。夫際遇之難，古今所同慨，況中華與我相隔且萬里哉！顧主君之賢，先生之德，同氣相求，同明相照，豈天意之所爲，欲使聖賢之道復明於世者，非耶！殊非人智之所能及，力之所能致也。主君敬禮，以爲賓師，乘輿數訪，獻酬盡歡，近臣候門，絡繹於道。至其家僕從之事亦徑淵慮，源源饋遺，莫非親命稟庖，甚者屢屢乎。爲和調五味，惟欲情之安欲嗜之適，其懇篤之盡，敬愛之深，眞目之所未覩，耳之所未聞也。於是乎先生之令聞彌顯，德輝增輝，而其溫良恭謙之化，雖至愚旨昧之人，一見之則未嘗不尊親敬慕，依依而不舍也。先生雖不幸而流離鄉土，亦非天不眷其德，不監其義也，何以明其然也。昔在成湯屈尊於耕叟，文王立師於漁父，魯侯失禮乎膰俎，而孔子出走，齊王草率于命召，孟氏歸鄒。人君待賢者之意，賢者觀人君之志，邦家盛衰之機，人義興亡之兆，壹是皆於是焉。見之，伏願他日大史氏，敍述其事，垂示天下後世，使傳且法焉。百世之下，聞者莫不興起，則所益於世道人心，豈豈淺鮮哉。德昭於主君，沐寵顧之厚澤，大如天地於先生，猶視子之恩愛等於父母，雖近侍小臣無力繪天，然目擊勝事欣抃踴躍，不勝誠歡誠喜。聊抒寸丹於曼乙云爾。己酉仲冬十有柒日。

藤井德昭頓首

二　跋（爲文殊院僧代作募緣）　『舜水問答』（中川文庫所藏）

朱舜水

文殊院僧某名跡，爲開方便，共襄勝緣事。貧僧素居其町，向結數椽茅屋，閉戶焚香，並不以世俗彙緣，干擾衆信。近因去年回祿赤地無餘，雖蒙　上恩浩蕩頒發二十餘金，但基地十間，空囊一洗，久欲剏造重新，難運神工鬼斧。今幸　神天祐庇使中華寶駕競集長崎，遠彌騰歡，神人胥慶，爲此焚香頂禮，恭申短跋。特懇衆位善信弘施，願力大發慈悲，結歡喜之因緣，種無量之福果，易舉衆輕，在航主善信，不過捐太倉之稀米，積多於少，令荒山貧衲，則頓還小利之舊觀。德無不報，福有攸歸，謹跋。

三　詩

朱舜水寄琴山井詩　四四·七×三一·二　一二一四

避亂安南漲海限，氣桴日本路悠哉，皇明徵士廻天志，水府師儒勸學才。

單服但懷韓幹畫，重闉漸脫韃人災，珍寵知有瓊華字，讀罷躊躇感易催。

四　題（恥齋）

一八·一×三三·五　一三四三

朱舜水

人願可以有恥乎，有恥則必其不若人也。人願可以無恥乎，無恥則必其不若人，而不爲恥也。狂夫之恥自無，而至於聖人之恥，「自」（註一）有「以」（註二）至於無，省菴之以恥名齋有志哉。

註一：「自」字，原文未見，據文義補。
註二：「以」字，原文未見，據文義補。

五　文（唐山、日本度量之比較）

朱舜水

二七・二×二四・二　一五三三

糧食官擔，每石貳佰捌拾觔，日本每石貳佰零八觔。
唐山每一升二斤八合，每斤十六兩，惟糧食用斗斛記數，其餘油酒之類，俱用秤交易。
唐山大尺八寸作小尺一尺，日本貨庫工係唐山小尺，較准尺之大小相同。

『文苑雜纂』（日本水戶彰考館所藏）

六　悼

心越（明僧）

驀地相逢喜故知，死歸生寄不須疑，憐君只是孤身客，事到頭來我亦悲。

註：據杉村英治氏之『望鄉の詩僧□東皐心越』所載云：悼聞□鄰封耆儒舜水朱君，壽届杖朝有三，忽於初夏十有七日，頓爾逝世。越忝梓里，幸得遇於江府，雖然萍水相逢，亦可聚譚故園風味。痛絃永別，豈無慟乎！聊賦俚句一章，以識感懷耳。

七 弔（明故同鄉舜水朱公墓）

『耆舊得聞』（東京大學史料編纂所藏）

心越（明僧）

萍水相逢一故人，耆年皓首話方親，固知儒釋非同調，蓮社當時猶可陳。
報國忠心嗟未託，安邦義膽痛無伸，瑞龍山下長窀穸，高節清風不染塵。

註：心越云，時維昭陽大淵，暮春二十有八日過瑞龍山，以此弔先生之墓也。

八 祭舜水先生陳設之式

『耆舊得聞』（東京大學史料編纂所藏）

醬油、鮑魚、淡菜、獨活、豆腐、龍眼肉、燭臺。
爵、帛、索麵、茶鐘、醋、江瑤柱、烏賊、山藥、麵筋、羊羹。
爵、快子、飯、茶鐘、形塩、野鴨、干海參、藕香菰、饅頭、火腿、香案。
茶鐘、肉桂、鯫魚、鷄卵、筍、牛蒡、團羹。

爵、和羹、鯉、胡椒、鯛魚、鰻魚、蕨、糟瓜、橙子、燭臺。
陳設（布衣）栗山源介、（素襖）小野宗三郎、服部新介。
司盥（同）鵜飼權平
司尊（同）一松又之進
司爵（同）伴五百衛門
司帛（同）松浦新之允
傳饌（同） 御通事
金橘、目近魚、年魚、鰒、帲鴨、鯨、蒟蒻、瓦龍子、魟魚、對蝦、比目魚。
油羹、豆腐、耳木、胡麻、砂糖、伊留氏伊須、糟瓜。

註：右列陳設之式乃先生逝後第八年，即一六八九年（清康熙廿八年、日本元祿二年）四月十八日水戶藩祭先生之祭品及與祭人士也。

九 祭（明徵君舜水朱老先生文）

日本國立國會圖書館「人見文庫」所藏

人見竹洞

維貞享三年（清康熙二十五年、一六八六年）歲次丙寅仲春之月，丙戌朔越丁未日，學生野節祇以醴齋粢盛謹致祭明徵君舜水朱老先生曰：「伏願泰伯採藥可徵三讓之祭儀，孔子乘桴欲居九夷之僻陋，至若漢室遺裔，隋主來書中國信通往復既久，上世治盛禮樂猶傳，故元戰艦忽摧朱明冊詔及遠，自爾以降朝貢失路，雖嘆欲濟無舟，海舶問津，猶喜不絕如線。」往嘗先生避暴亂而周遊各方七千餘里，淩縹緲而未停斯邦二十四年。嗚呼哀哉！先生之大不幸也。罹彼世之亂離，遭其運之窮厄，鳳闕忽失貔貅之衛乾紐解，而闖賊橫行燕都，遂爲豺狼之棲坤維而韃虜跋扈。大漠腥氣，散漫蔽空，中原英雄並馳，逐臭冠簪，脫作氊帽，鼠尾衣裳變爲毳服馬蹄，鉛力銛而鈍鏌鋣，黃鐘毀而鳴瓦釜。先生奮然切齒嗟若痛心，州縣驅馳無不成討虜之計，日夜慷慨，嘗自抱執仇之懷，雖少祖右而應稟稟義氣，猶不向北而坐，惻惻至誠欲着祖生之先鞭，難得義軍之進楫，頻畫岳王之神算，更慎姦慝之覆羹惘。大事之不成，獨自懷寶以韜晦伏辭，監國王之下詔，期以揚眉於故國之瑞雲，深悼王完塞豪傑不興，山河穢荒心力難，致賢女貞烈，而委命忠孝。尊兄高標而困身屯難田園，塋域飄零，一家九族流落，逋播安南而情在勸義，強一拜而凜不可侵，遠蹈海東而志將假兵，超數歲而留。竟無去猶族，恢復誓不還鄉，每抱幽憂慘至，嘔血聊述陽九述略，以悲曆數之窮，嗚呼哀哉！先生大不遇也。初立志思治廢邦修業，欲興絕學，非如坐釣以魚鰕，爲侶曷可耦耕，與鳥獸同群，然世衰道，風亂俗弊，讒佞行而百揆敗，凶賊起而四方擾，崇禎弘光蒙三詔特徵之洪恩，然不就矣。武原昌國舉軍門知縣之顯職，然不受之。豈以不就、不受高尚其事乎，乃恐無詔無嬌，違忤其旨也。舟山四薦金印紫綬之榮選，悪奸猾而有固辭，解外一黍黃綾玉璽之勅言，阻安南而不得返，嗚呼哀哉！先生克己復禮，德尊九州師聖，友賢道明千古傳，諳經史，固通禮儀，天下模楷，海內管轄。言則憲章周、孔，文則超越韓、蘇。潛窺之，則經國撫民之心，而開物成務之學也。及明之澆季濡業之蔽增，多說性理者，嫌詞章之繁華；專詞章者，詆性理之拘束，堅白相軋，短長互爭，未有如先生醇乎，精純且粹者也。嗚呼賢哉！若使之逢聖明之世，致早年之治者必矣。惜乎！嗚呼哀哉！先生夙去逆虜之難，不受薙髮之惠，獨來崎港，偶逢省菴能致尊賢之誠，乃得知己之篤。水戶相公好古招士，廣聚河閒之典墳，早禮聘賢，欲與滕公之庠序。先生能修百世之師道，不遠千里之長程，浚旄迎郊，楚醴設座，懸榻之待几鳩杖，以尙特制之齡齹，實特牲以祝賞珍之壽，吁期頤將及矍鑠益堅，忽歌泰山其頹猶嘆中州未復，成仁取義不陷贊帶之刑，履薄臨深，遂得易簀之正，葬之以禮，祭之以禮。魄留太田鄉之九原，見而可知，聞而可知，魂歸餘姚縣之萬里。頃聞雲南星隕吳氏悉焚，臺灣鄭家皆降，明三百年之業，況南溟之渺茫，神州十五府之治，落北虜之掌握，地既覆轍，天未循環。先生生而無還鄉之榮，死而有報國之義，近則得相公之崇祀，遠則受令孫之尊儀，可謂不幸而有幸也，又非不遇而有遇乎！嗚呼哀哉！先生初繫纜崎津，節既慕芳名之美，及駐轅江府節先仰盛德之高，或擁篲而迎，或抱經而問，蒙育才之明誨，得博物之異聞。言異志同，耳提面命，潔如對霽月，溫如坐春風。聞詩禮而道存，侍筆硯而年久。嗚呼哀哉！神之歸乎！海岳白雲漠漠，聊致辨香之敬，以托束芻之誠，尚饗。

十　贊（神農像）

四〇·四×二八·一　一三四一

朱舜水

穀居六府之殿，實總三事之權，非穀則生無以厚，用無以利，而德無以正，此生之常也。若夫生變使則非粱肉之功矣。是故通之於飲食之外，窮之於草木金石之間，品其寒熱溫涼之性，調其君臣佐使之宜，所以衛民之生也。農則神而藥則師，聖人之憂民乃如此哉！

舜水朱之瑜　題

「辛丑」（註一）陽月。

註一：辛丑卽一六六一年（明永曆十五年、清順治十八年、日本寬文元年），時為先生客寓長崎之第三年也。

註二：右列朱舜水之贊神農像載於『朱舜水集』第十九卷、第五五五～五五六頁、贊。惟「辛丑陽月」係據原文補。

十一 贊（舜水朱先生）

日本國立國會圖書館「人見文庫」所藏

人見竹洞

昔三皇繼天立極，開物成務，呿吁之民，知有人道堯、舜三代，敍禮樂、惇五典、謹序之教，道義大備矣。孔、孟出於衰周之世，欲興斯道而述四代之禮樂、論井田學校之制，而斯道不行，唯存方策。自爾以來，崇道義者在焉，精經說者在焉，能文章者在焉，通史傳者在焉，世世不乏名儒高才賢良文學之人，然繼孔、孟之志者鮮矣。程子、朱子生於奎運之世，開示往聖之道，斯道大行於後世，明舜水朱先生可謂能治孔、孟之學矣。先生名之瑜，字魯璵，紹興人也。明宗室端肅王之裔而世爲道學之家，自少以孔、孟爲志，經史文章，禮樂刑政，無不博窮而旁通，至若宮室庠校之制，農事考工之法，衣冠職方之品，冠婚喪祭之儀，各精且詳焉。若聖代明主選舉而使行其所志，則治國安民而興斯道者可立而俟焉。設雖居夷貊之地，如有人民則不假數年而爲禮義之邦耳。然性質直剛毅自思忤事，故高蹈不仕，含弘韜晦，崇禎、弘光之間屢徵不就，遂不幸罹大明之喪亂。厭胡虜之跋扈，遠踏東海來我本邦，欝悒經歲，常抱報仇之義，待中國之恢復。幸遇水戶侯源公重禮厚幣招之，就養其邸及耋而沒，魄入常陸之黃泉，魂歸餘姚之冥濛。余與先生一遭而觀其志，交之而尙其賢，嗚呼！惜乎！先生之不得其志也。

十二 贊（朱舜水畫像）

『耆舊得聞』（東京大學史料編纂所藏）

柴邦彦

滿虜腥風捲地黑，九州何處認北極，天誘蹈海義士衷，活轉東方君子國。

『文苑遺談』卷一

十三 朱之瑜

字魯璵（或楚璵）號舜水，明浙江餘姚人，避亂來長崎，寬文五年（清康熙四年，一六六五年）義公聞而聘招之，待以師禮。（舜水文集、桃源遺事）

先生父正總督漕運軍門，贈光祿大夫上柱國，母金氏，封安人，贈一品夫人，先生其第三子也。以明萬曆廿八年生，穎悟夙成，九歲喪父，哀毀踰禮。及長受業吏部左侍郎朱永祐，精研六經，特通毛詩。少抱經濟之志，有識期以公輔，擢自南京松江府儒學學生，舉恩貢生，考官吳鍾巒貢劄稱爲開國來第一。天啓以後，綱紀廢弛，絕志仕進，而有高蹈之風，其後累辟不就，臺省交章劾之，禍將不測，先生遂逃于舟山。時清兵渡江，天下靡然從風，先生義不食清粟，乃浮于海，直來我邦，轉抵交趾，復還舟山。監國魯王（按明史，魯王於崇禎十七年在紹興監國）駐蹕舟山，文武諸臣交薦之，豫料其敗，上疏固辭。監國九年，魯王特勅徵之，先生適在交趾，奉勅歔欷，欲往赴之，既而聞舟山已陷，進退失據，以爲時勢已去。於是決意航海，復來長崎，實我萬治二年（明永曆十三年、一六五九年）也。流落海外，幾十五年，艱苦萬狀，往而忘返，蓋志有爲，而事竟無成也。（安積覺撰墓碑）

先生之在長崎也，義公聞其學植德望，厚禮聘之，待以賓師，禮遇甚隆，每引見談論，依經守義，啓沃備至。

先生與安東守約書曰：「不佞於七月十一日到東武，因冒暑致疾，十八日見水戶上公，禮貌甚優，上下俱已申飭，肅然可觀。次日早卽令儒生小宅兄到寓致謝，云昨日有勞，誠恐受熱，相公心不自安，特令某來致意。此禮甚好，又云，不佞老人有道，朱魯璵乃字也，不敢稱，欲得一菴齋之號稱之，不佞答言無有，三次致言，今已將舜水爲號，舜水者敝邑之水名，古來大名公多有此等，如翟昆湖、馮亘區、王陽明，皆本鄉山水也。

延寶元年（清康熙十二年、一六七三年）義公欲剏建學宮於水府，大興文教，使先生親指授梓人爲學宮木樣（桃源遺事），又使小宅生順、野傳論定其事。先生復二子書曰：「上公賢君也，聰明睿智不世出之主也。茲欲建數千年未有之業，而垂之千萬世之久，誠宜熟講而安行之，合乎天理、宜乎人情，後日可以無悔。卽使少有過差，明主可以理奪，二兄宜無默默而已。夫明君之舉事，其難其愼，百倍於中主庸君，非賢君反難而庸君反易也。其理易明而可曉矣。前者相度廟址，弟謂遠而僻不便，二兄謂上公慮有遷變，故欲遠之以垂永久，可謂長慮而却顧矣。眞他人之所不能及也，雖然僕切以爲未盡善也。古者建學，必於國都，大事於此焉出，其後飮至策勳，行之大廟，而獻馘獻囚，必於泮宮，所以聖廟與學校不宜相去也。古者爵人必於朝，刑人必於市，非徒予之棄之，與衆共之，示王者不敢自專而已。亦所以厲世磨鈍也。厲世磨鈍之大者，莫大於學宮，農夫之子，可以升之司馬司徒，辨論官材，簪纓之冑，可以移之郊遂，創懲逸志。一升一沈之間，人自不得不憤發爲善，而銷阻其邪慝之思，於是國藉成德達材之用，而家裕溫恭孝弟之規，法至善也。所以聖廟不宜與學校懸隔也。既已立廟，朔望必當行香，若上公親行，而衆官不隨，則威儀不肅，號令不申；若衆官必欲從行，則車馬人徒，勞煩過甚，每月兩次，人情不堪。未行而遇風雨，不得不止；已行而遇風雨，不得不歸，弛廢之端，便從此始。且上公歸闕之後，必須處守攝行，執事有恪，恐難始終如一。委之守廟人員，無足重輕，是遠廟之不便一也。春秋二仲皆有丁祭，牽牲繫牲，視牲點牲，皆先一日行禮，而要須國君親行，卿士大夫各有執事，遠則難歸而復往，必當建立齋宮，又須別建，如此則工費浩繁，而從官及隨役，尚無止宿之處，是遠廟之不便二也。卽或權宜立廠，少藪雨露霜雪，而四無屏障，下無架閣，不能驅禦風濕，官徒勞勩饑疲，轉生困怠，風寒所侵，或有二三人少生病患，愚人之心，易致猜嫌，必謂孔子至聖，祭之不能致福，而反以生炎，誠不及我佛之靈感，且官民非眞能崇信聖教。特以上公勸諭之切，稍稍二三其志，一旦不見可悅，而徒見可畏，則事佛之心，較前益堅，是上公誘之爲正，而反驅之從邪，則深負盛心，是遠廟之不便三也。今聞郭中之地，縱廣各五十步，廟堂齋舍，儘可量地而爲之，時下生徒不甚多，齋舍必自有餘。異日生徒衆多，至學舍不能容，此時別議恢廓，則事事皆爲美舉，人情歡欣踴躍，無不樂從。如此則上公今日之盛德大業，且爲四國所興觀，而京師亦來取法矣。誠見四國之人情，皆以上公之舉動爲正鵠，小有不善，則人情解體，而聖教不興，行之得其道，則上公爲聖教之首功。而日國興賢之鼻祖，四方且尸而祝之，與孔子永永不磨，又何長慮却顧之有，人之不才，不至孫皓苻生，必不毀及聖廟，又無煩過慮也。」（文集）既而權構學宮於駒籠別莊，使習釋奠禮，先生折衷禮典，定儀注，厖眉皓髮，褒衣博帶，日率府下士子講肄其間，周旋規矩，蔚有洙泗之風。（舜水談綺序）觀者無不嘆賞曰：「不圖禮儀之美至於此矣。」武人驕慢之氣，不覺銷鎔頓盡，老成人至有淚下者，明德之馨，使人薰陶興起者如此。（安東守約悼朱老師文）

寬政中，幕府命有司造昌平坂孔廟，而莫詳其制度，聞本藩有大成殿木樣，傳旨求觀，本藩具其木樣上之，幕府乃倣其制度，以造大成殿。及成幕府臨觀，嘉制度之始備，傳旨本藩賞諭焉。文公乃遣使，祭告先生廟云：

先生嚴毅剛直，動必以禮，學務適用，博而能約，爲文典雅莊重，筆翰如流。平居不妄言笑，惟以邦讐未復爲憾，切齒流涕，至老不衰，明室衣冠終始如一，魯王勅書奉持隨身，未嘗示人，沒後始出，今猶見存。凡古今禮儀大典，皆能講究，致其精詳，至於宮室器用之制，農圃播殖之業，靡不通曉。（墓碑）

先生之在安南也，國王檄取流寓識字之人，差官應以先生，國王召見，逼而使拜，先生長揖不拜，君臣大怒，將兵之，先生毫無沮喪，辨折彌厲，久而感其義烈，反加敬重。（同上）其忠義激烈如此。

安積澹泊書舜水文集後曰：「覺門人之下列，而又在童稺之時，豈能望見其門牆而敢爲之標榜乎。然當時惟見先生終年歐血，寥寥寡和，夏坐紗幮，多擁脚爐。踰七之老，手不釋卷，去鄉萬里而竟不言及私親，惟以恢復爲念，未嘗一刻少弛，雖篤學力行之所致，非天資之豪邁，其孰能如此。」（澹泊文集）

安東省菴悼先生文曰，嘗問中原致亂之，及逆虜之兵勢。先生撰陽九述略以賜之，卷末引申包胥之事曰：「孤臣飲泣十七歲，雞骨支離，十年嘔血，形容毀瘠，面目枯黃，而哭無其廷，誠無所格。」言言句句，莫非中興之志也，其於忠誠爲何如哉！

先生之來長崎，不惟欲全名節，其志蓋在乞援兵以圖興復，而大勢已去，無由復乞援，遂留此土耳。故其爲陽九述略卷末云：「申包胥人傑也，能感動讐仇之秦，爲之出五萬之師，統之以三大將，閱國歷都，復旣亡之，楚不失尺寸，彼獨非人臣哉！瑜靦顏視息，能無愧之哉！」卽此數語，可見先生之志在乞援也。

先生朔望必望拜，黎明門弟子掃堂設几，展氈備香燭，先生披道服，戴包玉巾，東向而拜，口誦細語食頃，竟不知其爲何等語，蓋文集所載庚寅年陷難告天文等類也。作書牘不立稿，或楷或草，揮筆輒成，作大文字則立稿，文成而經行室中，殆數十返，朗誦其文，有不允愜者，復座改之，蓋音節響亮，抑揚頓挫之謂，而門人輩皆不能曉。（湖亭涉筆）

初先生之在長崎，貧困衣食不能周，富商或以金餽之不受（外集與何二使書）。柳川人安東守約（字魯默，號省菴，仕柳川侯）師事先生，析俸之半而餽之，先生甚德之，及來江邸，衣食豐盈，每得賜，常餽遺焉。（文集）

先生在江邸，歲首必修書以賀義公，莫不以成德業行仁政爲頌祝。每篇咸有規諫之意，其與書執政亦然，則先生忠愛之意，藹然見於筆墨之間，至今使觀者感歎云：

「先生以天和二年（清康熙二十一年、一六八二年）四月十七日卒於江戶駒籠之第，享年八十三，葬於常陸久慈郡瑞龍山下，義公諡曰文恭先生，親題其墓曰「明徵君子朱子墓」。義公就國，親臨致祭。」（致祭義節）

先生在餘姚，有二子大成、大咸，大咸早世，大成生毓仁字天生、毓德字大生（毓仁書）。義公憫先生年老無侍養者，令招孫男一人，先生與書陳遵之及諸孫男，諭以其意（文集）。後十餘歲，毓仁來長崎，時國禁甚嚴，不許入見，先生與野節書曰：「僕去家三十五載，今年八十載，小孫涉海數千里遠來，茲在咫尺，反不得一面，若祖若孫，何以爲情。」爲禍之烈，未有甚於是者，國法以體恤人情爲第一義，今不知何以遂至于此，其間亦有說乎否？（外集）。貞享二年（清康熙二十四年、一六八五年）毓仁復來長崎，先生已沒，爲文致祭而歸。（史館舊記）

先生嘗曰：「今詩比古詩，無根之華藻，無益于民風世教，而學者汲汲爲之，不過取名干譽而已，卽此一念已不可入於聖賢之學。」先生務爲古學，視時文爲塵飯土羹，況於詩乎。亦以明季浮薄之流，祖尙鍾譚袁中郎之說，詆訶何李，凌蔑高楊張徐，猶文章之徒攻擊道學之士，不唯無益，而反有害，故絕口不爲耳。（湖亭涉筆）

先生絕不作詩詞，僅有酒壚小詞，遊後樂園所作也。又有旅寓所賦詩，竹洞野節所傳云，在交趾所作，不知何從傳之（舜水外集）。旅寓七律，世已傳誦，至酒壚小詞少知者，今錄于此。「望處旗亭新構，竹裏茅舍人家，引來曲徑奇葩，鴻池諸白香茶，醉倒渾忘法地，波查辟易欹斜，歲暮多衣難典，酒錢且自賒賒。」自注云：「緜杜詩朝回日日典春衣，酒債尋常行處有二句，以供一笑。」又有環景樓舟中聯句，野傳詩曰：「水哉銀海豁，泛宅御秋風」，先生續之曰：「山歟螺黛遠，高閣徹晴空」。

先生幼時夢一聯曰：「夜暖溶霜月，風輕薄露冰」。不曉其意，及至崎港，風土氣候，怳然如其夢，因以溶霜爲齋號，（澹泊詩集）。此與寇萊公雷陽之事隅同，豈所謂詩讖者邪！

藤井德昭夙負才名，當時無知其奸者，而先生獨知之，復德昭書曰：「五日餉以佳果，膚理精金，胸包玉液，允也東南珍異，學者似之，斯足爲世資矣。萬一金玉其外而敗絮其中，不獨爲人所吐棄，武人俗吏無怪乎共相嗤笑矣。足下妙齡好學，當更加勉勵，一雪此言」（文集）。蓋有所見而言之也。若德昭者，所謂金玉其外而敗絮其中者也。先生冰鑑足使奸人寒膽，使渠當時服膺其言，必無覆餗之禍也。

余嘗閱舜水文集，集中「以」字皆作「㠯」，蓋避監國魯王諱，故用古字耳。而當時諸學士爲文，亦用「目」字，豈爲先生諱之乎！然至先生沒後，猶尙弗改，余不知其何故，斯亦拱而尙右者之類歟。

先生酷愛櫻花，庭植數十株，每花開賞之，謂人曰：「使中國有之，當冠百花。」義公環植櫻樹祠堂旁側，存遺愛也（湖亭涉筆）。先生祠堂舊在駒邸，元祿癸未（清康熙四十二年、一七〇三年）冬罹災，正德三年（清康熙五十二年、一七一三年）營祠堂於水戶，以安神主（祠堂舊記）。寬政中余與館僚諸子謀，植櫻樹數十株於祠側，以繼 義公之遺志，余爲之記。

先生祠堂舊安神主，後又置塑像，余幼時從先子得數拜禮，文公時以先生百年忌辰，致塑像於江邸，今公復安置之祠堂。

註：右列中國及西元年號，為筆者加注。

卷五　『朱舜水集』未完整刊載之書簡・問答

◎以下二十篇書簡係筆者據日本九州歷史資料館分館柳川古文書館及佐賀縣鹿島市祐德稻荷神社「中川文庫」所藏之原文與北京中華書局『朱舜水集』加以對照後，將其未刊載部份予以補載完整者，謹記於後。

一　朱舜水寄安東省菴書

一四・八×八〇・〇　一二〇三～四

讀來翰，知薀結憤發之概，表章羽翼之誠，敬羨。賢契其將以身率末俗乎，抑將以口舌爭之乎。「天下」（註一）大亂，至道晦時已久，卽貴國亦在勾萌初動之時。足下但當與二三賢智噓息而滋培之，自然發生榮茂，愼勿以釜斤剝椽之也。前者稂莠長畝，嘉種間生之說，已殷殷危之，豈尙忽視之與。譬如人「膺」（註二）膏肓之疾，尫羸不支，近幸少有生意，且當寶嗇精神，調和糜粥。明知二豎之爲烈，然不敢攻之也。竢其元氣大復，則百邪俱退，養之以粱肉，治之以藥石，宜無所不可。賢契何憤憤於一擊之力，急欲以將絕之息與二豎爭衡乎，且此不可以口舌之爭也。爭之而不勝，助彼江河日下之勢，足下任蓄武之譏；爭之而勝，遂成狂瀾橫決之憂，足下罹卓紹之咎。千古以來，惟玄圭之功爲不磨也。

昌黎功侔神禹，當時亦不肯口舌相爭，萬希高明留意。

子厚文雄奇磊落，足以庶幾昌黎。要我胸中自有主裁，何必忌其行跡。聖賢之學，惟患不好，既好之，隨其性質所近，必將有得，毋以未能爲歉。聖學有不備，一語直透狂夫心隨的的如是。

韓文貳本璧上，並述略壹部。不佞力疾數日書此，封誌二十許日矣，因無便，竟不得寄將。此外更有一書，臨發遲疑，遂復留取。賢契幸詳覽述略。若必欲得此書，可遣一急足取去，倘在可否之間，竢駕臨面致之未晚也。聞《貴國王回鎮數日矣。未同不敢奉問，勝齋厚禮，受之無名，來教惓惓，不敢不領。惟希叱名道意，外具一名帖申謝，希命使轉達。韓柳文十八本領到，今奉來兩本，有圈點批評，如瑑謂日本不尙此等。惟逐句讀點者爲貴，不佞未知風俗好尙，故漢文久不動筆，候明教至，方敢點次。耑望耑望。》（註三）《初秋七日友生之瑜再頓首》

註一：「天下」中華本作「中國」，據原文改。

註二：「膺」字中華本未載，據原文補。

註三：右列朱舜水致安東省菴書簡載於『朱舜水集』第七卷、第一七五～一七六頁、書簡四之五。惟《》部份係對照日本九州歷史資料館分館柳川古文書館所藏原文予以補載完整者。

二　朱舜水寄安東省菴書　一四・八×八〇・〇　一二三〇

聞貴國京江戶有設學校之舉，甚爲喜之，貴國諸事俱好，只欠此耳。然此事是古今天下國家第一義，如何可以欠得。今貴國有聖學興隆之兆，是乃貴國興隆之兆也。自古以來，未有聖教興隆，而國家不昌明平治者。近者中國之所以亡，亡於聖教之隳廢，聖教隳廢，則奔競功利之路開，而禮義廉恥之風息，欲不得亡乎！知中國之所以亡，則知聖教之所以興矣。《不佞欲來貴邦，不獨省諸費，更可以省日夕無盡之亢，日夜碌碌不遑，不佞亦不知其故，今用事者既不允，不佞亦不便面懇　黑川公矣。且當已之。江戶三儒、美濃守之言，知之畏三後數日請之，彼云其父至　黑川公處，見美濃儒者來見　黑川公云云。又一人乃通事柳次左衛門所言，其人亦未來見，通事不敢說謊，且是日奉　黑川之命而來，益不敢虛僞矣。畏三曾爲縱橫之態，又不能及其父，天縱之才，忌嫉之意，見於眉睫，語多不可信也。二繳之事，且當聽之主其事及當路。》至云賢契省諸費，欲少益於不佞，世寧有此理乎。賢契雖加意無已，亦不得越於禮義而行，爲他人所非笑，反非所以益不佞。且不佞近日頗有起色，卽使借債多，不過百金，亦爲易了。《昨暮　肥前殿遣其國儒生來，特來致禮，送銀五枚，因二月間，曾作一文，有三百餘字，彼時已送銀壹枚，今又致此禮，且云欲久相與，且甚有相敬之意。必不至於凍餒無聊，賢契可無慮也。》

近作極好、極進，甚喜。靜坐澄心，亦不必改，「卽改」（註一）亦不當用佛氏本來面目語，豫章，延平亦不必如此顧忌也。

《穀米事俱與久敬詳言之□竟以委之卽是，必無誤也。冗甚，不多及。》

安東省菴賢契知己

九月望日

瑜生頓首（註二）

註一：「卽改」中華本未載，據原文改。

註二：右列朱舜水致安東省菴書簡載於『朱舜水集』第七卷、第一八三～一八四頁、書簡四之五。惟《》部份係對照日本九州歷史資料館分館柳川古文書館所藏原文予以補載完整者。

三　朱舜水寄安東省菴書

一四·六×七五·〇　一二三一

《初四日，江口氏附去書，諒已收到矣。聞著有伊藤集、敬菴記及□□三條。前者□□。敬齋箴俱收到矣。訓蒙集以□字著之，而□之以國字，誠爲兩便。可謂有識著書□□純爲名耳，然不得不近於名。》惟文公家禮中評駁諸事，言之太早，俟不佞事有次序，或見或隱，然後暢言之。不佞亦欲考古合今，著此一書也。若使言而無害，不妨言之，但恐有識之士實難其人，非立廟設表爲佳，彼徒臆決，未深省耳。將來一有橫議者，與之辯不可，不與之辨不可，故須躊躇。《伊藤誠修誠是學者，闇齋又賓師於　井上河內公。　貴國文學之興，指日事也。若使二兄不□自私自利之心，而以力興重學爲主，誠　貴國千年奇會矣。然世人「自」（註一）私自利者實多，此道之興廢，未可期也。蓄髮之事，恐未必卽遂。賢契之願，徒爲此□耳。尊公耄耋之年，自應少衰，朝夕資以湯藥飲食，此自人子美事，惟更加留意爲妙。穀價久敬行時留有一票，後問其令兄亦未至。如琢往新太郎管帳處，借銀參佰柒拾陸錢，這來其銀之到與未到，尚未得知。米船至今未到，不知何故?》不佞今年之病，較甚往年，日則不得少息，夜者喘嗽達旦，坐則瞌睡頭暈，時欲嘔吐，誠非佳兆。

《初六日，加賀守遣來一童子拜於門下，就此學問，看此童氣宇頗沈靜，頗似可教。姓名下川三省，已讀四書、五經、文選、左傳、三體詩、山谷集，大約不是說謊。云能作詩，亦未嘗試。彼外有一書附，代爲□使知童子之禮耳。初學爲之，未免多差□，亦不嚴令更易也。不佞近日之所爲，似非不足者之事》（尾欠）（註二）

註一：「自」字原文未見，據文義補。

註二：右列朱舜水致安東省菴書簡載於『朱舜水集』第七卷、第一六五頁、書簡四之十六。惟《》部份係對照日本九州歷史資料館分館柳川古文書館所藏原文予以補載完整者。

四　朱舜水寄安東省菴書

一三·八×八一·○　一二三七

九月廿三同日到三書，切切以不佞之貧困爲憂。不佞故遍以示人，使知 賢契之盛美耳。如此肫摯，在人子則爲孝子，在人臣則爲忠臣，何況區區師弟子之間哉！甚者舉 賢契家用稱貸之數，屑屑計算，以慰我心。眞是媲美於古來賢人，然而 賢契實過矣。不佞之爲此者，亦料必不至於凍餓而爲之，若料其或至於凍餓，而復須 賢契補益通借，則不佞從前之所爲亦不如此矣。不佞之所爲，豈必皆是，亦有過差之處，卽不跨大步，然亦跨一著遠步矣。然不佞之意，惟 賢契能明之，今年雖借銀柒捌拾斤，亦自易處，現有應允者矣。不佞總查家中現在之物，其可以斤賣者，可得陸百錢，錢售亦可得五百錢。明秋王則民、林德菴二兄若至，通移一二百金，亦自無難。若不佞明年光景，止於如此。俟新鎭公行後則杜門不交一人，所有僮僕盡行遣去。若有弟子可教者，令渠爲我服勞，亦如以粟易器之理，豈足「爲」（註一）辱。《賢契乃謂娶妾太早，致違素志，則更過矣。 賢契娶妾我以爲遲，何反謂早，今若聞有則更喜矣。且家中無盜，此豈可更遲爲。不佞明年借銀貳百錢，亦自不可。》賢契自奉極儉節，而以供不佞奢華之用，不佞尚有人心乎！以無人心者而爲之師，亦甚失人矣。此語豈宜聞之於他人，萬萬不可也。《不佞家中，無物不盜，又不便事事查究，卽使查究，彼亦悍然不知羞恥，無可如何也。若有好人，尋一來易之爲佳，但恐未必好，又多此一事也。不盡。》

《十月初三日漏下二□書》

瑜生頓首

安東省菴賢契知己

前意欲少暇詳細作一書，遲之月餘，「終」（註二）不可得。又復早早如此，且事多不能書。可笑可笑。「來稿及問二經、伊藤集」（註三）奉璧

希　炤收。（註四）

註一：「爲」字中華本未載，據原文補。

註二：「終」字中華本未載，據原文補。

註三：「及問二經、伊藤集」中華本未載，據原文補。

註四：右列朱舜水致安東省菴書簡載於『朱舜水集』第七卷、第一八四頁、書簡四之十五。惟《》部份係對照日本九州歷史資料館分館柳川古文書館所藏原文予以補載完整者。

五　朱舜水寄安東省菴書　二九·〇×五六·〇　一二四一

《舷決生死，制勝之奇罔焉。止夢渡河而呼，指麾應雨，未痛黃龍之飲，視息徒然，即使膚髮自全，寧送士人奇節，此猶國典，更切臣私。喪三載而未葬，日痛終堂之老母，聘七年而不娶，疑有去帷之生妻，潔己不廉，移忠非孝。在按臣思深風厲，非私士非孛於公□，在　主上念切臣時，當彙茅茹於上國，願臣□無辭□之例，何況書生。然一介猶嚴取與之□敢承巨典，

伏願收回成命，別簡賢能。》

《籲俊尊上帝，行將展敬園陵，庶揚眉於故國，恢宏志氣，毋灑泣於新亭，臣之瑜無任瞻天仰聖，激切屏營之至。謹封原□隨表繳進以聞。》

《勅書欲將原勅奉覽，恐一時舟行倉卒，又煩來人往返，故錄上。》

監國魯王勅諭貢生朱之瑜，昔宋相陳宜中託諭占城，去而不返，背君苟免，史氏譏之。蓋時雖不可爲，明聖賢大道者，當盡回天衡命之志，若恝然遠去，天下事伊誰任乎！予國家運丁陽九，綫脈猶存，重光可待。況祖宗功德，不泯人心。中興局面應遠過於晉、宋。且今陝、蜀、黔、楚悉入版圖。西粵久尊正朔，即閩、粵、江、浙亦正在紛紜舉動間。非若景炎之代，勢處其窮。故宜中不復，亦不聞有命往召其還也。爾矯矯不折，遠避忘家。陽武之椎，尚堪再試，終軍之請，豈竟忘情，予夢寐求賢，延佇以「俟」（註一）。茲特耑勅召爾可即言旋前來佐予恢復事業，當資爾節義文章。毋安幸免，濡滯他邦。欽哉。特勅。

監國魯玖年叁月　日（註二）

註一：「俟」字中華本作「待」字，據原文改。

註二：右列朱舜水致安東省菴書簡載於『朱舜水集』第二卷、第三四頁、安南供役紀事。惟《》部份係對照日本九州歷史資料館分館柳川古文書館所藏原文予以補載完整者。

二九・〇×五一・五　一二五二

六　朱舜水寄安東省菴書

昨暮得前月廿八日書，內云：「頃讀聖賢之書，反己求之，可愧者不一。」此是好消息。後復云：「一念之差，幾爲百行之謬，及大自懲創」等語，甚爲駭愕。賢契以沈潛純粹之資，學問大端，俱已有獲。或者爲宵小所欺，不能炤察則有之，或者過誤者有之。何至有一念之差，此必有所指也。丈夫但不愧於天，不愧於衾影而已，不必求調於衆口也。如不佞與頴川齟齬，繁言沸騰，如琢與江口摭拾莫須有之疑，遂爲萋斐貝錦。如琢大肆蜚言至今，不佞必當落於汚泥之中矣。何以水落石出，終不能加我，緣我念頭不差，非彼所能汚衊惑其言者，或者貴州數人而已。前江口到柳川見賢契，亦稍有愧悔之心否？或欺天遂非猶尙自文其過也。《黑川公耳目極廣，於不佞之事尤爲留意，近日日漸加敬，前者往見立刻趨迎，辭者再四款留。清田翁甚爲喜悅，諸頭目與通事言朱相公與與兵衛樣有緣，致敬如此。雖各處食數十萬石糧州守至此，未嘗如此恭敬也。入內則茶嫽之類亦留神□□□江戸閣老有五額命書一字者，三貳字，三字各一，猶》（尾欠）（註）

註：右列朱舜水致安東省菴書簡載於『朱舜水集』第七卷、第一六二頁、書簡四之十二。惟《》部份係

對照日本九州歷史資料館分館柳川古文書館所藏原文予以補載完整者。

七　朱舜水寄安東省菴書

二八·二×五五·〇　一二五三

（首欠）水戶儒者學問頗好，只是不知禮而無度。此事關係貴國重大，而關係兩國爲重大，其中自有主司之者，非可易易也。不佞答之云：《「孔子聘七十二君，求一日王道之行而不可得，「若」（註一）以僕之荒陋而得行其志，豈非人生之大願」》（註二）。但貴國害於邪說最爲深錮，恐往亦無益也。彼即以爲退托，遂多躁急之態，每事俱二人面語筆談，通事不可異。入德翁多冗不知禮而工爲諂媚，且多陰陽之術亦不可致。此事惟得賢契來，則情禮可伸□往來無誤，奈□□幾何！若果於欲行，則賢契自當前來細商，何可寥天漠漠也。又聞美濃守遣一儒者□□□不佞特來，前已見黑川鎭公已，此入德翁父□大將軍之叔與兄未詳，此□□□公遣通事來省問他事，而通事言之也。二人俱未有來見者，復江戶二書稿附覽，覽畢即着的當人寄還之。前大風小有所損，後屋因憨奴所擾，日日如露處晴齋今當爲之，米價賤則通國有秧，不佞量入爲出無憂也，明年必無復有害之者矣。目下雖有少債，亦不須爲慮。賢契今年無資，甚苦。不佞處欲防盜則益恐無可如何。《製深衣裁工，爲虜官所獲，囚禁獄中未來，來者急急爲之，無問其費矣。潦草則所費不甚相遠，而不可以爲式，亦不可也。歷訪他工無知者，今好此者多，但未有能之者耳。》（註三）本處有一主人欲延不佞，云每年米二百包，托南京寺住持言之，不佞言出境則不能，在本境而其子來學則不論多寡，次日卽聞水戶之信，其人卽不敢言。各書俱收到，惟府字號未到，幸查□依字重一號。棺製曾成否？斬衰尚有數物，當俟前工成之。餘再悉。□月初五日書

友生朱之瑜頓首拜

安東省菴賢契知己（註四）

註一：「若」字中華本未載，據原文補。

註二：《》部份載於『朱舜水集』第十一卷、第四〇六頁、問答四。

註三：《》部份載於『朱舜水集』第七卷、第一六六頁、書簡四之十八。

註四：餘係對照日本九州歷史資料館分館柳川古文書館所藏原文予以補載完整者。

八　朱舜水寄安東省菴書

二八・二×五五・〇　一二五四

（首欠）將養身子平安自然有好處，揣摹語氣是言江戶之事也。以愚意料之亦是明年光景，禮意慇懃懇摯，如此不佞之榮悴行使止厄，賢契不啻自身之事而迫切更倍之參之，故一一奉聞，不少拘忌也。《伊藤誠修誠貴國之翹楚，頗有見解。賢契歃然不足，大爲推重，虛心好賢，此

更賢契美德。然賢契豈遂出其下，評駁數端，言言中窾，聞之自應心服。昔有良工能於棘端刻沐猴，耳目口鼻宛然，毛髮咸具，此天下古今之巧匠也。若使不佞目炫玄黃忽然得此，則必抵之爲砂礫矣。卽使不佞明見其耳目口鼻宛然，毛髮咸具，不佞亦必抵之爲砂礫。何也？工雖巧，無益於世用也。彼之所謂道，自非不佞之道也。不佞之道，不用則卷而自藏耳。萬一世能大用之，自能使子孝臣忠，時和年登，政治還醇，風物歸厚，絕不區區爭鬪於口角之間。宋儒辨析毫釐，終不曾做得一事，況又於其屋下架屋哉。如果聞其欲來，賢契幸急作書止之，若一成聚訟，便紛然多事矣。此是貴國絕大關頭，萬勿視爲泛泛也。其人年幾何矣？世間淳誠謙厚，更有如賢契者一人否？不獨貴國，卽中國亦在所必無也。果若來，不佞當以中朝之處徐鉉者處之，必不與之較長絜短也。》（註一）六右衛門昨日方過寓，又云明日回柳川，製棺事不及矣。不佞云前者相煩不枉顧，今來又歸促，當使唐工爲之。然苦其憨必不受人言，六右衛門令我作圖，彼云已解，頗似有解意。歸柳川云卽製上，製成希卽寄示，有未工處尚當訂定，小柳次右衛門一見，慨然有許多雅□不佞不足之時，大爲感激，但做緣事大難，此王濛之所□□□劉眞長，不佞前二年不愼重，不但無故費去百金，幾使六十年聲名一旦一敗塗地，若非不佞無一事可搖，至今尙如此光景否？目下米已盡，未知次右衛門可作緣否？如可，卽當就之。幸賢契速速示知爲望。

六月十九日燈下草

安東省菴賢契知己　瑜生頓首

註一：右列朱舜水答安東省菴書簡之《》部份載於『朱舜水集』第七卷、第一六〇頁、書簡四之十。餘係對照日本九州歷史資料館分館柳川古文書館所藏原文予以補載完整者。

九　朱舜水寄安東省菴書

二九・八×五四・〇　一二五五

（首欠）恥於先發，前年書屢含此意。恐賢契亦未必詳察耳。不佞鬚眉如戟，骨幹如鐵而又坦衷直腸，不能防奸。待其至而覺之亦已晚矣。少時夫妻私語，不欲一第進士，故於科場之事往往兒戲付之。惟□□陳氏深知此意不嗟，寂寞遠勝眞□來者亦受之必求覈實而後已。不肯舍□容忍故奸□亦無所□。至於兄弟朋友之相與，雖妻子不敢讒一言卽□百無忌千伯□□□也。但□□□蕃夢寐思維，口傳心授於言□語不勝則金石之心必不可□。　賢契一種柔善面孔，寬和氣度，投之者方無厭耳。一□□□□至必不可以理逆折，但復之云卽當作書問明，彼必□之間則大傷體面，使其面目無所施□同父本不□相好以爲悅。惟欲道我相□者孔子□□不恰好，子路則不悅，再則不悅之徒面證，果何傷也。萬一老師眞有不肖，我之面目又何地可施，必要問明。如此則神姦窮奇，亦不敢鑿空造謠矣。此禦讒邪第一妙策也。無忽無忽！學部通辯貳封共八本，前月二十日完翁家□□寄後□軒記通辭跋並書四五幅，廿一日作右衛門寄俱曾到否？往年書有云，再過許時如琢眞第一高足，賢契亦能記否？今抵蒙談笑，儼然一□□敖，雖楚王亦不能辭已。而且不畏天不畏人，肆無忌憚。豈獨陳相而已哉！不佞但付之，不聞會有明白之時，不須急也。且不佞亦無可點耳。《書束式，副啓貳板，爲一扣，如此啓則爲四扣、二扣、三扣、四扣、六扣俱可用。惟五扣不用，乃殘紙耳。寸楮舊無其制，兵興以來方有之，亦倣副啓之例。稍濶則爲帖，二扣則爲古柬，六扣則爲全柬，三扣、四扣、五扣皆不可用，俱爲殘紙。副啓盡而書不能盡，則復用一啓續之，其二其三以至六七俱可。粘連不粘連隨意，粘連者用鈐縫印記，均不割去面葉，則爲殘紙。所以謂之殘紙，總之慮其不敬也。寒舍子往來，則不在此例。》（註一）餘再悉。

二月朔日

副啓書號書有無此式，今權宜耳。不可學也。

安東省菴賢契知己

友生朱之瑜頓首　拜

註一：右列朱舜水答安東省菴書簡之《》部份載於『朱舜水集』第十卷、第三七五頁、問答二。餘係對照日本九州歷史資料館分館柳川古文書館所藏原文予以補載完整者。

十　朱舜水寄安東省菴書

二八·〇×一八·五　一二七七

《尊德性，道問學不足爲病，便不必論其同異。生知、學知、安行、利行，到究竟總是一般，是朱則非陸，是陸者非朱，所以玄黃水火，其戰不「休」（註一）。譬如人在長崎往京，或從路，或從水。從路者須一步一步走去，由水程者一得順風，迅速可到，豈得曰從水非，從路非乎！然陸自不能及朱，非在德性問學上異也》（註二）。然此種數有文望之人，不可言其短，只自知可也。然亦君子之道，毀人以自異非禮也。

《「陽明公弟子」（註三）王龍溪有語錄與今和尚一般。「且」（註四）其書時雜佛書語，所以當時斥爲異端》（註五）、（註六）

註一：「休」字中華本作「息」字，據原文改。
註二：《》部份載於『朱舜水集』第十一卷、第三九六頁、問答三。
註三：「陽明公弟子」中華本作「其徒」，據原文改。
註四：「且」字中華本未載，據原文補。
註五：《》部份載於『朱舜水集』第十一卷、第三九七頁、問答三。
註六：餘係對照日本九州歷史資料館分館柳川古文書館所藏原文予以補載完整者。

十一　朱舜水寄安東省菴書

二七・〇×一六・五　一二七八

《字義俱要的確，若字義不明，讀時不解，用處便錯》（註一）。文字有增不得一字，減不得一處。所謂鶴脛雖長，斷之則悲。鳬脛雖短，續之則憂也。

註一：右列朱舜水答安東省菴書簡之《》部份載於『朱舜水集』第十一卷、第四〇二頁、問答三。餘係對照日本九州歷史資料館分館柳川古文書館所藏原文予以補載完整者。

十二 朱舜水寄安東省菴書

一九・八×三一・六　一二八七

師道誠尊重，禮曰：「父生之，師教之，君成之。」三者並尊於天地之間。《故爲父服喪三年，有隱無犯，服勤至死。其事君，有犯無隱，服勤至死。致喪三年，與父同。其於師，服勤至死，與君父同》（註一）。心喪三年，此受業之師也。此古道也，行之於今，如龜毛兎角矣。今賢契「爲兩國之人」（註二）崇儒重道，再三諄諄，不佞方以師生爲稱，亦何可遽尊皐比之位，使足下僕僕拜於牀下哉！非矯飾也。非虛僞也。「他」（註三）日相與有成，或者酌量古今之「道」（註四），而處其中可耳。大明近日以制義取士，鮮言行誼。弟子之視師如途之人，師之事弟子如賓客，未能如古之道也。賢契言之切切豈有忘分不自簡處，不必過爲簡點，即成禮之後，師徒相與之際，亦宜以和氣涵育薫陶，循循善誘，非能如嚴父之於也。

註一：右列朱舜水答安東省菴書簡載於『朱舜水集』第十一卷、第三九四頁、問答三。惟《》部份「故為父服喪三年，有隱無犯，服勤至死。其事君，有犯無隱，服勤至死。致喪三年，與父同。其於師，服勤至死，與君父同。」，中華本作「故事父有隱無犯，服勤至死，致喪三年，其事君有犯無隱，服勤致死，方喪三年。方喪者，與父同致其喪也。其於師無犯無隱，服勤至死」，據原文改。

註二：「為兩國之人」中華本未載，據原文補。

註三：「他」字中華本未載，據原文補。

註四：「道」字中華本作「宜」，據原文改。

十三　朱舜水寄安東省菴書　一四・二×三二・〇　一三一

答：誠有之。不佞以人事爲主，其恍惚渺茫之事，不入言論，卽以讖言之，亦甚佳。「金明見水有奇緣，會合樵中非偶然，戡亂武功誠已異，克襄文治又中天。」何等親切，何等光大。此四句，在「草頭鷄下一人耳」之下，草頭下加「酉」字，又「一」「人」字，右著一「阝」，合爲「鄭」字，是國姓入南京之驗也。

《大明軍火器械儘多，其所以敗者，有土崩之勢，非軍器不備也。今民心痛苦思明，若得精練紀律之兵一枝，如疾風掃籜，數城之後，自然望風歸附，亦不必用着利器。如以器言之，神機大將軍滅虜，紅夷、佛郎機、百子之類，不可勝數，總不如鳥鎗，便利命中。若得鳥鎗一萬，已不可敵，設有三萬，近□以滅虜，如探囊取物，其弓矢萬萬不能敵也。》（註）

註：右列朱舜水答安東省菴之書簡載於『朱舜水集』第十一卷、第三九五頁、問答三。惟《》部份係對照日本九州歷史資料館分館柳川古文書館所藏之原文予以補載完整者。

十四　朱舜水寄安東省菴書

一八·六×三五·〇　一三一八

大明衣冠之製，以文官言之，有朝冠，冠有簪，冠中有梁，有金線，分別官職高下。武官以纓，纓有曲。有朝衣，不論大小，黻韠珮玉俱全。有圭、有笏、拜者搢之。笏有牙、有板，五品以上用牙，謂之象簡。圭有五等，公、侯、伯、子、男，有桓圭、躬圭、信圭、蒲璧、穀璧之別。有幞頭，著公服用之。有紗帽，著圓領用之。公服有紅有青，五品以上紅公服，五品以下青公服。有軟帶，文武有別。圓領有紅、有靑、有油綠、有綠、有藍、有白、有玄色。有蟒衣、有麒麟、有斗牛、有鯡魚、有坐龍。以上五種，惟一品二品得賜，以下官不敢服，不賜不敢服。補服（圓領中之補子也），一品仙鶴、二品錦鷄、三品孔雀、四品雲雁、五品白鷴、六品鷺鷥、七品鸂鶒、八品鷊鶘、九品練雀、雜職官黃鸝。武官不有玉有犀，三品花金、四品光金、五品雕花影金、六品花銀、七品光銀、八九品幷雜職用黑角帶。武官稍異，有朝履，烏有皀韡，有忠靖冠，有忠靖衣，有截褶，有巾，不同，隨品職服之。帽有直裰道袍，長衣海青，有裳，有蔽膝，有行縢，其他弁冕黈紘之類更煩，尚不在此數。明朝制度極備、極精、極雅，比前代製不同。

《所以不用，卽書中見宋朝制度，如前覆、後覆、披脚之類，亦不甚解。須得文獻通考詳察而後明。賢契生於日本，乃慕中國之制，此極美事。比之笑中國衣冠者，相去天壤。但制度又爲王者之事，生於此國，自以此國之服爲□之服，爲法服。雖明其製，得用，不敢用也。惟高明詳愼之。》（註）

註：右列朱舜水答安東省菴之書簡載於『朱舜水集』第十卷、第三七四～三七五頁、問答二。惟《》部份係對照日本九州歷史資料館分館柳川古文書館所藏之原文予以補載完整者。

十五　朱舜水寄安東省菴書

二七・三×三五・〇　一三三五

《不佞無一言佞佛，無一物供僧，而逸然師甚爲相愛，亦一奇事。昌黎之於大顚，世人何乃據別傳而妄生疑議，國朝徵聘載此卷，可　覽之》（註一）。不佞事與吳徵君極相類，薦吳徵君者忠國公石亨，權將也。薦不佞者，荆國公方國安，方擁重兵，有寵於上也。吳至授六品官而辭之，不佞兩次不開讀，而卽授四品官，不拜，其間稍異耳。「卽就也，非命之於廷，卽其家而授之也」（註二）。吳徵君時，當國者爲李相公賢（謚文達），賢相也，英宗復辟之後，賢主也，尙有可就之理。徵不佞時，當國者爲馬士英，姦相也。彼時馬士英遣其私人周某，同不佞之親家何不波（進士，名東平，河南解元，卽小女之舅），到寓再三勸勉，深致慇懃。若不佞一授其官，必膺異數，既膺異數，自當感恩圖報。若與相首尾，是姦臣同黨也；若直行無私，是背義忘恩也，是舉君自伐也。均不免於君子之議，天下萬世之罪，故不顧身家性命而力辭之。不然，不佞亦功名之士，釋褐卽爲四品道官，兼京職監軍四十八萬，與國公大將軍迭爲賓主，豈不煊赫，而乃力辭之乎！要知不佞見得天下事不可爲而後辭之，非洗耳飲牛、羊裘釣魚者比也，亦非漢季諸儒閉門養高以邀朝譽「者」（註三）也。

註一：右列朱舜水答安東省菴之書簡載於『朱舜水集』第一卷、第三七〇～三七一頁、問答二。惟《》部份係對照日本九州歷史資料館分館柳川古文書館所藏之原文予以補載完整者。

註二：「卽就也，非命之於廷，卽其家而授之也」中華本未載，據原文補。

註三：「者」字中華本未載，據原文補。

十六 朱舜水寄澄一（黃檗明僧）書『舜水問答』（中川文庫所藏）

去夏踉蹌作別，雖行裝尚未能整理，托劉又新致意，和尚定聞其大慨，不能一敘離情，深負此夙心矣。冒暑長征弟獨以爲非禮，都下及此間學士，畢竟以此爲譏議，固知天下有同禮有同心也。此時貴恙特甚，私竊拳拳。九月間聞之高一翁云，別後已卽霍然，復爲喜躍，時下惟道履廸「吉」（註一）爲慰。吾輩年至七旬，墓木已拱，無所復望，若弟心絕不作千年之調，任其自來自去耳。弟景況和尚必聞之矣，近有二三事附入德翁書中，和尚倘有意於此，暇時索取看之。然不足爲「出」（註二）世人道，亦不足比佛家之萬分一也。和尚至小倉目擊其盛，言此止堪捉鼻耳。外俱白金「肆拾錢」（註三），少表微忱，幸惟哂存，諸容再悉。《令徒維初近況必佳，園中梨已成，神往神往。弟舊年得數畝之園欲爲抱甕自灌之計，而上公之命道至，諒守土奉行必不肯說，故怏怏而止之耳。令徒希爲道意。》（註四）

註一：「吉」字中華本作「古」字，據『舜水問答』抄稿改。

註二：「出」字中華本未載，據『舜水問答』抄稿補。

註三：「肆拾錢」中華本作「若干錢」，據『舜水問答』抄稿改。

註四：右列朱舜水答澄一書簡載於『朱舜水集』第四卷、第五九頁、書簡一。惟《》部份係對照日本佐賀縣鹿島市祐德稻荷神社中川文庫所藏之『舜水問答』抄稿予以補載完整者。

十七　朱舜水寄野道設書　『舜水問答』（中川文庫所藏）

名園嘉卉，分賜寒窓，小子輩不堪岑寂，遂嘖嘖不置口。弟猶恨久病之後，足力軟弱，不能扶節強步，靜觀佳勝也。若待行步不致欹斜，則九十春光已盡矣。奈何。來紙領到，暇時裁就奉覽。《舊年有鐵函心史壹部參本，煩安之兄奉還。友元令兄今云轉懇尊公老先生，台兄知其事否？幷讀。》（註一）

註一：右列朱舜水答野道設書簡載於『朱舜水集』第八卷、第二四二頁、書簡五之三四。惟《》部份係對照日本佐賀縣鹿島市祐德稻荷神社中川文庫所藏之『舜水問答』抄稿予以補載完整者。

十八　朱舜水寄中村玄貞書　『舜水問答』（中川文庫所藏）

作文者句句字字俱要從經史中來，著一句杜撰句法不得，著一字杜撰字法不得，圓滑而非熟，新秀而不生，則佳矣。若其中見理明，主意大，前後首尾如常山之蛇，擊首尾應，擊尾首應，節節相生，字字靈動，則文之極致也。此等書疏，胸中無一毫書史氣，字字湊泊逐件排甃，如何謂之學者。「足下將古來名公文多讀」（註一），自曉作法。《湊泊前湊集始合也。不足天然一色的排列也。甃如砌墻一般。》（註二）

註一：「足下將古來名公文多讀」中華本作「多讀古來名公文字」，據『舜水問答』抄稿改。

註二：右列朱舜水答中村玄貞書簡載於『朱舜水集』第十一卷、第四〇二～四〇三頁、問答三。惟《》部份係對照日本佐賀縣鹿島市祐德稻荷神社中川文庫所藏之『舜水問答』抄稿予以補載完整者。

十九　朱舜水寄諸通公書

『舜水問答』（中川文庫所藏）

前月十二日小倉奉書，諒已久塵台覽。弟於十一日到江戶，途間藉貴同寅可侯何親翁（註一）之勞，不可一言而盡。弟以服暑致疾，十八日方得謁見水戶上公。上公慇懃欵曲，謙恭有禮，博學能文，聰明特達。弟即善於形容，必不能及貴同寅從容談笑，把盃敍致之爲盡也。惟是諸位「老親臺」（註二）五載隆情，一朝暌違，臨行又費精神，事事周全，雖有忍心，猶懷戀戀，況弟萬里孤身，何能爲意，名園酬酢之情，祖帳留連之致，時時來往胸臆間耳。謝何能盡。《前所貸，本應卽償，一時不及，尚容後圖，高明必能鑒諒也。東埔寨民則王兄、德卿林六兄東》（註三），容次率泐，統希慈炤。（註四）

註一：「可俟何親翁」中華本作「何可俟」，據『舜水問答』抄稿改。

註二：「老親臺」中華本未載，據『舜水問答』抄稿補。

註三：右列朱舜水致諸通事書簡載於『朱舜水集』第四卷、第六一～六二頁、書簡一。惟《》部份係對照日本佐賀縣鹿島市祐德稻荷神社中川文庫所藏之『舜水問答』抄稿予以補載者。

註四：據文意可知此書簡係先生於一六六五年（康熙四年、日本寬文五年）夏間抵江戶（今東京）後所書也。

二十　朱舜水寄劉宣義書　『舜水問答』（中川文庫所藏）

弟拙劣之性，與人不欵曲。舉凡世情親熟，口角寒暄，人人之所易能者，乃獨一無所能。視世之圓活者，如走盤之珠，而弟四角匾方，非手移之必不能動，眞可自笑也。「老親臺」（註一）「親獨能違群情而錯愛，不幾昌歜之好乎！晉人之能爲青白眼者，見禮法之士必加之以白眼，「親臺」（註二）偏著青眼，抑又奇矣！其他暗中調護，口頰解嘲，復費無限周折，詩曰：「中心藏之，何日忘之」，此之謂矣。

宰相上公，學古有獲，溫恭執禮，日得之於傳聞。果能如此，或可庇其宇下，然惟久與乃能見耳。時下禮貌頗優，足使蹇僻之士自安其身，誠爲意外之幸矣。「倘」（註三）別有所聞，惟望寄言教我，以爲善後之圖。弟拙於處世，故披心胸，露肝膽以求之，萬勿疑弟之疑於直言也。弟同邑趙文伯思念其二親，餞別之時，豈不知弟爲吉行，舉杯酌酒，泣涕如雨，聲嘶股栗，抑遏難止。人之至情，乃至於斯。若此舟必無可爲者，弟不敢以邑子累「親臺」（註四），若有一二人之例可援，萬祈垂手引之，亦積德於冥也。弟之卹感，與趙同之矣。《時下各船俱到，民則王二兄、德卿林六兄、顧長老及交趾李昌孫亦貴府人，張俊使俱曾到否？乞叱名致聲。弟隨後當修維也》（註五）。不盡不盡。

註一：「老親臺」中華本作「老兄」，據『舜水問答』抄稿改。

註二：「親臺」中華本作「老兄」，據『舜水問答』抄稿改。

註三：「倘」字中華本作「儻」字，據『舜水問答』抄稿改。

註四：「親臺」中華本作「老兄」，據『舜水問答』抄稿改。

註五：右列朱舜水致劉宣義書簡載於『朱舜水集』第四卷、第四九～五〇頁、書簡一。惟《》部份係對照日本佐賀縣鹿島市祐德稻荷神社中川文庫所藏之『舜水問答』抄稿予以補載完整者。

◎以下問答八條係據日本佐賀縣鹿島市祐德稻荷神社中川文庫所藏之『舜水墨談』（為日本江戶幕府儒官人見竹洞與先生之問答記錄）與北京中華書局『朱舜水集』加以對照後，予以補載改訂者，謹記於後。

一　問：先生所習之詩用何傳乎？舊說所言與朱「文公」（註）所傳大異。

答：明朝近來傳經，與古先大異，有習讀而無專門名家者。特取一時新說，爲作文之資耳，非所以爲詩也，不若春秋之必藉師傳也。至於晦翁之註自當遵依，詩序等但可參考，不敢以古而戾今也。然看書貴得其大意，大意既得，傳註皆爲芻狗筌蹄，豈得泥定某人作何解，某人作何義也。

註：右列問答載於『朱舜水集』第十一卷、三八五頁、問答三。惟「文公」其作「晦菴」，據『舜水墨談』抄稿改。

二　問：危坐、安坐，「古人」（註一）讀書多是焚香危坐，「危坐者如何」？（註二）。

答：古人席地而坐，多是與日本相似，讀書宜敬謹，所以焚香危坐耳。卽日本今日坐法也。（註三）

註一：「古人」，中華本未載，據『舜水墨談』抄稿改。
註二：「危坐者如何」，中華本未載，據『舜水墨談』抄稿改。
註三：右列問答載於『朱舜水集』第十一卷、三八六頁、問答三。

三　問：詩云「爲龍爲光」大全如今俗謂「寵晃」云云，「寵晃」「之義如何」？（註）。

答：「光」字易解，「龍」字不解。故向來俱作寵光看，言古字通用也。然天子燕以亦慈惠雖無不至，不當加以寵字，愚意謂龍者神物也，陽德也。升沈隱見，變化不測，興雲致雨，澤被萬物，不若如字看，而與「光」字作二意爲妙。高明以爲何如？「光」如「光降」、「光顧」。「寵」如「寵臨」、「寵賜」。

註：右列問答載於『朱舜水集』第十一卷、三八七頁、問答三，惟「之義如何」其作「何等語」，據『舜水墨談』抄稿改。

四　問：凡國家之禮制，飲食衣服器用之法，尚文，則其蔽爲毫奢矣；尚質以示節儉，則其蔽欲至鄙吝矣。傳所謂「與其奢寧儉」，然又曰：「質勝文則野」，不可不使文質並行乎！乃於斯二「事」（註）如何防其蔽乎！

答：凡爲天下國家之禮，在乎有制。有制則貴賤有等，上下有章，文不至於奢華，儉不至於固陋。古之人繪衣描裳，山龍華蟲，燦然可觀，豢豕爲酒，賓主百拜，始終秩秩，何嘗無文，何嘗非質。質而至於野，文而至於靡者，皆無制之禮也。國家必欲崇儉，當自本根始紛紛未制，何益於事乎！

註：右列問答載於『朱舜水集』第十一卷、三八八頁、問答三。惟「事」其作「物」，據『舜水墨談』抄稿改。

五

問：孟子說齊梁之君者皆是也，所以其不用者亦皆是也。根本末節不能辨別，則何以爲治乎！若乃理絲而棼之，則遽解其結而可乎！緩舒而理之，待其自解而可乎！

答：得其道，急起而圖之，無張皇之病，舒徐而自化，無優柔攤瘓之嫌，但在有志者求之有心者計之耳。「貴國已犯賈誼之憂」（註），嵩嵩者厝火積薪之下，寢處其下而自謂曰安，謂之何哉！

註：右列問答載於『朱舜水集』第十一卷、三八八頁、問答三。惟「貴國已犯賈誼之憂」其未載，據

「舜水墨談」抄稿補。

六 問：明季先生交遊之際，必有懷義秉志而不屈虜庭之士。若能有以禮招之者，肯至於日本乎？

答：三四日前致書奧村顯思云：「不佞親貴國人如一家昆弟父子。嘗怪周媿量窄意偏，尊中國而貶秦邦，豈足語於聖賢之道。」僕雖淺陋，非無此意，但見貴國人意思不如此，所以此念灰冷，倘「貴」（註一）國君好善厚禮，招賢自應有至者。但患無移風易俗，發政施仁之志耳。惟是近來士人既已剃頭辮髮，甘心從虜，雖築黃金之臺，恐來者無樂毅、鄒忌之徒也。《一日翁語余曰：「中國之亂逆既萌天啓之始矣。」時預國政有理學之黨、有文章之黨，日日相軋相詆，爭權不已，繼之以連年之凶荒，故闖賊作逆、韃虜奪位，皆是姦逆之臣爲之禍根矣。》（註二）

註一：「貴」字中華本未載，據『舜水墨談』抄稿補。

註二：右列問答載於『朱舜水集』第十一卷、三八九頁、問答三。惟《》部分係據『舜水墨談』抄稿補。

七　問：文章之士爲之黨首者何人乎？吳三桂亦其徒乎？

答：吳三桂武人也。世胄也，文章之士之爲黨首者，其初起於李三才之躁進，邵輔忠、尙葵之輕薄早微，「而」（註）其後周延儒、許譽卿、錢龍錫之徒紛紛不可數矣。

註：右列問答載於『朱舜水集』第十一卷、三八九頁、問答三。惟「而」其未載，據『舜水墨談』抄稿補。

八　問：前所呈明季遺聞及心史未「閱」（註）否？

答：明季以道學之故與文章之士互相標榜，大慨黨同代異，鄒漪南直之常鎭人，朋黨之俗不能除，故其毀譽不足盡信，且其筆亦非史才，但取其時事以備采擇耳矣。

註：右列問答載於『朱舜水集』第十一卷、三九〇頁、問答三。惟「閱」字其作「開卷」，據『舜水墨談』抄稿改。

附錄一　朱舜水先生年譜

說明：北京中華書局『朱舜水集』已引梁啓超氏之朱舜水年譜於其附錄，惟朱舜水與日本關係深厚，今將日本年號及有關重要記事補其年譜，俾便中日學者研究參考。

一六〇〇、明萬曆廿八年、日本慶長五年　一歲

○十月十二日生於浙江省餘姚縣，父諱正，字履卿，一字存之、號定寰。母金氏，前封安人，誥贈一品夫人。舜水字楚璵，自受魯王恩詔特徵後，復字魯璵。

○是年建州衛女眞崛起於關外。

○英國之東印度公司成立。

一六〇三、明萬曆卅一年、日本慶長八年　四歲

○日本江戶幕府開府，德川家康爲征夷大將軍。

一六〇四、明萬曆卅二年、日本慶長九年　五歲

○是年日本長崎設唐通事（翻譯官）制。明人馮六被任命爲首任唐通事。（『長崎志』）

一六〇六、明萬曆卅四年、日本慶長十一年　七歲

○是年日本贈明使國書、要求與大明貿易。（『異國日記』）

一六〇七、明萬曆卅五年、日本慶長十二年　八歲

○是年父正喪。

○朝鮮通信使向日本幕府呈遞國書。

○明福建泉州商人許麗寰赴日本薩摩（今鹿兒島）貿易。（『島津國史』）

一六〇九、明萬曆卅七年、日本慶長十四年　十歲

○是年荷蘭於日本平戶設立貿易商館。

一六一〇、明萬曆卅八年、日本慶長十五年　十一歲

○是年日本幕府開始實施禁教（天主教）政策。

○明商船十艘抵日本鹿兒島貿易。

○日本幕府明訂以丁銀爲與明朝交易之貨幣。

一六一三、明萬曆四十一年、日本慶長十八年　十四歲

○是年英國在日本平戶設立貿易商館。

一六一六、明萬曆四十四年、天命元年、日本元和二年　十七歲

○是年奴爾哈赤建國、改元天命。

○日本幕府准許歐洲航船寄港平戶、長崎兩地。

一六一八、明萬曆四十六年、天命三年、日本元和四年　十九歲

○是年長子大成生（次子大咸之生年無可考）。

○清兵陷撫順。

○德國三十年戰爭爆發。

一六一九、明萬曆四十七年、天命四年、日本元和五年　二十歲

○是年清兵陷開原。

一六二〇、明泰昌元年、天命五年、日本元和六年　二十一歲

○是年神宗萬曆帝崩逝，光宗泰昌帝繼位不久又逝，熹宗天啓帝繼位。

○受業於朱永祐（松江華亭人）。

○清兵陷瀋陽、遼陽。山東白蓮教作亂。

○明僧眞圓（俗稱劉覺，江西饒州府浮梁縣人，後爲黃檗宗長崎興福寺開基始祖）、

雷音搏（山西洪桐縣人，後爲黃檗宗長崎興福寺第六代住持）渡日。

一六二二、明天啓二年、天命七年、日本元和八年　二十三歲

○清兵破平西堡、陷廣寧。

○日人安東省菴（守約）生。

一六二三、明天啓三年、天命八年、日本元和九年　二十四歲

○是年德川家光繼任日本幕府將軍。

○英國封閉在日本平戶之貿易商館。

○長崎興福寺（南京寺）建立。

一六二四、明天啓四年、天命九年、日本寬永元年　二十五歲

○是年、鄭成功生於日本平戶。

○張斐（浙江省餘姚縣）生。

○福建總督上書長崎代官末次平藏、訴日本海盜掠奪明朝商船（『羅山文集』）。

○日本幕府拒絕西班牙之通商要求。

一六二五、明天啓五年、天命十年、日本寛永二年　　二十六歲

○是年長兄之琦登進士第職任漕運軍門。

○鑑宦官當政，貪風之盛，先生遂萌絕仕之念，轉抱經濟。嘗謂：「我若第一進士作一縣令，初年必逮，係次年三年百姓誦德，上官稱譽，必得科道。由此建言必獲大罪，身家不保，自揣淺衷激烈，不能隱忍含弘，故絕志於上進耳。」

○日本長崎代官末次平藏致書福建總督，云掠奪明朝商船者非日本人也。（『羅山文集』）

一六二七、明天啓七年、天聰元年、日本寛永四年　　二十八歲

○是年明人陳入德渡日。（陳入德爲浙江杭州金華府人，初從儒，惟屢試不第，後改學醫，渡日後以行醫爲業，爲一反清志士。嘗嘆虜掠大明、遂歸化日本，名曰潁川入德。先生居留長崎曾寓其宅，柳川藩儒安東省菴識先生於長崎乃入德之引介也。）

一六二八、明崇禎元年、天聰二年、日本寛永五年　　二十九歲

○是年陝西饑饉，流賊李自成作亂。

○水戶德川光國生。

○明僧覺海（後爲黃檗宗長崎福濟寺之開基始祖）、了然、覺意渡日。
○長崎福濟寺建立。

一六二九、明崇禎二年、天聰三年、日本寬永六年　三十歲
○是年明僧超然渡日（後爲黃檗宗長崎崇福寺之開基始祖）。
○長崎崇福寺建立。

一六三二、明崇禎五年、天聰六年、日本寬永九年　三十三歲
○是年明僧如定渡日（住在黃檗宗長崎興福寺十年）。

一六三三、明崇禎六年、天聰七年、日本寬永十年　三十四歲
○是年流賊犯畿南、河北、清兵陷旅順。
○日本幕府下命除幕府特准之奉書船外，渡航於海外之日本人禁止返日。

一六三四、明崇禎七年、天聰八年、日本寬永十一年　三十五歲
○是年長女高（字柔端）生。
○清兵入上方堡、至宣府、流賊自陝西分犯河南、江北、湖廣。

○日本幕府下令、武器禁止輸出。（『德川實紀』）

一六三五、明崇禎八年、天聰九年、日本寬永十二年　三十六歲

○流賊陷鳳陽、陝州，攻洛陽。

○日本幕府只許明朝商船於長崎一港靠港及貿易。（『長崎集』）

○日本幕府下令日本人之海外渡航及在海外五年以上之日本人返日等活動全面禁止。

一六三六、明崇禎九年、清崇德元年、日本寬永十三年　三十七歲

○是年奴爾哈赤改國號後金爲清。

一六三八、明崇禎十一年、清崇德三年、日本寬永十五年　三十九歲

○是年先生以恩貢生貢於禮部。

一六三九、明崇禎十二年、清崇德四年、日本寬永十六年　四十歲

○是年清兵陷濟南、德王由樞被執。

○明僧普定渡日（後爲黃檗宗長崎崇福寺監寺，於明永曆九年返國）。

○日本幕府禁止葡萄牙船靠港。

○心越生（浙江省金華府浦江縣人，俗姓蔣、字興儔、號東皐、後受聘於日本水戸藩主德川光國）。

一六四一、明崇禎十四年、清崇德六年、日本寛永十八年　四十二歲

○是年李自成陷河南，殺福王常洵。張獻忠陷襄陽，殺襄王翊銘。李自成陷南陽，殺唐王聿鍵。

○日本幕府下令、建於日本平戶之荷蘭貿易商館遷移長崎出島、同時禁止荷蘭人步出島外。

一六四三、明崇禎十六年、清崇德八年、日本寛永二十年　四十四歲

○是年先生喪母。

○總兵官方國安辟監紀同知，不就。

○日本越前三國浦之商船漂流於中國大陸，翌年由北京經朝鮮返長崎。（『韃靼漂流記』）

○日本明正天皇讓位於其弟紹仁親王（後光明天皇）。

一六四四、明崇禎十七年、清順治元年、日本正保元年　四十五歲

○李自成陷北京、崇禎皇帝自殺。清兵入關，改元順治。

○江南總兵官方國安薦先生，奉詔特徵，不就。

○明僧超然於長崎示寂。

一六四五、南明弘光元年、隆武元年、清順治二年、日本正保二年　四十六歲

○是年福王由崧即位於南京，先生再奉詔特徵，不就。四月，就拜江西提刑按察司副使兼兵部職方司郎中，監鎭東伯方國安軍，不拜。後由舟山至日本長崎（第一次）。

○六月，唐王聿鍵監國於福州，改元隆武。閏六月奉魯王以海監國於紹興。

○十一月，鄭芝龍致書日本幕府，請求發兵援助南明。十二月明都督崔芝遣參將林高赴長崎，欲乞日本援兵三千，借軍甲二百領均遭拒絕。（『華夷變態』、『續善隣國寶記』、『外蕃通書』）。

○明僧逸然性融渡日（後爲黃檗宗長崎興福寺第三代住持）。

○康永寧赴安南（今越南）乞師。（『粵遊見聞』、『小腆紀年』）

○是年德川光國十八歲，始讀司馬遷之『史記』伯夷傳，云至爲銘感。

一六四六、魯監國元年、隆武二年、清順治三年、日本正保三年　四十七歲

○六月，清兵下浙江、張名振奉魯王以舟師出海、投黃斌卿於舟山，斌卿不納，遂入閩，抵中左所（廈門）。

○八月，鄭芝龍遣使者黃徵明携書渡日，分致日本正京皇帝（日皇）一封，上將軍（幕府將軍）、長崎王（長崎奉行）各三封，以乞援兵，經幕府高層閣僚密議結果遭拒。（『華夷變態』）

○十月瞿式耜等奉桂王由榔監國於肇慶。旋卽位，以明年爲永曆元年。

○十一月，清兵下建寧、延平。唐王走汀州，被執遇害。

○是年先生擬赴日本，惟日本海禁方嚴，不容外人，故轉徙至安南。

○明遺臣周鶴芝擬遣參將林籥舞赴日本薩摩借兵，因黃斌卿之阻而罷。（『海東逸史』、『日本乞師記』）

○明僧百拙、淨達覺聞渡日（後爲黃檗宗長崎崇福寺監寺）。

一六四七、魯監國二年、永曆元年、清順治四年、日本正保四年　四十八歲

○三月，崔芝（周鶴芝）克海口、鎭東二城，遣其義子林皐隨安昌王至日本求援兵，不得要領而還。（『日本乞師記』、『東南紀事』）

○六月，明遺臣馮京第，黃孝卿赴日本長崎請援兵未果。（『海外慟哭記』、『日本乞師記』、『東南紀事』、『海東逸史』）

○是年先生由安南至長崎（第二次）後，返國至舟山。守將黃斌卿承制授先生昌國縣

縣知，不受。

○十月提先生爲監察御史管理屯田事務，不受。又聘請軍前贊畫不就。張名振時在舟山，先生與名振之關係，蓋自此始。馮京第乞師日本亦或由先生發其端（『舟山興廢記』）。

○十月，魯王以先生師吳鍾巒爲通政司使，旋晉禮部尚書。

○是年王翊舉義兵於四明山寨。

○六月，葡萄牙船靠港長崎，要求與日本通商。

一六四八、魯監國三年、永曆二年、清順治五年、日本慶安元年　四十九歲

○是年鄭成功遣使赴日本請援兵，鄭彩寄書日本求借武器，均未果。（『華夷變態』、『臺灣鄭氏記事』）

○『海東逸史』云：「時內地單弱，欲藉海外之師爲響應，京第勸斌卿乞師日本，斌卿因命弟孝卿副京第往，之瑜從之。撒斯瑪王許發罪人三千及洪錢數十萬。京第先歸，之瑜留，而師不果出。」惟黃宗羲之『日本乞師記』記此行及其關係人頗詳，並無一字言及先生。故先生是否曾與京第同赴日本，尚待考證。又「之瑜留」之語，意先生當卽留於日本，考先生此年不在日本，故「之瑜留」爲誤也。

一六四九、魯監國四年、永曆三年、清順治六年、日本慶安二年　五十歲

○是年先生在廈門。

○十月，魯王次舟山，以張肯堂爲東閣大學士、朱永祐爲吏部侍郎，王翊爲河南道御史。

○鄭彩寄書琉球求援武器，並請日本發援兵未果。（『華夷變態』）

○明遺臣俞圖南渡日。（『明季續聞』）

○明僧澹謙戒琬（俗姓林，福建省泉州府安平縣人）渡日。（後爲重建分紫山黃檗宗長崎福濟寺開山本師）。

一六五〇、魯監國五年、永曆四年、清順治七年、日本慶安三年　五十一歲

○是年先生來往於廈門舟山之間。正月，安洋將軍劉世勳疏薦監紀推官，不受。吏部左侍郎朱永祐薦授兵科給事中，旋改吏科給事中，不受。禮部尙書吳鍾巒薦授翰林院官，不受。

○三月，巡按直浙監察御史王翊薦舉考廉，立刻疏辭。

○三月，與王翊（完勳）定交。梁啓超案：據黃梨洲『四明山寨記』，王翊以庚寅三月朝行在，先生與翊定交，當在此時。

○是年先生復有浮海之役，在舟中爲清兵所迫脅，白刃合圍，欲使就降髡髮。先生誓以必死，談笑自若。同舟劉文高等七人感其義烈，駕舟送還舟山。

○是年先生作遺文二篇。一爲上監國魯王辭孝廉疏，一爲庚寅年陷難告天文。
○鄭成功據廈門爲反清基地。

一六五一、魯監國六年、永曆五年、清順治八年、日本慶安四年　五十二歲

○是年先生從舟山赴安南，秋，次子大咸適長崎。
○八月清兵陷四明山寨，兵部侍郎王翊被執，殉難。
○日本幕府三代將軍德川家光歿，德川家綱繼任將軍。
○明僧道者超元（福建省興化府人，後爲黃檗宗長崎崇福寺第三代住持）渡日。
○永曆帝桂王赴安南請援兵。（『欽定越史通鑑綱目』）

一六五二、魯監國七年、永曆六年、清順治九年、日本承應元年　五十三歲

○是年春夏先生在安南，患病甚劇。秋間復過長崎（第三次），旋即行。
○據先生之送林道榮之東武序云：「壬辰秋，復過日本適當作報國藩及定西侯」等語，知先生是年曾分別致書國藩（鄭成功）及定西侯（張名振），據此序察先生尚有書與成功。（請參閱李大釗氏之「築聲劍影樓紀叢」）。
○是年長崎興福寺明僧逸然爲迎接黃檗高僧隱元隆琦赴日，曾寄書、幣予福州黃檗山本寺。（『隱元廣錄』、『隱元年譜』）

一六五三、魯監國八年、永曆七年、清順治十年、日本承應二年　五十四歲

○是年先生上半年在安南，七月至日本（第四次），十二月復往安南。

○三月，明人獨立（戴曼公）乘廣東商船渡日。（獨立，浙江省杭州府仁和縣人，抵日本之初，寓明人陳入德宅，後經陳入德引介與安東省菴識，在長崎與先生有密切往來，曾勸先生剃髮爲僧，遭先生拒絕）。

○南明永曆帝封鄭成功爲延平郡王。

一六五四、魯監國九年、永曆八年、清順治十一年、日本承應三年　五十五歲

○是年正月先生由安南至日本（第五次）復至安南。

○三月，魯王以璽書召先生。

○七月，福建黃檗高僧隱元隆琦率弟子二十人，應招抵日本長崎。

○八月，先生於安南旅次設位祭王翊，私諡曰：「忠烈」。

○清朝招諭鄭成功，成功不就。

一六五五、明永曆九年、清順治十二年、日本明曆元年　五十六歲

○是年鄭成功奉永曆正朔，故不記魯王監國年號。

○是年先生在安南。

○明僧澄一（俗姓陳，浙江省杭州府錢塘人）渡日。（後爲黃檗宗長崎興福寺第四代住持）。

○明僧木菴性瑫（俗姓吳，福建省泉州府晉江縣人）渡日。（後爲黃檗宗長崎福濟寺開法住持）。

○明僧慈岳定琛（俗姓張，福建省泉州府永春縣人）渡日。（後爲黃檗宗長崎福濟寺第二代住持）。

○鄭成功改廈門爲思明州。

一六五七、明永曆十一年、清順治十四年、日本明曆三年　五十八歲

○是年正月，先生在安南，日本船至，奉魯王召書，擬候夏間附船往日本，再歸廈門。

○二月，遭安南供役之難，先生逐日有日記，名曰：安南供役紀事。

○三月，日本水戶藩主德川光圀設史局於其江戶（今東京）官邸。

○明僧卽非如一（俗姓林，福建省福清縣人）渡日。（後爲黃檗宗長崎崇福寺開法住持）。

○明僧千呆性安（俗姓陳，福建省福州長樂縣人）渡日。（後爲黃檗宗長崎崇福寺第四代住持）。

○是年鄭泰由臺灣赴日請援未果。（『外蕃通書』附錄「鄭經呈長崎奉行書」）。

一六五八、明永曆十二年、清順治十五年、日本萬治元年　五十九歲

○是年夏，先生由安南至日本（第六次），九月在日本旅次祭王侍郎但困守舟中，不獲登長崎。

○十月，安東省菴得明人陳入德介紹，致書先生並執弟子禮。

○十月，由長崎赴廈門，擬應鄭成功之招從軍北伐，當時曾得明僧澄一（請參照一六五五年記事）資助。

○是年冬先生在廈門，曾作書答安東省菴，此爲先生與安東省菴之最初通信。

○明僧悅山道宗（福建省泉州半嶺縣人）渡日。（後爲黃檗宗京都萬福寺第七代堂頭）。

一六五九、明永曆十三年、清順治十六年、日本萬治二年　六十歲

○五月，鄭成功與兵部侍郎張煌言會師北伐。六月，先生次子大咸病死軍中，七月軍敗，九月歸廈門。先生曾至廈門，但未謁鄭成功。

○是年冬，先生復至日本（第七次），後經安東省菴、陳入德等多方奔走，遂得長崎奉行之助，獲留寓日本以終。

○是年鄭成功曾寄書先生，請先生乞日本援兵相助。

○明人陳元贇渡日。（『先哲叢談』）

○是年黃檗宗高僧隱元隆琦得日本幕府賜地，於京都宇治建黃檗山黃福寺。（『隱元廣錄』、『隱元年譜』）。

一六六○、明永曆十四年、清順治十七年、日本萬治三年　六十一歲

○先生留寓日本，長崎奉行黑川正直備致禮遇。

○是年秋多間，安東省菴自柳川抵長崎見先生。先生與其孫毓仁書中曾云：「省菴每年兩次到崎省我，一次費銀五十兩、二次共一百兩。苜蓿先生之俸盡於此。」往後兩人交情與日驟增。

○七月，鄭成功使張光啓至日本乞師，不果。案：『臺灣鄭氏始末』云：「十一月獲贈銅熕、鹿銃、倭刀後返廈門。」惟日本無記載張光啓獲贈武器之史料可考。

一六六一、明永曆十五年、清順治十八年、日本寬文元年　六十二歲

○是年六月先生著『中原陽九述略』一篇，寄安東省菴藏。其書分「致虜之由」、「虜勢二條」、「虜害十條」、「滅虜之策」四章，述中國有逆虜之難，貽羞萬世，固逆虜之負恩，亦中國士大夫之咎也。

○七月，緬酋執桂王獻吳三桂軍（翌年四月、桂王遇弒雲南），南明政權亡。
○三月，鄭成功攻臺灣，十二月取臺南遮蘭城，逼降荷蘭軍隊。
○清朝實施「遷界令」牽制鄭成功之海權。
○明僧高泉性潡、曉堂道收、軸賢等渡日。

一六六二、明永曆十六年、清康熙元年、日本寬文二年　六十三歲

○梁啓超案：南明桂王雖亡，然臺灣鄭氏仍奉永曆為正朔，故仍記永曆年號，從成功之志也。
○三月鄭成功擬招諭呂宋，籌其與臺灣共為反清基地。
○十一月，魯王薨於金門。
○是年安東省菴曾請先生移居筑後，不果。
○安東省菴欲介當時日本古義學之創始者伊藤仁齋見先生，先生因所學不同，寄書止之。

一六六三、明永曆十七年、清康熙二年、日本寬文三年　六十四歲

○是年鄭成功卒於臺灣，子鄭經嗣，仍奉永曆為正朔，續領軍反清。
○是年長崎遭大火災，先生寓居皓臺寺廡下，不保旦夕，安東省菴聞之，即時赴之，

拮据綢繆而還。又晧臺寺僧月舟當時極禮遇先生，先生適江戶講學後，曾馳謝函予月舟。

○七月，鄭經遣蔡政至長崎，欲領回昔日鄭泰寄長崎之存銀。（『華夷變態』、『外蕃通書』）

一六六四、明永曆十八年、清康熙三年、日本寛文四年　六十五歲

○是年日本水戶藩主德川光國思振興藩政，培養儒學教風，遣其臣小宅生順至長崎請業先生，且謀禮聘先生至江戶講學。小宅數次與先生交談，曾留西遊手錄，述其始末，惜該書爲戰火燒損，未得見其原本。

○是年爲先生得發揮其博學長才，宏揚中華文化於日本之最大轉捩。

○九月，兵部尚書張煌言烈死杭州。先生之同仇共患者盡喪。

一六六五、明永曆十九年、清康熙四年、日本寛文五年　六十六歲

○是年上半年，先生在長崎。

○六月，江戶禮聘之命至，先生由內通事高尾兵左衛門（明人樊玉環之子）及小通事何仁右衛門（福建省福州府福清縣人何高材之長子，名何可遠）等隨行傳譯護送至江戶。

○七月，先生至江戶，十八日初謁水戶上公（德川光國），上公以先生年高德重，不敢稱其字，欲得「一菴齋」之號稱之，先生云已引故鄉之舜水爲號。

○九月，上公迎先生至水戶，十二月復歸江戶。

一六六六、明永曆二十年、清康熙五年、日本寬文六年　六十七歲

○是年先生在江戶。

○二月，先生體患腫毒，復病耳鳴，上公親臨視疾。

○是年上公下令毀其境內新寺九百多座，淫祠三千餘座，日人疑此爲先生之諫，謠言四起，先生處以鎭靜未發一言，駁此紛紛之論。

○上公以先生患病，屢勸招兒孫一、二人前來侍養，先生因作書寄長男大成及故鄉知友陳遵之，以詢骨肉舊交之訊，並致書長崎僑商王師吉擬託請照料。

○是年日本幕府下令抵長崎貿易之清朝商人集中泊宿於既定之「宿町」處，以利其管理。（『長崎記』、『長崎覺書』、『長崎實錄大成』）

一六六七、明永曆廿一年、清康熙六年、日本寬文七年　六十八歲

○是年上半年先生在江戶。八月至水戶。

○上公爲先生起造江戶之駒籠別莊，初先生力辭，後勉從之。

○是年清康熙帝親政。

一六六八、明永曆廿二年、清康熙七年、日本寬文八年　六十九歲

○是年二月先生歸江戶，入居駒籠別莊。

○二月，清朝招諭鄭經，鄭經不就。

○德川光國四十歲，先生作壽文獻之。

一六六九、明永曆廿三年、清康熙八年、日本寬文九年　七十歲

○是年先生在江戶，四、五月間臥病。

○先生萌告老之意，上公慰留之。

○十一月十二日先生七十誕辰，上公行養老之禮，饗先生於後樂園。

○是年先生長子大成卒於鄉里，先生迄未知之。

一六七〇、明永曆廿四年、清康熙九年、日本寬文十年　七十一歲

○是年先生在江戶。

○上公請先生作學宮圖說，使梓人依其圖而以木模，大居其三十分之一，殿堂結構如文廟、啓聖宮、明倫堂、尊經閣、學舍、進賢樓、廊廡、射圃、門樓、牆垣等莫不

悉備，其度量分寸梓人不曉者，先生皆親授之。

○上公又請先生造祭器，先生依圖考古，研覈其法，授之工師，經年而成。

○先生以檜木作棺，漆而藏之。嘗謂門人曰：「後來倘有逆虜敗亡之日，我子孫若有志氣者，或欲請之歸葬，而墓木未拱，棺槨已弊，則非徒二三子之羞，亦日域之玷也。吾之所以作此者，非爲手足也，爲後日慮耳。」

○是年鄭經與英國東印度公司締約。

一六七一、明永曆廿五年、清康熙十年、日本寬文十一年　七十二歲

○是年先生在江戶，上公請先生召兒孫或故舊一二人來奉養陪侍，先生曾致書王儀（字則民，常航海往來於日本、東南洋之間，先生奔走國難時，曾多次得其經濟援助），未果。

○是年日本長崎奉行牛込忠左衛門修改對清貿易法。（『古集記』）

○日本幕府明定以銀爲對清貿易貨幣。（『長崎記』）

一六七二、明永曆廿六年、清康熙十一年、日本寬文十二年　七十三歲

○是年先生在江戶。水戶彰考館落成，上公請先生制定釋奠儀注，率儒學生行之。

○是年日本幕府改對清貿易法爲「市法買賣法」。（『長崎御用書物』）

○是年明僧獨立（請參照一六五三年記事）示寂。

一六七三、明永曆廿七年、清康熙十二年、日本延寶元年　七十四歲

○是年先生在江戶。

○清朝發生三藩之亂。

○是年黃檗高僧隱元隆琦（請參照一六五二、一六五四、一六五九年記事）、大眉性善、蘊謙戒琬相繼示寂。

○清僧東瀾（俗姓張，福建省泉州府永春縣人）渡日。（後爲黃檗宗長崎福濟寺第三代住持）。

○清僧西意（福建省泉州通正縣人）渡日。

○是年英國船入港長崎，要求與日本通商貿易，遭幕府拒絕。

一六七四、明永曆廿八年、清康熙十三年、日本延寶二年　七十五歲

○是年先生在江戶，上公請先生製明室衣冠。

○清僧玉岡海崐（俗姓劉，福建省福州福清縣人，後爲黃檗宗長崎崇福寺第六代住持）、雪堂海瓊（福建省泉州同安縣人）渡日。

一六七五、明永曆廿九年、清康熙十四年、日本延寶三年　　七十六歲

○是年先生在江戶。

○十一月，鄭經由臺灣遣鄭奎舍、鄭按舍至日本長崎，取得昔日鄭泰之存銀二十六萬後歸。（『海上見聞記』）。

一六七六、明永曆卅年、清康熙十五年、日本延寶四年　　七十七歲

○是年先生在江戶。

○先生外親姚江（虞山）至長崎察問先生起居，曾致書上公，但因鎖國禁令未能與先生謀面。

○九月，耿精忠降清。

一六七七、明永曆卅一年、清康熙十六年、日本延寶五年　　七十八歲

○是年先生在江戶，曾致與諸孫男書，言其心境。惟此書內容頗長，先生託何人帶回中國，無可考。

○明僧心越正式歸化日本。

一六七八、明永曆卅二年、清康熙十七年、日本延寶六年　　七十九歲

○是年先生在江戶，得安東省菴書報，聞其父於兩年前逝世之訃。

○先生致書慰唁安東省菴父，並寄以報訃之禮。

○十二月，先生長孫毓仁至長崎欲省視先生，礙於嚴令，未得如願。上公遣其儒臣今井弘濟赴長崎晤毓仁，並予慰勞賜賞。

○毓仁曾致書安東省菴，陳其心境。

○是年吳三桂卒。

一六七九、明永曆卅三年、清康熙十八年、日本延寶七年　八十歲

○是年先生在江戶。

○四月今井弘濟抵長崎見毓仁，備述先生盼其赴江戶奉養之意，毓仁答曰：「今歸報母，必圖後舉」，遂返中國。（越六年毓仁再至，先生已逝）。

○十一月十二日，先生八十歲生日，上公又行養老之禮，除贈諸禮二十品外，並命奏古樂以樂之。

○鄭經反攻福建，圍漳州，泉州。

一六八一、明永曆卅五年、清康熙廿年、日本天和元年　八十二歲

○是年先生在江戶。衰憊日甚，醫官奧山玄建侍先生服藥，但先生之命已臨旦夕。

○鄭經卒於臺灣，子克塽嗣。

○三藩之亂平定。

一六八二、明永曆卅六年、清康熙廿一年、日本天和二年　八十三歲

○四月十七日，先生逝世於江戶，四月廿六日，上公率其世子綱條及諸朝臣臨其葬，先生葬於常陸久慈郡大田鄉瑞龍山麓，依中國式作墳題曰：「明徵君朱先生之墓」。

○七月十二日，上公與群臣議，取先生道博聞，執事堅固之意諡曰：「文恭先生」。

一六八四、明永曆卅八年、清康熙廿三年、日本貞享元年

○先生卒後二年，鄭克塽降清，明正朔絕。

※上述年譜中所引明僧、清僧渡日之有關資料，係以『長崎市史』（地誌編佛寺部）記載為據。

附錄二　朱舜水友人・弟子傳記資料

朱舜水客寓日本後之交往人物除日人外，其書簡中屢屢出現者不乏當時在日之中國友人、黃檗宗禪僧及唐通事（在長崎之譯官）等，爲便於讀者對朱舜水與在日中國人之交往有具體的認識，謹述與其有關人物梗概於後。另日本人部份係補中華本未刊載者。

A 在日中國人部份

一 陳（潁川）入德

陳入德，諱明德，字完我，浙江省杭州府人。昔在大明屢試不第，退而嘆曰：「士君子不得爲宰相願爲良醫，雖顯晦不同而其濟人一也。」遂改業爲醫，尤精於小兒科。崇禎年間渡航長崎，每投藥餌起死回生，崎人留而不歸。居年餘，有國法，華人渡日者不許留，已留經年者不許歸。爾後強胡猾夏，翁絕念於鄉國，遂改名曰潁川入德。乃朱舜水所稱之「完翁」也。

一六五四年（明永曆八年、日本承應三年）與柳川藩儒臣安東省菴初識於長崎，往復談論，彼此投機，有相見恨晚之慨。時安東省菴多病，翁授以良劑，屢屢奏效。後安東家兄妹先後罹病，亦承翁之治而癒。

一六五八年（明永曆十二年、日本萬治元年）十月，朱舜水六渡日本，安東省菴得翁之介，以書致朱舜水問學，執弟子之禮。時朱舜水擬赴魯王之召及鄭成功北伐南京之舉，匆促從長崎付舟至廈門，於翌年始自廈門覆信省菴謂其「執禮過謙」，此乃朱舜水致安東省菴之最初書簡也。朱舜水初寓長崎之際，曾寓翁之宅第，交往甚密，朱舜水奔於申請永住許可時，陳入德恐長崎奉行不受，曾請朱舜水撰文頌美長崎奉行，始遭拒後勉從，但彼此發生齟齬，至爲不快，此事朱舜水曾在答安東省菴書中提及。

一六七五年（清康熙十四年、日本延寶三年）六月，翁逝世於長崎，享年七十九歲。時朱舜水七十五歲，在江戶。安東省菴感念其恩，爲翁立碑於長崎皓臺寺。

※中華本附錄一引梁啓超氏之朱舜水先生年譜中，述陳入德部份有誤，謹訂正如下：

(1)六七六頁、四行中間「又案：完翁姓名待考，書中稱貴國，知其必為日本人」等語，朱舜水致完翁書中所以稱「貴國」者，乃以其歸化日本之故，完翁實為明朝人士也。

(2)六九九頁、九行「所謂「與穎川齟齬」者，其人或是陳元贇」等語，穎川者陳入德也。陳元贇另有其人，請參閱本附錄第六。

(3)一九五三年，梁容若著「讀梁任公著朱舜水年譜」已考出完翁乃歸化明人陳入德。

二 心越禪師

心越（一六三九～一六九五）名興儔，號東皐，浙江省金華府浦江縣人，俗姓蔣，父興孝，母陳氏。八歲時值清軍攻下紹興，圍金華，故潛離家鄉奔蘇州，並出家於報恩寺，後修行往來於江蘇、浙江之間，三十歲師事杭州府皐亭山顯孝禪寺之淵堂大文禪師，三十三歲入杭州靈隱山永福寺。

一六七六年（清康熙十五年、日本延寶四年）三十八歲應長崎黃檗宗興福寺澄一禪師之召，由杭州渡日本，其間船遇風浪，歷經數月始登陸薩摩（今日本鹿兒島縣），翌年元月入長崎興福寺。

一六七九年、四十一歲，適値朱舜水之孫朱毓仁渡航長崎擬赴江戶探舜水，礙於鎖國深嚴，毓仁未得如願，水戶藩主德川光國乃遣其儒臣今井弘濟（今井小四郎）抵長崎傳遞舜水消息。是年四月心越曾在長崎與今井面談，今井曾允諫其赴水戶受聘一事，十二月由長崎乘船抵大阪並赴京都宇治萬福寺晉謁當寺二代住持木菴禪師，翌年五月返回長崎。

一六八一年（清康熙二十年、日本天和元年）由長崎赴江戶，七月抵水戶家駒込別邸。除與今井重逢外，並與年屆八旬之朱舜水相見，舜水與心越同爲反淸復明志士，異地相逢，彼此喜悅之情，莫可名狀，舜水並曾詢及昔日故鄉情景及家人消息。又一儒一僧得於江戶之水戶藩別邸相逢，實乃德川光國巧思之安排也。

一六八二年（清康熙二十一年、日本天和二年）四月，朱舜水逝世之際，心越曾賦一詩悼其痛失長輩之心境，曰：「悼聞鄰封耆儒舜水朱君，壽屆丈朝有三，忽於初夏十有七日，頓爾逝世，越忝梓里，幸得遇於江府，雖然萍水相逢，亦可聚譚故園風味。痛茲永別，豈無慟乎，聊賦俚句一章，以識感懷耳。」其詩曰：

驀地相逢喜故知，死歸生寄不須疑，
憐君只是孤身客，事到頭來我亦悲。

一六八八年（清康熙二十七年、日本元祿元年）五十歲，德川光國命弘法大師作木像觀世音贈之祝壽，心越亦畫「涅槃圖」贈與德川光國之母靖定夫人。一六九五年（清康熙三十四年、日本元祿八年）逝世於水戶，享年五十七歲。

三　逸然性融

逸然（一六〇一～一六六八）法諱性融、性會、獨融，俗姓李，浙江省杭州府錢塘縣人，明萬曆二十九年生，一六四一年（明崇禎十四年、日本寬永十八年）四十一歲，以藥商渡航長崎，一六四四年歸依明僧默子如定，並出家於長崎興福寺。翌年默子退隱後，繼任該寺第三代住持。

一六五二年（明永曆六年、日本承應元年）逸然曾與長崎唐通事及渡日明僧十餘名，聯名致函福建黃檗寺，邀請該寺高僧隱元隆琦渡日，前後共發四函，歷時三年，終獲隱元首肯渡日。隱元一行二十餘人於一六五四年（明永曆八年、日本承應三年）七月渡日，厥功至偉。

朱舜水寓居長崎期間，與逸然交往甚密，兩人並有書信往來。朱舜水初抵長崎之際，逸然曾爲其居留一事，與安東省菴商議協助。一六六八年（清康熙七年、日本寬文八年）逝世長崎，享年六十八歲。

逸然善畫，尤精佛畫。日人渡邊秀實『長崎畫人傳』中曾稱逸然爲「唐繪」之祖。其日人弟子有河村若之、渡邊秀石等。（悅心『東渡僧寶傳』、『黃檗文化人名辭典』）

四　澄一道亮

澄一（一六〇八～一六九二），法諱道亮，俗姓陳，浙江省杭州府錢塘縣人，生於明萬曆三十六年，夙抱出家之志，遂入禪門。一六五三年（明永曆七年、日本承應二年）渡航日本入長崎興福寺追隨逸然禪師。一六五六年擢爲興福寺中興第二代住持，翌年赴大阪普門寺訪隱元隆琦。

一六六三年（清康熙二年、日本寬文三年）三月，長崎發生大火災，興福寺除觀音堂、鐘樓外，被炬殆盡。大雄寶殿於一六六七年始在澄一策劃下重建完竣。另於一六七四年復建永興院，一六八六年築永興庵並爲開基後功成身退，將住持讓位於明僧悅峰禪師。一六九一年（清康熙三十年、日本元祿四年）逝世長崎，享年八十五歲。

朱舜水寓居長崎期間，經常往來興福寺，並曾受澄一禪師之經濟援助。澄一禪師另有儒醫之稱，博學、精醫道，曾爲多位在日禪師施醫施藥。其門人有石原鼎庵、上野玄貞及今井弘濟等。（悅心『東渡僧寶傳』）

五　化林性偀

化林（一五九六—一六六七），法諱性偀、性合，福建省福州府三山人，生於明萬曆二十四年。幼卽聰明穎悟，後以醫爲業。永曆二年因亂曾匿於支提山，永曆六年出家，並於一六六一年（明永曆十五年、日本寬文元年）秋與鶴博海天禪師渡航長崎入崇福寺，追隨卽非禪師。同年十一月適値隱元禪師七十大壽，化林曾代卽非登京都宇治萬福寺爲其祝壽。一六六三年八月卽非上京都萬福寺後，代監崇福寺五年。一六六五年，小倉（今日本福岡縣北九州市）之黃檗宗福聚寺竣工，卽非晉山開法之際，化林曾與獨立、獨健往賀。時朱舜水正於長崎決定應水戶德川光國之聘前往講學，因行期卽在，無朝會晤，舜水曾致書化林，表示悵然之慨，後化林亦曾致書朱舜水感謝昔日教導之恩。一六六七年（清康熙六年、日本寬文七年）六月逝世於長崎崇福寺，享年七十二歲。（『黃檗文化人名辭典』）

六　陳元贇

明人渡日影響日本文化至爲深遠，其中以朱舜水爲最，其次當推黃檗高僧隱元隆琦與陳元贇。隱元於一六五四年（明永曆八年、清順治十一年、日本承應三年）獲江戶幕府之許，應長崎興福寺之邀，毅然渡日並獲幕府賜地，創建黃檗萬福寺於京都宇治市，發揚中國之建築、雕刻、書法、繪畫、醫術於日本，黃檗文化更給當時日本佛教界帶來極大的震憾。

陳元贇原名珦，字義都、士昇，有芝山、虎魄道人、瀛壺逸史、菊秀軒、既白山人等別號及筆名。其出身地，衆說紛紜，但其曾有「大明國虎林既白山人」之署名，生於明萬曆十五年，早朱舜水十三歲。陳元贇通經史、多才藝，曾入河南登封山少林寺習武術及製陶術，喜老、莊之學。崇禎年間屢應科舉不第，復逢國亂，遂附商船渡日，初寓長崎，以授書法自給，後入日本內地，與當時各地儒者飲酒唱詩，遂結識日本聞名詩人元政，兩人彙其平生所唱之詩爲元元唱和集行世。元贇後定居日本名古屋，受聘爲尾張藩儒官，傳授書法、武術及雜藝予日人。

觀中華本朱舜水集中，其致陳元贇之書簡僅一（載於卷四、五四頁）而已，兩人有無進一步交往，尙無可考。惟朱舜水出身儒家，闡揚朱子學理，爲一醇儒，陳元贇醉心老、莊，係道家信徒，彼此交往或止於此。

一六七一年（明永曆二十五年、清康熙十年、日本寬文十一年）六月，元贇逝世於名古屋寓所，享年八十五歲。其平生以武術影響日本最大。（日人小松原濤著有『陳元贇の研究』於一九七二年出版。）

七　張　斐

張斐，號霞池又稱客星山人，明末浙江省餘姚縣人，卽與朱舜水同鄉也。斐學問淵博，不治章句，工書、善詩文（尤以飛白詩爲巧）。性磊落，有奇節。一六八六年（清康熙二十五年、日本貞享三年）（卽舜水逝世後第五年），與舜水孫朱毓仁、外親姚仁同渡長崎。二人薦其學德於義公（德川光國），公乃遣使臣大串子平（元善）等見之。斐云：「放廢之夫非求用於貴國，心中之事欲一謁尊王而後決留者。」俟命久之未得其報而歸。其所謂尊王者卽指義公也。明年再來時，日本之制已不許納外客，文恭之事固屬異數，雖以公之好賢，不得再開大禁也。遷延月餘，斐終悵然而去。初其在長崎，大串子平察其有大志，從容問訊，遂得其實。蓋斐欲再造明室所奉定王者，崇禎第三皇子也。北京之陷也年甫六歲，明室遺臣劉力調護，長于流離播遷之間，既生三子，時清既滅朱氏，剗除強梗州縣漸定。斐遊覽四方而陰結有志之士，適慕義公之義，遂航海渡日。其志欲藉公之威靈而雪國恥也。其復子平書有言曰：「夏有一成已賴斟鄩之定亂，楚雖三戶欲效包胥之乞師。」卽而斐使其友前兵部侍郎湯來賀作公六十壽序以呈，來賀不食清粟而隱者也。未幾任邃菴元衡者又來長崎二次，亦求見於公，乃與子平道其情，遂遺書今井將興云値中土世衰，腥淪九鼎，幸白水尚存，爰整一旅卒士皆仇，無他邦之可泣，仰瞻隣德思繼絕之可施，是以三涉危波，念舊得之難忘，必欲報以國士兩受大命慙爲使之多愆，實難效包胥。元衡，斐之外姻也。由是觀之則斐之義足以感其親戚朋友，而其所以各致命於其主者可知也。已當是之時，義公之名遠播于海外，西土之人多知文恭之見優禮，故來獻詩或文衒技，以求售者，靡靡皆是。至斐則不然，其言曰：「原弟來意所眷戀而不能忘。唯上公能開一面之網而邀惠于遠人，則留之三四年或五六年無不可者」，然尙有與公並重之人則又不敢倍也。竟老死於此，則是倍之矣。皇天后土實鑒此心，此可以觀其志也。而其至於日，幻學春秋，素秉尊攘之教，長虛歲月，徒爲視息之人，將偕隱以入山，嗟無寸土之乾淨，聊抗懷而踏海，視同尺水之波濤，擊楫而誓澄清。歎乘流之祖狄席帽而歷險阻，傷去國之管寧袖七而入關身脫虎狼之地。提椎而潛下邳涙濕犬羊之天，則悲壯激烈忠憤之氣，洋溢於言表，使讀者擊節興起。概然想見其拊膺切齒之狀，豈非古所謂廉頑立懦者耶。斐卽齋志而去，元衡亦不獲命，可勝嘆也哉。元衡之歸也，公厚賜之，且贈斐以白鏹，後無知其消息。公每談及斐之事，愀然不樂，侍臣亦不忍言此，以沒，公之世云，近時或傳斐死節，余以爲斐決非徒死者，其言或信，然頑民之稱，周時已有，況於滿清乎！若其先死山林乎！名固當湮滅果舉義以殺其身乎，清其必加以賊名，其赤心忠國之志，孰能發揚而傳之，獨義公之德有以感其景仰之念，而子平之才能盡其情甚，然後斐之文得長存于神州，而皓皓名節與延平、文恭俱不朽也。蓋明之將亡倒戈，內向屈膝事仇者如洪承疇、錢謙益輩，身非不富貴，然乾隆主論謙益以爲非人類也，則爲之子孫者將無所容身於天地間也。異時西土或明氏遺事有志于實錄而得之神州，以旌表朱、張之義，則其裔亦將有餘榮也。嗚呼！自當時而言之，則斐之不幸固可爲痛恨，自今日而觀之，則其爲不幸之幸也。亦大矣。蓋天之所覆地無東西，苟氣類之相感各有其人不應於彼則必應於此易。所謂鳴鶴在陰，其子和之者，其事之奇固不足以爲奇。然使斐不困厄而激，則其言之傳不可得而保也。抑天之降命其意何在，其亦得不謂之奇哉。余偉斐之節，遂愛其書，我彰考舘所藏有非文遺墨三卷及筆語等，其文其詩可傳者甚多矣。元衡亦善書，惜其文不多傳，余嘗欲整理斐之詩文刻以繼文恭集之後，未及請之，今玆子有吉君模勒其飛白書及文一篇而公于世。余喜其舉，乃記其來由以贈且廣其傳。（張斐『莽蒼園文稿』附錄，水戶宇佐美充書）

八　何可遠（何仁右衛門）

何可遠，諱兆晉，號心聲子，可遠爲其字，生年未詳。爲何高材（福建省福州府福清縣人，一六二八年渡日）之長子。據『譯司統譜』，何可遠於一六五八年（明永曆十二年、日本萬治元年）被拔擢爲唐通事，日本名爲何仁右衛門。一六六五年（明永曆十九年、日本寬文五年）六月，朱舜水應德川光國招聘之際，何可遠卽由長崎隨行傳譯，護送舜水至江戶。舜水書簡中稱「何可侯」者，卽何可遠也。一六八六年（淸康熙二十五年、日本貞享三年）三月逝世，享年未詳。（宮田安『唐通事家系論考』）

九　劉東閣

名宣義，字耀哲，號東閣，一號淸軒，通稱仁左衛門，長崎人。

東閣其先世明之閩人，所謂彭城劉氏者也。彭城國訓讀伊婆羅喜，故以彭城爲氏矣。世宗嘉靖中，劉有恒始來於日本，寓于肥前平戶是爲始祖。至父宣承，初移居長崎，以醫爲業。東閣自幼肄之，不屑方技，十二三歲日誦萬言，以神童稱。

東閣天資明敏，博洽自喜，最善華音，方言土語無不通曉。歲十八，鎭臺擢爲清館譯司。承應三年（明永曆八年、一六五四年）抗人僧隱元應聘到于長崎，留錫東明山興福寺，翌年入都。東閣以譯被選從行，時歲二十三。

譯、易也，傳譯也。五方之民，言語不通、嗜欲不同，達其意、通其欲，東方曰寄、南方曰象、西方曰狄鞮、北方曰譯，今皆概曰譯。所以交通言語，傳譯彼此也。蓋彼之通此也又遠矣。故置玄蕃寮、設鴻臚館。象胥之官，譯語之員，不一而足。及海內多事，治教不張，航海稍少，通詞之舉幾乎屛熄。慶長（明萬曆二十四年、一五九六年）以降華蕃賈舶更入崎港，互市百物交易有無，彼此便之。先是華蕃各隨其便，商販各港。寬永十二年（明崇禎八年、一六三五年），宦定程格華蕃來舶限於崎港，不許著其他，於是通詞之設，日盛月昌。初鎭臺小笠原長理始舉明人少來寓于崎，能通日本言語者二人。號曰通詞，或作通事。雖其職不素貴，居之者非精通方言、諳熟雅俗，則不能傳制度、述法憲、纖悉公私、明徹利害、處用供事矣。東閣自少壯蚤居此職，四十餘年無一過失，子孫襲職至今。

長崎之地設鎭臺一員管轄諸務，慶長中以天草侯寺澤廣高補之，寬永中增一員，貞享中又增一員。在其任者，不有節鉞淹三年之久，上下不甚便之。元祿中又增二員，至享保中罷之。

東閣嘗上封事，陳利害論得失。雖其事不行于當時，以鎭臺二員，隔年代治通詞分大小，供應待爲處置之類，永爲後世之制，至今不廢，識者韙之。

東閣雖躬居譯司，以長於文學，前後鎭臺臨於此者，無不崇重之。牛込蔭鎭尤服其才識，遇待殊厚。當是時林道榮以墨池技聞，嘗與東閣陪宴於便殿，偶分杜詩東閣官梅句以爲韻，東閣自是而後，以其所得爲號，故道榮號官梅。

東閣至中年後家最豐饒，富侔王侯。雖素封之富商致巨萬者，莫與之抗匹者。長崎闔鄉之人，皆盡榮羨之。

東閣學主濂、洛而不專守之。常謂門人云：「學問之要，自漢、唐至元、明，不出於六件。一曰立本識原、二曰踐履躬行、三曰文理穩當、四曰明晰字義、五曰達練古今、六曰取舍長短。」

東閣歲六十三，以元祿八年（清康熙三十四年、一六九五年）沒。向者長崎人僧一圭者東到屢訪余，談及向井靈蘭、盧草拙、林道榮暨東閣等諸家，頗能識先輩名氏。嘗爲余贈書來梓之所知。搜索事歷，寫致其墓誌碑碣，既皆記之。原稿罹火，一圭歸道山，今追懷之，無可再問者。

男善聰字士明，號素軒。襲職大通詞。余閱大田南畝、瓊浦遺佩引長崎猶林公極橙園雜錄，其書載善聰詩文數首，今鈔其二首。詠雪云：「四山光似新磨鏡，大地清如舊染塵。設使人心同此景，世間何有穢腸人。」詹梅花云：「依花不忍離花杯，數點分香插滿頭。踏雪歸來

草堂晚，傍人笑殺老風流。」皆清逸可誦。（『先哲叢談』續編、卷之二）

十　林道榮

名應采，字欵雲，號墨癡老人，通稱道榮，長崎人。

道榮家世長崎人，以醫行於里閭。及道榮好學，修洛、閩說，精通性理，又好臨池技，篆、隸、行、草無體不善。善書之名，喧傳遠邇。當時日本所謂書家者流，未知臨摹之法、運筆之訣。若大虛菴光悅、松花堂昭乘輩，雖能摹趙松雪，未能免國樣者。道榮嘗得文衡山、董華亭之眞蹟，始識運筆懸腕之事。又與北島雪山講習六書學。日本知六書學者，實始于此。高天漪、池永道雲、佐玄龍、細井廣澤等皆由是而興起。

道榮自幼聰慧，十二三歲讀書惟務，一目五行，諳誦上口。嘗慕林羅山之爲人，自號蘿山，鄉隣之人皆呼以林蘿山。

寬文三年（清康熙二年、一六六三年）鄉舉爲清館大通事，時歲二十四，尤精象胥，博覽於雜記、演史、小說話本，通曉明、清之典詁、官制、俚語，日本之人所未曾有也。

淸人周銘字勒山，浙江人，蓋落第家居，尤善詩詞。嘗從商舶來于崎港，寄寓二年。屢與道榮交歡，稱爲海東之第一奇才。

朱舜水寓于崎時，適作報國藩（鄭成功）及答定西侯張侯老書二通。舊在病蓐，不能搦管。舟行甚迫，日日促報，或有言道榮能作小楷者，乃延致之，使代書之，卽濡毫疾書。舜水稱其筆跡以氣度冲融，兎起鶻落，筆不可撮，如小王令家法，益知其國器。其事見于舜水文集，實非虛稱。今按道榮應其索代書，在于承應元年（明永曆六年、一六五二年），是時歲十三，其妙齡夙成可以想知其不凡。

道榮告舜水曰：「居此地而讀書，猶奏雅樂於重譯，表龍章於裸壤，家貧不能作業，如學資何？」舜水慰諭之曰：「諺云，孳孳力田必將逢歲，但患不讀書，不患讀書無所用也。吾子其勉焉」。道榮感發此一言，遂成一家，後每教導子弟，以此言爲標準。

萬治中，鎭臺妻木定兼（彥右衞門）任滿而將東還，道榮從之到江戶，寓其邸舍。無幾，名聲大起，請業者衆，他州之士講業於都下者，無與之比。遂爲忌刻，毀譽相半，至有將竊害之者，不得已而辭去。

道榮歸鄉之後，聲價益高。大村侯純賴特禮遇道榮，侯之封境接連崎，南而近矣，故賜之雄浦地數百畝，以爲養老之資，後傳之子孫不變。

高天漪亦在崎時，以書名顯。其業與道榮相鴈行，時人稱爲「二妙」。遠邇請其揮毫者，靡靡不已，獲其一紙者不啻珍寶。

道榮長於天漪九歲，常揚譽之以爲不及，稱歎贊襄無所不至。天漪亦能兄事之，不若今時之人，互有猜忌抑屈之志。相迭遜讓，至其晚暮終始不變。百年以前，文藝之士敦厚之風可以欽慕。

鎭臺牛込蔭鎭招致道榮，遇待不薄。一日置酒，與劉東閣陪侍其坐，偶分杜詩東閣官梅句賦詩，卽應聲云：「鎭臺明府賞官梅，梅蕋枝枝春氣催。不學餘香衣袂着，醉恩深似訪花回。」蔭鎭賞歎不已，其詩播聞治下，由是時人呼官梅氏，後遂改氏官梅。

道榮曰：「以我邦人運筆，學晉、唐名人遺蹟，猶如鈍刀雕木，僅得形似，去其眞也遠矣。豈非徒勞乎？然知之者尠矣！臨書之法，與唐山異同不一。其小者姑置之，大者有五：一曰昒眦不正、二曰筆毛不軟、三曰楮紙強硜、四曰案卑瘦𤸷、五曰體不寬洪。

雨森芳洲橘窗茶話云：「林道榮喜讀王世貞詩學活法，自幼至老，一生不廢。彼乃一時聞人，長於詩者。自漢、魏、六朝至唐、宋諸家，莫不偏索而熟習焉。然少有閒隙，則必手之不釋，此則有深意，在日本之人，則當學之以爲法。蓋元祿以前，書籍之不可多獲，可以知之，近時舶來漸漸繁夥，不論類書叢記，人易得購之，而有不熟讀一書者。古人云，瀏覽萬卷，不若精通一卷，信知言也。」芳洲此言爲道榮發，諭其子弟使著眼於此，亦信知言也。

寶永五年（清康熙四十七年、一七〇八年）十二月廿二日沒，享年六十九歲。著有江戶紀行一卷、小學巵言二卷、海外異聞錄六卷、東閣吟草一卷、墨癡存稿十二卷。又門人所雕刻墨本有杏僊帖、四體千文等數種。（『先哲叢談』續編、卷之四）

十一　獨立（戴曼公）

名笠，字曼公，號荷鋤人，明杭州人。

曼公其先世居山陰會稽，晉安道之後也。及祖某始移杭州。父名敬橋，官銓部。母陳氏，六產生雙男，曼公其季也。以神宗萬曆二十四年丙申二月十九日，生於杭州仁和縣。

曼公手澤本東坡詩集注，於先輩源益卿（名謙，號冠山，通稱小笠原仲，小倉侯世臣）許。每卷有三印，一曰戴觀胤，字子辰、二曰荷鉏人、三曰戴笠印，由是觀之，初名觀胤，字子辰。又按朱彝尊所記，中更名鼎立、字則之。蓋戴笠之名，因姓命名者。及晚年爲僧，名性易，字獨立，號天外戴笠人，又有就菴、天外老人、獨立一閒人、惕芳等之諸號，皆見于其遺墨印章。

朱彝尊靜思居詩話云，戴笠初名鼎立，字則之，後改今名，更字耘野、又字曼公，吳江人。縣學生曼公，谷隱巖耕不入城府。句如「愁邊細雨孤舟遠，夢裏青山故國春。夜雨聲中流水急，東風陌上野花開。眠鳧夢裏誰家地，啼鴂聲中故國秋。」大有孤山處士遺韻。又明詩綜載偶作一首云「老大徒傷事事非，三年客裏故山違。涼風動地迷衰草，白露逢人透葛衣。江漢數行鴻鴈斷，天涯幾個友朋歸？凭闌盡日思佳句，西北遙瞻是落暉。」

清聖祖佩文齋書譜云「戴笠字曼公，杭州人。博學能詩，兼工篆隸。崇禎中從番禺人乘桴入海，後不知其所終。」

清高宗四庫全書提要（史部四十九紀事本末類）云「永陵傳信錄六卷明戴笠撰。笠字耘野，吳江人。是書用紀事本末之體。一曰興獻大禮、一曰更定郊祀、一曰欽明大獄、一曰二張之獄、一日曾夏之獄、一日經略和寇。事各爲卷，皆敍而後斷。其論河套事謂爲難效之功。幸觸犯上怒，其事中止，不然請兵轉餉，工役騷擾，禍患將有大於此者云。則自宋儒者因循苟且之見，所以終明之世，無一日無邊患也。按高宗命諸臣詳論古今典籍之醇疵，務破門戶之見，無所好惡。以其精核者，收入于文淵閣著錄，其蕪雜者，附之存目中。而以曼公遺編入著錄，其學術之醇正可以知矣。

朱禎桐鄉縣志云「戴笠字曼公，杭州人。博學能詩，兼工篆隸。不欲以儒術顯，乃潛究素問難經諸書，懸壺濮里。崇禎中楚、蜀擾亂，公慨然曰：『此非君子避世時耶？』遂從番禺人乘桴入海，後不知所終。」今按諸書所云「曼公在於明季，聲名著聞，未至耳順，遭鼎革之變。會僧隱元東渡，俄薙髮從行之。其舉出於不得已，實非信服釋教者，不然則何能得收載諸家書如此乎？」

曼公天資穎悟，過目成誦，幼肄舉子之業，早登黌舍，而不喜時習八股之文。歲廿五罹府城火災，又遭魏豎亂於朝政，竟棄呫嗶，放游西湖，欣領山水。比歲三十，未專志韻語，一日諸友使逼作詩，卽應聲云：「我來溪頭坐，溪月我留宿。晴景十分清，江山競俊秀。」衆皆驚畏之。自是以後，寄情聲律，長篇巨作下筆立成。藻思涌出，清新自然，洗脫糟粕，不襲陳語，竟以歌詩名於時。

曼公歲向五十，天下騷擾，滿眼虜塵，不勝慘憤，乃往長水之語溪，晦養踪跡。時有粵人招致曼公，乘桴浮海，快滌煩襟者。癸巳上春發帆，三月直著崎港。是爲承應二年（明永曆七年、一六五三年）鎭臺橘正述（甲斐庄喜右衛門）請淹留於此，馳書上乞。曼公在崎一年而辭歸，是爲踏海之啓行矣。翌年甲午七月僧隱元應徵聘東渡，將大振揚黃檗宗旨於日本，徧求堪書記之任者。曼公歎曰「將至耳順，命有幾何？矢心脫白，以畢殘喘。」狀求出家，乃歸之薙髮，卽臘月八日也。

僧隆琦字隱元，姓林氏，明之福建省福州人。父名德龍，母龔氏，爲八閩之望族。以明曆元年（明永曆九年、一六五五年）八月東渡後開山於洛南兎道（今京都宇治市）曰黃檗萬福禪寺。曼公從行之，專掌書記文翰之事。時歲六十，嘗謂高玄岱曰：「棄儒歸釋，酬同一世，風光磊落，山容𨅬踵，雙袌殊可哂。」而無與可語者，青天白梦之同塵也。獨事宏覽，並擔儒釋，世人稱爲覺範之流亞。

萬治元年（明永曆十二年、一六五八年）九月從隱元朝參江戶，當是時貴紳高官見曼公者，莫不嘆慕。執政河越侯信綱（松平伊豆守）、參政臨江侯正次（三浦志摩守）皆欲請住于此。事沮不果，無幾歸崎。三年再東，住幻奇山居三年歸。寬文三年（清康熙二年、一六六三年）三月八日，崎港大火罹災。自是而後，居不擇地，無礙其緣。文墨之外，又以精于方技，活潑施藥，起廢愈痼，不知其數，其所到以神醫請治者甚衆。

曼公常謂術同道廣，治不視方，濟人及物，內外本行，應機臨變，儒釋活路，方技又然，最長痘科。

曼公書法出於長州王寵履吉，正鋒逼古，故獲其片紙隻字者，珍而重之，猶文、董之遺墨，不啻洪璧。曼公以其法，傳之於北島雪山及高天漪。雪山傳之於細井廣澤，天漪傳之男頤齋，頤齋傳之於澤田東江。而後澤田東江雖有異論，至其執管五法，把筆三腕，撥鐙等說，皆淵源於曼公之所授受。且用水筆麝墨，日本先是無嘗知之者，又流漫於曼公之所教示。

曼公在于崎時，其孫二人代父搜索行趾，聞祖父寓于日本，竊托賈舶來見。曼公絕意來梓不還，自著一篇文，名曰有樵別緒自剡分宗記。

曼公壯遭代革之運，老處倫理之變，睽離妻子，晦跡異域，人世之不幸也。而從容自得，似不經思者，非涵養之有素，豈得如此乎！

讀曼公天外老人集鈔二卷知其學術主於洛閩，文章經藝固不讓朱舜水。高天漪編集獨立全集，將刻布之，稿本罹火，散佚既舊。其言見于源良弼者所撰獨立髮齒碑，極知天漪家，更無副本，而其鈔之者，不詳何人所爲，蓋係于天漪門人所手寫者。

曼公勢不得已，雖入釋氏，忠憤義烈，足昭映於後世。而其高情逸想，播於聲詩者，不一而足，近時得西湖懷感三十韻。

寬文五年（清康熙四年、一六六五年）三月僧雪峯（名如一，字即非，浙江紹興縣人）東渡，無幾開山於豐後州廣壽。遙東曼公，虛坐以待。時曼公在宇治，輒翻然往不憚餘喘，操觚之任，勤勞不息。雪峯感其志，特就山中，造營精舍，以爲憩息之所。曼公寓此，自扁曰「白雲室」。

曼公隨從隱元總七年，後辭歸崎港，寓于興福寺，或居福濟寺、或寓廣壽，而數省覲隱元不減其初。寛文十二年（清康熙十一年、一六七二年）八月省于兎道而還途中病起，平時健啖猶壯年，至此飲食稍減，衆皆勸服藥，不肯，曰：「報身非病，何藥餌之爲？」倒臥匡牀，吟誦自若，一朝忽起，索筆書云「鑿鑿塵塵傍門郤，不忘殘夢繞空軒。咄！任陀凍折梅花影，接却江南白玉魂。」題罷溘然而逝，容貌如生，衆皆驚異，時寛文十二年十一月六日也。享年七十七歲。葬於京都宇治黄檗山萬福寺。

曼公著述極多，皆散佚不可知。僅知其書目者，永陵傳信錄六卷。流寇編年錄、殉國彙編二書未詳。卷數皆在中國所著也，一峯雙詠二卷、有樵別緒記一卷、就菴獨語三卷。來此後所著天外老人全集十五卷。門人高玄岱所編輯，既佚。（『先哲叢談』續編、卷之一）

獨立臨終之前猶致書朱舜水，渠留寓日本凡十九年，對中日民族文化交流之貢獻，功不可沒。

B　日本人部份

一　栗山潛鋒

名愿、一名成信，字伯成，號潛鋒，通稱源助，平安人。仕于水府，曾從朱舜水學。潛鋒長澤氏，有故改栗山氏，父良節，以儒術仕于淀侯憲之。侯好著述，常使良節筆記之。良節與鵜飼石齋、來名松雲友善，故使潛鋒從遊松雲，受業於門。

貞享中（一六八四～一六八七）八條王（彈正尹二品尙仁親王）好學愛士，招致儒生。石齋男鍊齋，既曳裾王門，屢談當時之人物，竊薦潛鋒，王喜徵之，時歲十五。

潛鋒好讀國史，常慨歎保元以降建久之時，綱紀解弛，政柄移於武將。嘗錄白河帝卽位而還三十年間，事之最大者數條，名曰保建大記上之王府。擬體裁於范祖禹唐鑑，取旨趣於朱文公綱目。其政事得失，人物淑慝，一一舉之，斷以古義，評論是非。其意以謂，詳審亂幾之所起，而昭示鑑戒於後世。其議論正確，文章富瞻，讀之者服其卓識，時歲十八。

潛鋒陪從松雲，看花郊外，歸則未替衣裳，據梧讀書，而惜寸陰。松雲有老僕，竊偵知之，常勸他弟子，使專從事於經史，特舉此事以爲警戒，遂有能成就學業者數人云。

元祿元年（淸康熙二十七年、一六八八年）八條王薨，故退居柳馬場，講說授徒，而多不與時好合。或非笑之曰：「拙於處世」，潛鋒聞曰：「以拙命我甚當矣，吾與其小巧也，寧爲大拙矣！」因自號大拙生。

歲二十三始遊江戶，是爲元祿六年癸酉。先是水府設彰考館，編修國史，招致文學之士。鵜飼鍊齋既仕于此，預修史事。因薦舉潛鋒，受俸三十口爲侍史，後累遷至史官總裁，府最重此職。與三宅觀瀾、安積澹泊分局編纂，二人常謂才識不遠及于此。不幸雖不至四十，編纂之任、檢討之擇，其力最多焉。

潛鋒留志於日本中世以降諸家記傳，收集異書，訪搜珍籍，自所謄寫六十有餘種。嘗欲倣明人毛晉汲古閣，彙集叢書，而校刊津逮秘書之舉，校訂未全而早世。近時瞽者塙保喜乙，天資強記，得讀於傍聞，博識典詁，旁通群籍。嘗惜日本中世以降，遺編餘錄就於散佚。校訂千二百七十三部，題曰群書類聚，刊行於世。後進受其賜，其功甚偉。然其所創意，因潛鋒之所首唱云。

義公捐館舍，肅公命潛鋒暨中村篁溪掌殯葬之諸儀。公謂二人曰：「寡人欲諡先公以義，如何？」二人對曰：「諡法制事合宜曰義，見義能終曰義，君公之言極是也。」於是諡議竟定焉。

肅公使潛鋒及篁溪、酒泉竹軒、澹泊撰義公行實。四人相議草創，討論精覈，編成上之，潤色皆潛鋒之筆也。澹泊長於潛鋒十五歲，畏友視之，嘆賞曰：「行實之文，不能增損一字矣！」

潛鋒生而羸弱，若不勝衣。質性明敏，精力過絕於人。常以博通爲專務，每月讀新五代史或讀唐鑑循環不罷。

寶永三年（清康熙四十五年、一七〇六年）四月七日病瘵而沒，歲三十七。葬於駒籠龍光寺。養弟敦恒字平藏爲嗣襲祿。敦恒又有學行，編修參考源平盛衰記等，亦早沒，無子嗣絕。

潛鋒所著保元大記二卷、神功皇后論一卷、義公行實一卷、弊帚文集六卷、雜著十卷，皆傳于家。文集雜著，後罹火災。敦恒嘗輯錄燼餘文數篇於諸書中，爲二卷曰弊帚遺集。（『先哲叢談』續編、卷之二）

二　佐佐十竹

名宗淳，字子朴，號十竹齋，通稱助三郎，讚岐人，仕于水府。

十竹姓良岑氏，丹羽，其世系出於大納言安世，其孫玄理，初居于尾張丹羽邑，十三世孫時綱以邑命氏移居前野稱加賀者，始出仕于岩倉城主織田信安，娶佐佐成政姊，生備前。備前冒母氏，仕于肥後侯加藤清正暨其子忠廣，後仕于高松侯生駒高俊，高俊封除，寄寓織田出雲守高長，其子義齊生七男，十竹其第五子也。義齊從備前去高松，寬永十七年（明崇禎十三年、一六四〇年）五月五日，泊讚岐一小島，而產十竹於此，故幼名島之助。

義齊以多男兒，使十竹爲僧，歲十五投洛下妙心寺，薙髮號祖淳，又參黃檗普照國師，禪機超格無與比者，歲二十讀畢藏經全函，又往來於南都北嶺高野槇峯等之諸大刹，遍訪名僧，質問宗旨，研學百端，無所不到，最後隱居于多武峯，持律清苦，講究教宗，嘗著六物輯釋六卷，刊行于世，緇徒皆敬服之。

十竹博涉內典，無所不通，一日讀梵網經至曰：「殺父母兄弟六親，亦不能報讐，遽然廢卷，謂我今有父母兄弟，不幸有死非命，雖入浮屠，豈不報讐乎！且我數葉武弁，儻有仇讐，未嘗不報，而恬不以怪，豈人情乎！」於是發疑似於宗旨，竊有厭薄佛說之意。又讀論語，子路問鬼神章，參考衆說，忽然省知生死之理，遂著立志論一篇，毀破衣鉢，謝絕其徒，蓄髮而還俗，時歲三十八。

十竹既決意還俗，無所投身猶在寺院，僧侶或不肯之，告狀於院長，將放逐之。衆議一決，十竹大憤，鳴鐘擊板，招致滿山緇流，不論來門道衆支院上足僧侶盡集，悍然曰：「我蚤信三乘歸依之，今始識佛說之爲妄誕，故將還俗。」敢布腹心，道衆上足皆驚駭之，詰問盤言，紛然而起，諠譁呶叨，誚責不息。十竹毫無所屈，讜論辨晰，衆皆慌然而去。

十竹蓄髮之後，負笈擔簦，東到江戶，其出京詩云「誤入空門二十秋，改衣此日赴東州。功名富貴非吾願，學業不成死不休。」水府義公傳聞壯之，辟爲近習，賜十口糧，後從朱舜水學。

十竹祿仕之後，奉命歷涉四方，訪搜日本中世之遺書，神祠佛閣之所藏，世官舊家之所弆，其所獲者最多矣。後屢加增至祿二百石，遂累遷彰考館編修國史總裁。及義公老於西山，世子鳳山公嗣擢爲扈從長，眷遇殊厚矣。

十竹於元祿十一年（清康熙三十七年、一六九八年）六月逝世於水戶，享年五十九歲。著有南行雜錄六卷、西行雜錄四卷、輶軒小錄三卷、十竹齋文集十卷、詩稿二卷。（『先哲叢談』續編、卷之二）

三　田止邱

名犀，字一角，號止邱子，通稱理助，田中氏自修爲田平安人，仕于水府。

止邱六歲喪父，十一歲與兄同仕于小濱侯忠勝（從四位下少將酒井讚岐守）赴若狹，承應元年（明永曆六年、一六五二年）依侯命到江戶，受業於林羅山，學術既成，擢爲儒員，寬文四年（清康熙三年、一六六四年）以母病致仕歸京撫養之。無幾母沒，丁未之歲再到江戶，因辻端亭（名隆，字聊廸，京師人）推薦，釋褐於水府儒官，受祿百五十石，後預編修國史。

自少壯時，留志史學，環讀史漢數十回，及其筮仕水府，講究日本典詁精通六史，有質問者，剖晰疑義，諳記事件，不待引用本書，咨問對尋，些無澁滯，人皆嘆服其強識。

止邱自朱舜水寓於府交情尤密，常慨歎其遭屯難，而所抱負不展於時。舜水亦屢稱止邱達練時勢，有經濟之才幹，舜水答止邱書，自述其履歷。（其書曰：「弊邑遭天不造四海陸沈，僕捐墳墓棄，妻子漂流瑣尾似乎！欲潔其身，然衡之以大倫玷缺素多矣。幸蒙貴國寬仁破格之相容，感戢五中，莫可圖報。乙巳歲猥辱上公招致，孟浪承命，謂鴻河不擇細流，妄冀輕塵足嶽耳。於今四年未有少效，若曰泰山北斗學海廣淵，卽叨獎借之，過夢寐，寧敢自欺。上公謙恭下士，懇惻眞誠，欲邁魏文而駕荊莊，豈彼區區交戍比方萬一，恨僕性執才庸不能隨機通變，空爲後人作話柄耳。台臺學富名高，不意自得晉接於此，幸桃李盡在公門，乃猶斗筲自擬遜彼瑚璉，台臺其亦知斗筲瑚璉之所以異乎！明粢黍稷，舍此莫登則爲瑚璉，逐而不舒隘不能容，則爲斗筲矣。器則藉人而成人，不因器而限，爲貴爲賤皆人之所以自取也。至若輦轂遨遊策名熙代，來弧之初志，父母之夙心，豈有故園空老之理！僕異域飄零，亦不戚戚於此，或者重見天日，庶得展其壯猷，不然荒烟野草，安知埋沒何所。中秋爲知友王侍郎完節之日，慘逾柴市，烈倍文山，僕至其時備懷傷感，終身遂廢此令節，無可爲台臺道者。賤恙纏綿，奉復遲滯，前已面陳或者少逭罪戾，統希鑒炤，不宣。）其人平生以義膽自任，不苟言其國事，而爲止邸吐露胸臆，縷縷不盡，可以視止邸之爲人矣。

安積澹泊初學于止邸，後學于舜水，其人以總裁國史編修，聲名高於世。與物徂徠書中云「田一角，博學洽聞，僕之所兄事未至知命而逝，使此在于今日，董狐之任不讓他人。弊師朱舜水亦常稱其人，天質超倫，以爲不可及矣。才學富瞻，可以想視矣。」

止邸嘗校刻陳壽三國志，先是史記、漢書、後漢書。皆有刊本，未及其他，故將及晉、宋南北諸史，不果而沒，若遣之不夭逝，則必校刊歷代。三國志序中有言云，方今文學之盛，雖多書肆之新刊，而猶待求漢本者不少，而明舶之到崎港也，載書籍者鮮矣。學者病焉。斯書今新刊，延及晉、宋以下，遂鋟歷代諸史，不待求漢本而足。則緗史之業足以免馬牛襟裾之耻，今按三國志刻成在于寬文十年（清康熙九年、一六七〇年），是時歲三十四。

寬文中水府義公，有意編述，始置史局，題曰彰考館，招致海內之俊彥，包羅一時之英才，從事編修，其書數年而成焉。止邸奉公命，作開彰考館記云「夫史者所以記治亂、陳善惡、用勸懲之典者。故在異朝，則班馬以來作者不乏世世繩繩，歷史成堆。本邦自上古及中葉，猶有正史實錄，而昌泰以後，寥寥無聞，可以憾焉。我公嘗嘆之，搆館於別墅，命諸儒臣，廣稽載籍，上自神武，下迄近世，作記立傳，倣班馬之遺風，以選述國史，有年於此，其欲記治亂、陳善惡、用備勸懲之典之志，可以見焉。」是歲彌欲遂其志成其功，移史館於本邸，自擇館名曰彰考，且自書之，揭爲扁額。使傳常矩帆仙效順犀及筆生十許輩，間日入館，以勤其事、加警辭、止爭論、禁囂談、敬書策、起怠惰。又有守館者。有監館事者。有供使令者。有役廝養者，前書庫以便出納。後湯室以設沐浴。運行廚以賜飲食，一月六日別設講筵，使群臣無貴賤來聽焉。可謂嚴而有惠養而且教，如公則君師之道，其庶幾乎！嗚呼！修史者勤而勿懈則可以終編，聽講者信而不倦則可以入德，然則勸懲之典傳萬世，而公之名聲及無窮，聖賢之道洽一家，而群臣之風俗可以化，不亦賀乎！於是公命臣傳等涓吉日，開新館賜盛饌曰：「日已吉矣，館亦新矣，汝等各燕飲而盡歡，以賀有操觚之初，以祝有絕筆之終。」僉拜謝舞踏曰：「詩云，既醉以酒既飽以德，其臣等之謂乎！書云，爲山九仞，功虧一簣，自今而後，彌竭精力，無虧其功，則今日開館之雅會，爲他年竟宴之清遊者必矣。」時寬文十二年（清康熙十一年、一六七二年）仲夏初三日。

止邱嘗嗟嘆世之學士，徒事博洽，不精熟五經，建議請如漢時專門之學，以通一經，公嘉納之，俾諸儒臣分治之。易則人見傳，書則吉弘元常，詩則板垣矩，禮則中村顧言，春秋則止邱。當時史館中，有五經分學記二卷，詳記其始末，止邱訂正之。

止邱少壯之時，嘗與僧獨菴者（名玄光，字幻華，長崎人，居于京，著獨菴護法集）論辨詩律，爲之摧駁，不能抗爭，時人以其酬答文詩爲話柄，後獨菴東遊寓于牛籠長安寺，其徒刊其文詩曰「儒釋筆陣」。其書傳播一時，至鏤版滅爛，再三改雕，又至加標注於其書，刊行於世。余藏一本，其往覆論辨詩律，固無足以稱者，皆不過以驕觜誇其所長，然勇壯銳氣，在張皇文藝，壓倒緇流，其意有可恕者。其事在寬文元年（明永曆十五年、一六六一年）十一月，止邱歲二十八時也。

義公嘗謂止邱曰：「爾向與玄光論詩，而不能勝之何與？」止邱對曰：「臣歲未至三十，學術不熟，為彼屈抑甚堪慙愧，若在今日不敢艱之，何至使彼髡擅其強辨。」公笑曰：「雖彼髡瞑目不徒逡居諸。」

止邱天和二年（清康熙二十一年、一六八二年）八月廿五日病瘵而沒於水府賜第，時歲四十六。所著述極多矣。其稿本盡傳于安積澹泊家，澹泊嗣絕不知其所存特避塵齋文集十卷、止邱子二卷傳于世。（『先哲叢談』續編、卷之二）

四 林春信

林春信又名懿，字孟著，又稱又三郎，以梅洞、勉亭為號，為日本江戶幕府朱子學派大儒林羅山之嫡長孫。林春信生而聰慧，幼即由林羅山親授大學、唐、宋詩及論語、孟子、中庸、毛詩、尚書、左傳等，可謂博覽群書，年未十五已熟讀史學，並精詩學，後承幕府拔擢為儒官。春信雖少年得志，惜罹重病，於日本寬文六年（清康熙五年、一六六六年）九月即逝，享年僅二十四歲。

朱舜水於一六六五年應德川光國之聘，初抵江戶，於幕府儒官人見竹洞齋中初見林春信，春信執弟子禮，博學卓識，舜水甚賞其才，讚曰：「沈潛貞靜，和惠愛人，寬裕亮直，不迫不阿，好揚人善，勤改己愆，孝友誠信，顧行謹言。」春信逝世之後，舜水嘆曰：「蓋天而不欲日本之興於斯文也，何爲而生若人？天果欲日本之興起於斯文也，又何爲而翦若人。」林春信之祖父林羅山以朱子學爲依歸，受知於第一代幕府將軍德川家康，歷任將軍秀忠、家光、家綱侍讀，亦以林家子孫主之，世代文風昌盛。林羅山逝後春信父林鵝峰繼掌幕府文教，司學政，爲弘文院學士。朱舜水抵江戶之際，鵝峰亦曾致儀表意。春信弟林春常（鳳岡）亦曾向舜水問學。林春信著有史館茗話一卷、六義堂雜記、梅洞全集四十一卷、勉亭詩集十卷、興來一哦一卷、本朝一人一首評註十卷。（『近世漢學者大事典』）

五　酒泉竹軒

酒泉竹軒名弘，字道甫、惠廸，又稱彥大夫，竹軒爲其號，另別號爲東山、小魯庵、何憂園，九州筑前人，少孤。幼卽刻苦向學，手不釋卷，應對敏捷，舉止如成人。及長，遊學長崎，問學於朱舜水，後仕於水戶藩，並入彰考館，參與大日本史之編輯。竹軒博覽群書，尤精經義，善講說，水戶藩侯稱其爲講官第一，爲人溫厚敬愼，而內有所守。卒於日本享保三年（清康熙五十七年、一七一八），享年六十五歲。著有江都見聞錄一册、達而和名一册、二十二社奉幣考一册、切磋集、竹軒遺集三册、明語要錄一册、象奎知源錄一册、言志集一册、犬吠集、竹軒外集五册。(『近世漢學者大事典』)

六　藤咲僊潭

藤咲僊潭名正方，初名幹事，字叔通，又稱小右衛門，僊潭爲其號，江戶人。幼時舉家遷至水戶藩，即與朱舜水學，後爲彰考館吏員，參與編纂工作，又任奉行、代官等職。卒於日本寶曆十二年(清乾隆二十七年、一七六二年)，享年未詳。著有有職備考十五卷、禮儀類典引用記者考一卷、僊潭筆記一卷、海棠詩一卷、大日本史引書通考二卷、攝家清華正統略系一卷、僊潭詩稿。(『近世漢學者大事典』)

七　服部其衷

服部其衷爲日本加賀藩(今石川縣)孺子，幼得加賀藩家老奧村庸禮之介，就學於朱舜水，與下川三省、今井弘濟、安積澹泊同爲舜水之近身弟子。朱舜水在答奧村庸禮書中曾云：「服部其衷前者詐病，意圖遣歸，不佞既不急促，亦不落渠彀中，今計窮而後讀書，已將一月矣。儘能記誦，音聲亦不異唐人之子，甚清亮。近日學語，譬如雛鶯，亦間關可聽，漸能作譯人。但要賢弟不爲姑恤，則不佞之嚴厲可施，彼若稍有退步，便不思進步矣。向日不佞以賢弟寬和，且又遠去，此子來，故不肯受。不然何以至此？今幸稍有一線之路，其所以立身者，年幼且生蓬中，未可知也。」（中華本卷八、書簡五、二七三頁）足見舜水對此異國門生，曾有過一番苦心教導。朱舜水自一六六五年赴江戶講學之後，卽屢患腫毒，一病少則數日，多則數月始癒，而身在異國，舉目無親，賴以託者，僅門生而已。舜水七十四歲（一六七三年）是年夏天，不愼染病，終夜喘痎，汗流無度，時時嘔吐，粥米皆不能進，舜水自意將不起，其間湯藥起居，皆賴服部其衷扶持調養，方得治癒。舜水對此初時如野駒難馴之巧慧弟子，倍爲感動。

日本寬文十二年（清康熙十一年、一六七二年）冬，德川光國請朱舜水詳釋奠禮，並親率衆儒生於水戶學宮習釋奠禮，改定儀注，乃當時日本學界之一大盛事也。日本學界久廢釋奠禮，初習屢有差錯，獨服部其衷最能勝任，朱舜水在致古市務本書中讚曰：

「其衷雖不肖，屢問剛伯，云近來頗佳。至於習禮一節，通場未有出其右者，不但出其右，卽多年習禮之儒，亦無有能及之者。從容次第，禮無違錯，不吳不傲，柔順溫私，不謂其遂能及此。彼獨任人之所難爲，不擇簡使，若更加之以端詳莊重，顒肅得宜，則大善矣。其他亦有一二事可觀，異日或能長進，亦未可知，惜乎無可觀摩以爲善耳。」（中華本卷九、書簡六、三二九～三三〇頁）

此後舜水每遇行禮，必以服部其衷爲佐。服部其衷在致朱舜水書中曰：

「衷雖蒙老師教育，自恨童騃，茫無知識，適如以蠡量海，豈能測其漄涘。惟冀天假遐齡，他日庶可幾及高義之道耳。兩年以來釋奠習儀，進退雍容，禮儀卒度，宰相樣（德川光國）謂十數百年未有之禮。先生以教日本之人莫大之恩，加賀守殿（前田綱紀）謂先生以此禮教後人，乃先生莫大之功。賀國多士謂三代禮儀盡在於斯，凡觀者無不稱賞歎服曰：「不圖禮意之美，廼至於此。」或曰：「一至此地，不嚴而肅，惰慢之氣不覺銷鎔頓盡。」其間老成人至有泣下者，此僅老師緒餘耳。若使老師大道得行，吾國之至魯至道不知作如何觀也。」（本書、書簡九二、九七頁）由是觀之，朱舜水闡揚釋奠禮儀於日本，除得服部其衷終身感佩之外，更爲當時之中日文化交流寫上歷史性的一頁。

八　人見竹洞

人見竹洞，玄德君之三子，母佐藤氏，名節，字宜卿，時中，又稱又七郎、友元，號竹洞、鶴山。生於日本寬永十四年（明崇禎十年、一六三七年）十二月八日。正保二年（明弘光、隆武元年、一六四五年）四月謁嚴有公，時九歲，同年冬謁大猷公。寬文元年（明永曆十五年、一六六一年），嚴有公以節爲近侍，賜布衣，翌年冬十二月賜年奉三百石及宅第，並與林春常共編續本朝通鑑。天和二年（清康熙二十一年、一六八二年）朝鮮使節至日本，節奉命接待，元祿四年（清康熙三十年、一六九一年）江戶建大成殿，同七年始命節講尚書于大成殿之講堂，聽者如堵。節尤精詩學，朱舜水應聘江戶之後，節屢與交談問學，有舜水墨談存其詩文集中。卒於元祿九年（清康熙三十五年、一六九六年）春，享年六十歲。著有君臣言行錄九冊，東溪年譜一卷、日光紀行二卷、竹洞全集二十卷、韓使手口錄一卷、鶴山隨筆四卷、壬戌琉球拜朝記一卷。(『竹洞先生略譜』、『近世漢學者大事典』)

附錄三　朱舜水研究參考文獻

（以出版先後爲序）

A、傳記資料・全集・詩文

一、五十川剛伯　『明朱徵君集』十卷（未刊）　一六八四

二、茨城多左衛門　『朱氏舜水談綺』（神京書舖）　一七〇八

（中國華東師範大學之上海文獻叢書已據此於一九八八年影印出版）

三、德川光國　『朱舜水先生文集』二十八卷　一七一五

四、茨城多左衛門　『舜水先生文集』二十八卷　一七二〇

五、青山拙齋　「朱之瑜」（『文苑遺談』卷一）　一八五六

六、黃遵憲　「朱舜水」（日本雜事詩七一）　一八七九

七、原念齋　『先哲叢談』卷二

八、邵廷采　「明遺民所知傳」（『思復堂文集』卷三）

九、翁洲老民　『海東逸史』卷十八

十、溫睿臨　『南疆逸史』（列傳三十九・逸士）

十一、趙爾巽　『清史稿』（列傳二八六・卷五〇五・遺逸一、中華書局本）

十二、閔爾昌　『碑傳集補』卷三十五　一九一二

十三、稻葉君山　『朱舜水全集』二十八卷（東京文會堂）　一九一二

十四、康有爲　「懷朱舜水五首」（康南海文集一二册）　一九一三

十五、雨谷毅　「朱舜水記事纂錄」（彰考館編刊）　一九一三

十六、馬浮　『舜水遺書』二十五卷、附四卷　一九一三

十七、朝鮮人著抄本　「皇民遺臣傳」（北京大學影印）　一九三六

十八、高須芳次郎　「朱舜水集」（『水戶學大系』六附）　一九四〇

十九、馬浮　「朱舜水全集」（臺北世界書局『中國學術名著』子部）　一九六二

二十、臺灣銀行研究室編　『朱舜水文選』（臺灣文獻叢刊・一八二種）　一九六三

二一、朱謙之　『朱舜水集』（上・下兩册、北京中華書局）　一九八一

B、專書（單行本）

一、E.W.Clement　「Chinese Refugees of the Seventeenth Century」（Transactions of the Asiatic Society of Japan XXIV）　一八九六

*二、朱舜水記念會　『朱舜水』　一九一二

三、郭　垣　『朱舜水』（正中書局）　一九三七

*四、小畑利三郎　『明の君臣の亡命と其の庇護』　一九三八

*五、石原道博　『明末清初日本乞師の研究』（富山房）　一九四五

六、宋越倫　『朱舜水傳』（中央文物供應社、傳記叢書）　一九五三

*七、石原道博　『朱舜水』（吉川弘文館、人物叢書）　一九六一
（本書於一九八八年再版發行）

*八、松下忠　『江戶時代の詩風詩論』　一九六九

九、王進祥　『朱舜水評傳』（臺灣商務印書館、人人文庫）　一九七六

*十、渡邊春三　『柳川人から見た安東省菴傳』（柳川山門三池教育會）　一九七八

十一、商務印書館　『中國歷代思想家・朱之瑜』　一九七八

十二、朱力行　『朱舜水的一生』（臺北世界書局）　一九八二

十三、王瑞生　『朱舜水學記』（臺北漢京文化公司）　一九八七

十四、鍾屏蘭　『朱舜水研究』（臺北復興圖書出版社）　一九八九

*十五、杉村英治　『望鄉の詩僧・東皐心越』（三樹書房）　一九八九

十六、李甦平　『轉機與革新・論中國畸儒朱之瑜』（中國人民大學出版社）　一九八九

C、期刊論文

*一、高瀬武次郎「朱舜水」（史學界　三－八・十一・十二）一九〇一

*二、栗田勤「朱舜水祠堂考」（古蹟　二－七・八）一九〇三

三、荀任「朱張二先生傳」（國粹學報・史篇　一－十二）一九〇五

四、錄東報「朱舜水傳」（漢幟　二）一九〇七

*五、稻葉君山「朱舜水考」（日本と日本人　四七五－四八五）一九〇八

*六、稻葉君山「朱舜水の建聖廟意見」（日本と日本人　五三一）一九一〇

七、馬瀛「明朱舜水言行錄」（東方雜誌　十－二）一九一二

*八、稻葉君山「長崎における朱舜水」（日本と日本人　五八三）一九一二

*九、諸家「諸家の朱舜水觀」（日本と日本人　五八〇　特集）一九一二

*十、後藤肅堂「明末乞師孤忠張非文」（史學雜誌　二六－八）一九一五

十一、梁啓超「黃梨洲・朱舜水乞師日本辯」（東方雜誌　二十－六）一九二三

十二、梁啓超「明清之交中國思想界及其代表人物」（東方雜誌　二一－三）一九二四

*十三、後藤肅堂「明末乞師の張非文」（東洋文化　十五・十六・十七）一九二五

*十四、今關天彭「日本流寓の明末諸士」一九二八

（一九三一再錄於『近代支那學芸』）

十五、崔萬秋　「朱舜水先生遺跡」（『東京見聞記』）

十六、高佐良　「清代民族思想之先導者」（建國月刊　九—五）　一九三三

十七、胡行之　「朱舜水之海外因緣」（越風　十三）　一九三六

十八、梁啓超　「朱舜水先生年譜」（飲冰室全集　九七）
（一九三七中華書局以單行本出版）　一九三六

*十九、松井雄水　「朱舜水墓」（掃苔　六—八）　一九三七

二十、郭　廉　「明志士朱舜水」（史地半月刊　一—十一・十二）　一九三七

二一、魏守謨　「朱舜水思想概述」（論學　二）　一九三七

*二二、石原道博　「朱舜水」（東洋歷史大辭典　四卷）　一九三七

*二三、石原道博　「朱舜水と向陵」（一高同窗會會報　三五）　一九三七

*二四、石原道博　「向陵朱舜水碑の筆者について」　一九三七
（一高同窗會會報　三七）

*二五、石原道博　「國姓爺の南京攻略」（歷史教育　十三—一・二・四）　一九三八

*二六、石原道博　「明末清初請援南海始末」（史潮　九—三）　一九三九

二七、梁繩禕　「梁任公先生〈朱舜水年譜〉補正」（朔風　十二）　一九三九

二八、魏守謨　「民族先賢朱舜水先生的思想」（時代精神　二—四）　一九四〇

二九、知　堂　「關于朱舜水」（中國文藝　三—一）　一九四〇

三十、王世民　「一個中國人看日本精神」（青年書房）　一九四一

*三一、石原道博　「明末清初の南方經營」（日本諸學研究報告、歷史學　十七）　一九四二

*三二、本山桂川　『史蹟と名碑』　一九四二

*三三、松本純次郎　「朱舜水小考」（史學雜誌　五四—七）　一九四三

*三四、今關天彭　「朱舜水とその遺墨」（書宛　七—三）　一九四三

*三五、中山久四郎　「朱舜水と文化交流溝通」（支那　三五—五）　一九四四

*三六、石原道博　「朱舜水の思想と生涯」（教育と社會　四—七）　一九四九

三七、郭　垣　「民族志士朱舜水」（反攻　三七）　一九五一

*三八、石原道博　「朱舜水の經世濟民」（いばらぎ　學藝欄）　一九五二

*三九、石原道博　「鄭成功二九〇年祭と朱舜水二七〇年祭に因んで」（世界歷史事典十・月報）　一九五二

四十、安懷音　「朱舜水二三事」（中央日報）　一九五二・三・十九

四一、梁容若　「讀梁任公著朱舜水年譜」（大陸雜誌　七—九）　一九五三

四二、梁容若　「朱舜水與日本文化」（大陸雜誌　八—四）　一九五四

四三、朱　信　「朱舜水與越南」（中央日報）　一九五四

＊四四、石原道博　「鄭成功と朱舜水」（臺灣風物　四—八・九合刊）　一九五四

四五、王　恢　「朱舜水先生之生平」（人生（香港）八—九）　一九五四

四六、王賓客　「朱舜水之民族思想及其學旨」（大陸雜誌　八—八）　一九五四

＊四七、石原道博　「朱舜水の諱字と朱氏談綺について」（臺灣風物　五—四）　一九五五

＊四八、石原道博　「板倉氏藏板『鄭成功贈歸化朱舜水書』について」（臺灣風物　五—五）　一九五五

＊四九、石原道博　「張煌言の江南江北經略」（臺灣風物　五—十一・十二合刊）　一九五五

五十、毛子水　「朱舜水先生學行略識」（中日文化論集　二）　一九五五

五一、吳其昌　「朱舜水政治學述」　一九五五

＊五二、中山久四郎　「朱舜水と日本文化」（東京支那學報　三）　一九五七

＊五三、名越時正　「水戶學派と明末志士」（藝林　八—四）　一九五七

＊五四、石原道博　「明末清初日中交涉史の一面」（歷史教育　六—八）　一九五八

五五、侯外廬　「朱之瑜的思想」（『中國思想通史』第五卷）　一九五八

五六、黃玉齋　「明鄭成功等的抗清與日本」（臺灣文獻　九—四）　一九五八

＊五七、吉田一德　「水戶義公光國・今井弘濟と明末志士」

（歷史地理八九—二）　一九五九

五八、藍文徵　「朱舜水之思想」（東海學報　一—一）　一九五九

五九、彭國棟　「日本典籍所載明末遺老之史實」（文史薈刊・一）　一九五九

六十、吳東權　「啓發日本近代文化的朱舜水」（教育與文化　二二二）　一九五九

*六一、中山久四郎　「朱舜水先生年譜」（斯文　二三）　一九五九

*六二、石原道博　「朱之瑜」（アジア歷史事典　四）　一九六〇

*六三、石原道博　「朱舜水」（朝日新聞　學界余滴）　一九六〇

*六四、石原道博　「朱舜水と康南海」（歷史教育　八—十二）　一九六〇

*六五、石原道博　「鄭成功・朱舜水・心越關係の二史料」
（岩井博士古稀記念　東洋典籍論集）　一九六一

*六六、石原道博　「朱舜水二百八十年祭」（警泉　十七—十一）

六七、槐植・朱謙之　「朱舜水是「武士道典型人物」嗎」（文匯報）一九六二・六・二一

六八、朱謙之　「朱舜水」（人民中國　一二〇）　一九六三

*六九、今關壽麿　「朱舜水の人物付張非文」（東洋文化復刊　五）　一九六三

七十、杜元載　「朱舜水與日本文化」（青年學術年會論文集　上）　一九六三

七一、劉志清　「朱舜水先生傳略及其學術思想」
（人生（香港）二六—十一）　一九六三

*七二、石原道博　「朱舜水の世系について」（鈴木教授還曆記念　東洋史論叢）　一九六四
*七三、石原道博　「朱舜水十二考」（茨城大學文理學部紀要　人文科學　十五）　一九六四
*七四、石原道博　「朱舜水關係史料補說」（茨城縣史研究　一）　一九六五
七五、施溪潭　「明末流寓日本的大儒——朱舜水」（古今談　二二）　一九六六
*七六、藤沢誠　「朱舜水の古學思想と我が古學派との關係」（東京支那學報　十二）　一九六六
七七、宋越倫　「朱舜水與明治維新」（『中日民族文化交流史』正中書局）（日人熊谷治於一九七〇年譯成日文出版　弘文堂）　一九六六
*七八、石原道博　「溫知彰考——朱舜水への關心など」（茨城縣史研究　九）　一九六七
*七九、石原道博　「關於所謂明歸化人舜水尺牘」（中日文化論集）　一九六七
八十、陳克強　「朱舜水及其民族思想」（暢流　三十五—十）　一九六七
八一、松下忠　「朱舜水之詩文論」（斯文　四九）　一九六七
八二、陳荆和　「朱舜水安南供役紀事箋註」（香港中文大學中國文化研究所學報　一）　一九六八

八三、李　嘉　「朱舜水的孤忠與孤獨」（中華日報・臺灣新生報・聯合報）　一九六八・三・二九
八四、李　嘉　「明末日本乞師記」（聯合報）　一九六八・四・五
八五、李　嘉　「老死日本的朱舜水」（中央日報・聯合報）　一九六八・四・一二
八六、李　嘉　「梅都水戶祭明儒」（聯合報）　一九六八・四・一九
八七、李　嘉　「朱舜水與鄭成功」（中央日報・聯合報）　一九六八・五・八
八八、李　嘉　「朱舜水先生的學問思想」（聯合報）　一九六八・四・十八、十九
八九、劉焜輝　「朱舜水墓瞻拜記」（中央日報）　一九六九・十・七
＊九十、山本武夫　「『朱舜水文集』の成立をめぐつて」（高橋隆三先生喜壽記念論集・古記錄の研究）　一九七〇
九一、翁咸新　「明季遺儒朱舜水先生」一－四（暢流雜誌　五六六－五六九）　一九七一
＊九二、小林重光　「朱舜水と安東省菴の交際について」（中國研究）　一九七一
＊九三、石原道博　「朱舜水の映像」（東風　二－八）　一九七三
＊九四、石原道博　「義公隱棲地にも朱舜水の碑を建立」（朝日新聞　研究ノート）　一九七六
＊九五、石原道博　「中國對外協會『朱舜水』について」（街の燈　十二）　一九七六

*九六、野口武彥　「朱舜水招聘」（『德川光國』朝日新聞社、朝日評傳選　七）　一九七六

九七、陸　離　「朱舜水不回歸」（浙江月刊　八—六）　一九七六

*九八、石原道博　「新建朱舜水碑記」（日本歷史　三四六）　一九七七

*九九、石原道博　「德川光國の賓師・道義一貫朱舜水」（世界と日本　二八六—二九一）　一九七七

*一〇〇、石原道博　「黃遵憲が見た水戶學の周邊」（茨城縣史研究　四十）　一九七九

*一〇一、石原道博　「向陵朱舜水碑」（向陵　二十一—一）　一九七九

*一〇二、石原道博　「朱舜水が愛用した琴台」（常陸評論　八—六）　一九八〇

*一〇三、石原道博　「『西山朱舜水碑』建立その後」（常陸評論　八—八）　一九八〇

一〇四、陳鵬仁　「朱舜水先生在日本」（中國文化月刊　六）　一九八〇

一〇五、李　嘉　「朱舜水與明治維新」（『東瀛人物逸事』　四季出版公司）　一九八一

一〇六、朱謙之　「朱舜水與日本」（中日文化交流史論文集）　一九八二

*一〇七、藤堂明保　「朱舜水先生記念碑の建立」（日中文化交流　三二〇）　一九八二

*一〇八、岡部嚴夫　「朱舜水先生樹碑由來記」（水高同窗會誌　十）　一九八三

一〇九、王金林　「朱舜水的實理實學思想及其對日本水戶學派之影響」

（延邊大學學報　東方哲學研究專刊）　一九八三

一二〇、陳忠信　「朱舜水在日本傳播中華文化的貢獻」

（『華僑史研究論集』　中國華東師範大學出版）　一九八四

*一二一、木下英明　「舜水朱之瑜」（水戶史學選著）　一九八四

一二二、王瑞生　「朱舜水年譜」（臺南師專學報　十七）　一九八四

一二三、蘇尙耀　「明末大學者朱舜水」（『跟日本史有關的中國人』）　一九八五

*一二四、木下英明　「朱舜水の楠正成像贊について」（水戶史學　二二）　一九八五

一二五、袁行霈　「弔朱舜水」

（『中日文化與交流』　二　中國展望出版社）　一九八五

一二六、韋祖輝　「明遺民東渡述略」（『明史研究論叢』　三輯）　一九八五

一二七、張曉虎　「朱之瑜」（『淸代人物傳稿』　上編三卷　中華書局）　一九八六

*一二八、菰口治　「安東家舊藏の朱舜水書簡」

（九州大學中國哲學論集　特別號）　一九八八

*一二九、田山東虎　「日中友好のため」（誠魂小溪）　一九八八

*一三〇、根本鐵也　「朱舜水の子孫を中國にたずねて」上下（新いばらぎ）　一九八八

*一三一、小松崎市郎　「朱舜水の故郷」（常陸評論　十五－十）　一九八八

一三二、葉樹望　「余姚朱氏宗譜與朱舜水家世」　一九八八

*一二三、王家驊　「朱舜水と前期水戶學」（『日中儒學の比較』六興出版社）　一九八八

*一二四、徐興慶　「鎖國後長崎來航の明人について——張斐を中心に——」（九州史學　第九五號）　一九八九

*一二五、徐興慶　「柳川古文書館所藏の朱舜水未刊書簡について」（九州史學會發表論文）　一九八九

一二六、坂牧春三　「朱之瑜」（『清代名人傳略』上、青海人民出版社譯）（原書一九四三年出版 Eminent Chinese of the Ching Period 1644-1912）　一九九〇

一二七、陳殿忠等　「朱舜水與明末清初旅日的中國文人」（『中日交流史中的華僑』第六章、遼寧人民出版社）　一九九一

*一二八、徐興慶　「朱舜水の學說について——柳川古文書館所藏の書翰を中心に——」（九州中國學會報　第二十九卷）　一九九一

◎打*記號者係以日文撰寫之研究論文。

◎另美國紐約聖若望大學亞洲研究中心古方佩瓊女士曾於一九七一年六月以「朱舜水其人及其影響」（原文英文）為題完成博士論文。

人名・地名索引

一　劃

二　劃

三　劃

四　劃

五　劃

六　劃

七 畫

八　畫

九　畫

十一　畫

十一畫

十二畫

十三畫

十四畫

十五劃

十六劃

十七劃

十八劃

十九劃

二十一劃

二十二劃

注　打※者為地名。

國立中央圖書館出版品預行編目資料

朱舜水集補遺／徐興慶編注. --初版. --臺北市: 臺灣學生, 民81

面; 公分

參考書目：面

含索引

ISBN 957-15-0382-7 (精裝). --ISBN 957-15-0383-5 (平裝)

846.9 81001898

朱舜水集補遺（全一冊）

編注者：徐興慶

出版者：臺灣學生書局

發行人：丁文治

發行所：臺灣學生書局

臺北市和平東路一段一九八號

郵政劃撥帳號○○○二四六六八號

電話：三六三四一五六

FAX：三六三六三三四

本書局登記證字號：行政院新聞局局版臺業字第一一○○號

印刷所：常新印刷有限公司

地址：板橋市翠華街8巷13號

電話：九五二四二一九・九五三一六八八

香港總經銷：藝文圖書公司

地址：九龍偉業街99號連順大厦五字樓及七字樓

電話：七九五九五九五

定價 精裝新臺幣三二〇元 平裝新臺幣二六〇元

中華民國八十一年五月初版

12514

ISBN 957-15-0382-7 (精裝)
ISBN 957-15-0383-5 (平裝)